CONDUCTOR MORTAL

UNA NOVELA DE SUSPENSO DE

J.K. KELLY

Número de control de la Biblioteca del Congreso: 2021902581
Filadelfia, Pensilvania, Estados Unidos

ISBN: 979-8-9891416-0-9 tapa blanda

ISBN: 979-8-9891416-1-6 Libro electrónico

Traducción al español del idioma inglés por Gerardo Pin.

*Esta novela está dedicada a mi padre,
por animarme a seguir escribiendo
incluso mucho después de que él nos dejó*

CAPÍTULO UNO

"¿Quizás una de sus víctimas se ha vengado?" dijo el detective de homicidios con voz áspera mientras exhalaba el humo del cigarrillo en la cara de uno de los guardias de seguridad del hotel. Habiendo sido absuelto recientemente por un tecnicismo de docenas de cargos de producción de pornografía infantil, tráfico de drogas y delitos con armas, el multimillonario ruso había estado celebrando su liberación con gran estilo. Hasta que su final llegó rapidamente para el maldito bastardo.

"Parece que había algún tipo de dispositivo explosivo en la gorra de béisbol del hombre", comentó el médico forense mientras su equipo colocaba el cuerpo en una camilla. La autopsia sería un trámite para confirmar la causa de la muerte. "¿Alguien sabe qué estaba haciendo usando una gorra de béisbol en una reunión formal como esta?"

"Es la multitud de la carrera. Las gorras de los equipos estaban por todas partes", ofreció alguien. "¿Entonces el sombrero de la víctima explotó, mientras estaba sentado en el baño, volándose la tapa del cerebro?" había preguntado el detective con tos de fumador, asegurándose de entender exactamente lo que había sucedido.

"Boom", dijo el médico forense, haciendo un gesto con ambas manos para demostrar una explosión.

Es posible que Sochi haya sido sede de los Juegos Olímpicos de Invierno en 2014, pero los atletas de clima frío y la enorme llama característica ya se habían ido. El sonido de los esquiadores bajando la montania en tiempo récord en las pistas de esquí con vistas a la ciudad en el Mar Negro había sido reemplazado por algo igual de elegante pero notablemente más rápido y con un sonido mucho más intrigante. El circo ambulante mundial que son las carreras de Fórmula Uno había regresado a Sochi. El cóctel celebrado para los conductores y los VIP adinerados estaba en pleno apogeo en la terraza del hotel, con vistas a una enorme piscina, rodeada de palmeras y con vistas al mar. Si bien los avances tecnológicos a lo largo de los años habían hecho que este tipo de carreras fuera más seguro, la muerte siempre fue una posibilidad en la pista. Sin embatgo casi nadie esperaba una muerte ahi, en el medio de la fiesta.

CAPÍTULO DOS

El piloto de Fórmula Uno Bryce Winters, campeón mundial, era una de las atracciones principales de la reunión y había bajado en ascensor desde su suite en el último piso del hotel Radisson Blu poco después de las ocho . Con su confianza y entusiasmo a toda velocidad recorrió la fiesta, estrechando manos, posando para fotos, abrazándose, besándose, bromeando.

La intensidad del día, ir al límite durante las tres sesiones de calificación y estar "encendido" en las innumerables entrevistas que había dado lo habían agotado, pero pudo volver a hacer un esfuerzo y encontrar el encanto y trabajar en una sala como ningun otro. Simuló lanzarle un puñetazo al campeón de boxeo de peso pesado de Gran Bretaña que había ido a conocer al corredor estadounidense. Una hermosa modelo rusa, con sus cabellos rubios sueltos descansando sobre los hombros de un vestido rojo sangre, anhelaba su atención e hizo todo lo posible para atraerlo con sus penetrantes ojos azules.

A las nueve en punto, Bryce esperaba poder dormir bien para prepararse para la carrera de mañana. Habría dos horas de emocionante aceleración, castigadoras fuerzas G de los giros a alta velocidad hacia la izquierda y hacia la derecha, dieciocho en total una y otra vez durante 53 vueltas, compitiendo con rivales a más de 200 millas por hora. Pero antes que nada, necesitaba atender algo en el baño de hombres. Había visto a su presa y el acecho había comenzado.

Minutos más tarde, cuando dejó atrás su asunto terminado, se encontró con dos rostros familiares. Jack Madigan, un ingeniero del equipo de carreras, estaba apoyado contra una pared, con una cerveza en la mano, hablando con una atractiva rubia que normalmente habría atraído a Bryce, una estadounidense, Joan Myers. Bryce saludó a su amigo con una sonrisa, pero miró a Myers con el ceño fruncido y pasó junto a ellos sin decir una palabra. Era tarde y ya estaba cansado.

En el ascensor que se dirigía de regreso a su suite, pensó en su hogar , ensu pais,lejos en Mountain West. Lo anhelaba. Park City, Utah, tiene algo para casi todos los que disfrutan del aire libre, especialmente si eres un estadounidense patriota. El área que Bryce eligió para vivir era espectacular y estaba llena de montañas, alces y venados bura. Tambien el hogar del Festival de Cine de Sundance y un patio de recreo para los amantes del esquí para los ricos y famosos.

Una buena cantidad de Navy SEALS y Army Rangers retirados llamaron hogar al área de Park City, y también fue el sitio de los Juegos Olímpicos de Invierno en 2002, donde muchos otros estadounidenses ganaron sus propias medallas. Los atletas que pretenden representar a sus países en competencias de esquí y snowboard continuan entrenando en el Parque Olímpico al dia de hoy. Cuando estaba en la ciudad,

Bryce a menudo iba allí para dar ánimos y, más veces de las que podía recordar, para ofrecer ayuda financiera donde fuera necesario. El área estaba repleta de patriotas y estadounidenses orgullosos de todo tipo. Representando a su país, como el único estadounidense compitiendo en el escenario mundial que era la Fórmula Uno, se sintió orgulloso y juró dar siempre lo mejor de sí mismo. Deseaba que algún día las paredes de su sala de trofeos pudieran tener un premio del gobierno por su servicio clandestino, pero sabía que eso nunca sucedería. Las operaciones de la CIA eran de alto secreto y solo las conocían un puñado depersonas: su controlador Myers, su cómplice Madigan y solo unos pocos más en Langley, Virginia.

A la mañana siguiente, después de un breve viaje en camioneta con el publicista del equipo y el asistente personal de Bryce arribaron al área del paddock del circuito de carreras, Bryce se tomó el tiempo de posar para fotos con los madrugadores, los fanáticos de la carrera que se presentaban al amanecer para obtener el mejor lugar en la valla para ver de cerca a sus héroes. Pasó unos minutos extra con una joven familia rusa que había vestido a sus tres hijos como pequeños corredores con los colores del equipo de Bryce. No hablaban inglés pero sus gestos y sonrisas entre ellos eran universales y fáciles de entender. Cuando la mujer señaló con preocupación los nudillos maltratados de Bryce mientras firmaba un programa de eventos para ellos, él sonrió como si nada hubiera pasado.

"Golpeé la pared de un hotel por la frustración anoche", pronunció sabiendo que ella no lo entendería. Pasó la mañana bromeando con la docena o más de miembros del equipo que hacían una inspección de última hora de su coche de Fórmula Uno amarillo canario y rojo bombero con motor Mercedes. La noticia del asesinato se extendió por el paddock de la pista casi tan rápido como los autos que competían en un evento preliminar previo a la carrera de F1.

Bryce sacudió la cabeza con asombro, atónito al escuchar que tal cosa podría haber sucedido.

Cuando se encontró con Jack Madigan, simplemente chocaron los puños, sonrieron y se dedicaron a sus asuntos de carreras.

Los dos se conectaron por primera vez en Carolina del Norte cuando Bryce competía con los stock cars de NASCAR. Se habían llevado bien desde el principio, casi como si fueran hermanos perdidos hace mucho tiempo. Al igual que Bryce, el corazón de Jack estaba en las carreras y trabajaba los fines de semana como parte de un "grupo sobre el muro" del equipo de mecánicos. Los dos habían estado en un equipo ganador que parecía destinado a reclamar el campeonato de NASCAR. Eso fue hasta que un accidente a 210 mph en Talladega, Alabama, rompió la pierna izquierda de Bryce y puso fin a su carrera por ese título. Frustrado, el propietario del equipo perdió interés en el mercado norteamericano y decidió que era el momento de sumarse al escenario mayor de las competencias donde más de 400 millones de apasionados aficionados de todo el mundo veían todas las carreras por televisión: la Fórmula Uno. Bryce estaba dispuesto y alentó a Madigan a que lo acompañara.

Después de hacer entrevistas con varios medios , Bryce posó para fotos con al menos diez hermosas mujeres rusas y otra docena de los hombres más ricos del país: sus clientes, citas o esposos. Finalmente se retiró a sus habitaciones privadas en el segundo nivel de uno de los dos remolques de hospitalidad del equipo en Sochi. Para las carreras en Europa, el equipo había construido una suite de ultima generacion VIP insonorizada de última generación completa con baño, ducha, cama, televisor de pantalla plana, sistema de sonido envolvente, una cocina completamente equipada con una pequeña mesa de comedor, dos asientos de capitán de cuero negro. sillas, un escritorio y un sofá de dos plazas haciendo juego. Si bien todo el exterior de la suite estaba cubierto con el rojo y el amarillo vibrantes de las marcas de los propietarios y patrocinadores del equipo, los paneles de las paredes y la decoración de este espacio interior eran mucho más tenues con sutiles líneas amarillas y negras contrastantes. Bryce se sirvió su quinto café de la mañana, bajó el volumen de la televisión y pensó en una de las bellezas rusas que acababa de conocer. Debe haber algo en el agua aquí. Pero pronto un fuerte golpe en la puerta interrumpió su fantasía.

Dos detectives de homicidios del departamento de policía de Sochi estaban junto a uno de los miembros de la fuerza de seguridad vestido en forma simple de la F1. Tenían preguntas y querían respuestas ahora , no más tarde.

"Señor. Winters", dijo uno de los hombres mientras sostenía una placa plateada para que Bryce la inspeccionara. "Hubo un homicidio en su hotel anoche. ¿Podemos entrar? Bryce tardó un segundo en sonreír y darles la bienvenida al interior. A un asentimiento de Bryce, la escolta se alejó. Bryce abrió la puerta y preguntó si alguno de los dos quería café o agua. Esto estaba sucediendo en Rusia, un lugar donde se sabía que los opositores al presidente del país eran envenenados o desaparecían sin dejar rastro. Si un detective de homicidios quería hablar, era más inteligente estar de acuerdo que convertirlo en un incidente internacional.

Bryce volvió a sentarse e hizo un gesto hacia las sillas de cuero negro frente a su lugar en el sofá de dos plazas. Le repugnaba el humo del cigarrillo en su ropa, pero optó por no comentar. La expresión de su rostro les hizo saber a sus invitados que no estaba complacido.

El primer detective se sentó mientras el segundo hombre cerraba la puerta detrás de él y luego montaba guardia, apoyándose en el marco de la puerta sin decir una palabra. El detective principal se presentó mientras aceptaba una botella de agua que Bryce le entregó.

"Nikolai Volkoff ", dijo el detective mientras se ajustaba la chaqueta del traje, se colocaba el teléfono en la rodilla y pulsaba el botón de grabación.

"Bryce Winters", respondió el estadounidense. "¿Qué puedo hacer por usted?"

Bryce escuchó mientras Volkoff describía lo que había ocurrido en un baño de hombres junto al gran salón de banquetes del hotel anfitrión.

"Tenemos grabaciones de video de circuito cerrado del difunto, Gregori Ivanova, entrando al baño. Cuarenta y tres segundos después usted lo siguio' hasta ahi y entro'.

"¿En realidad? No diría que lo seguí. No conocía al hombre. Bryce vio que Volkoff rompió el contacto visual con él y miró al hombre que custodiaba la puerta. El hombre abrió la cremallera de un maletín de cuero que había estado cargando y sacó un iPad, entregándoselo a Volkoff antes de regresar a su lugar en la puerta.

Volkoff se levantó y se sentó cerca de Bryce. "Por favor mire este vídeo." Cuando comenzó la grabación en blanco y negro, tomada por una cámara fuera del baño de hombres en el pasillo, se vio a la víctima entrando al baño de hombres.

"Fíjese en el sombrero que lleva puesto . Es del mismo color que el patrocinador de su equipo de carreras, y el nombre de esa empresa aparece encima de la etiqueta".

Bryce asintió. "Empresa alemana. Tienen participaciones aquí en su país, creo. Hacen de todo, desde vino y armas hasta drones militares y aviones a reacción".

El video continuó, sin que sucediera nada importante hasta que apareció Bryce.de nuevo en la imagen. Sin cámaras dentro de la habitación, no había nada más que ver aparte de unhombre saliendo de la habitación, luego un segundo hombre. Treinta y un segundos después de eso, -casi tres minutos después de haber entrado en la habitación, - se vio a Bryce saliendo.

Veintiséis segundos después, se vio a un asistente entrar en la habitación y, poco después, el mismo hombre salió corriendo al pasillo fuera del baño de hombres pidiendo ayuda freneticamente.

"¿Entonces,cómo puedo ayudarle?" Bryce preguntó mientras se sentaba en el lujoso sofá.

"Cuando llegamos nos dijo que no conocía a la víctima", dijo Volkoff mientras se inclinabea bien hacia Bryce",

"Eso es cierto" respondio' Bryce.

"¿Cómo explicas esto entonces ?" Volkoff preguntó. Volvió a colocar el iPad frente a Bryce. Allí en la pantalla había dos imágenes; a la izquierda, una imagen en blanco y negro del sombrero que llevaba la víctima al entrar al baño. A la derecha había una imagen de una gorra de béisbol amarilla y roja, con la parte superior arrancada, pero la visera mostraba algo que no estaba allí cuando el hombre entró en la habitación. Era el autógrafo de Bryce.

"Expli'quelo",exigio' Volkoff.

Bryce sonrió. "Claro ". Se levantó, tomó una botella de Powerade Zero naranja del gabinete, volvió a ocupar su lugar y les contó su historia. Dijo que había notado al tipo grande con la gorra de béisbol en el extremo opuesto de los urinarios. Le había resultado extraño que alguien en un evento de tan alto nivel llevara el sombrero, pero pensó que el tipo podría ser un invitado del patrocinador.

Bryce contó que el hombre había estado hablando en ruso con alguien por teléfono.

Había otros dos hombres allí, según recordaba Bryce. Uno se lavaba las manos y el otro salía de uno de los cubículos.

"Sonaba como una explosión de cocaína si me preguntas, pero quién sabe. Tal vez solo tenía una nariz que moqueaba". Bryce abrió la bebida deportiva y bebió la mitad.

"Cuando el tipo grande me vio parado allí , terminó su llamada, subió la cremallera y vino corriendo hacia mí como si fuera a darme un maldito abrazo de oso. ¡Y todavía estaba meando!

El hombre de la puerta se echó a reír, pero la mirada de Volkoff lo detuvo.

"Entonces , saqué mi mano derecha y le pedí que esperara. Terminé y me lavé las manos mientras este tipo sacaba su teléfono de su bolsillo y pedía una selfie, justo ahí en el maldito retrete". Bryce explicó que posó para la foto y le dijo al extraño que, dado que llevaba puesta la gorra de su patrocinador, la autografiaría si quería. Y lo hizo. Entonces el hombre agarró la mano de Bryce y se la estrechó. "Pero mientras lo hacía, su expresión cambió. El tipo me dio las gracias, me deseó buena suerte en la carrera y luego corrió hacia un puesto. Movimiento extraño. Normalmente no tengo ese efecto en las personas".

"Sí . Extraño." El detective frunció el ceño.

"Tal vez tuvo que hacer caca. De todos modos, me lavé las manos, otra vez , y luego salí del baño de hombres". Bryce observó a Volkoff asimilarlo todo.

"¿Escuchaste algo de la conversación que tuvo en su teléfono?" preguntó el detective.

Bryce negó con la cabeza. "¿Lo viste hablar con alguien más en la habitación , o alguien más se le acercó mientras estabas allí?"

"No, lo siento."

"¿Escuchaste si la víctima cerró la puerta del cubiculo?" preguntó el detective.

"No, no lo hice. Salí de la habitación, me reuní con algunos amigos y luego me dirigí a mi suite y llamé al servicio de habitaciones".

Volkoff negó con la cabeza como si no entendiera. "¿Servicio a la habitación con toda la comida y bebida en la fiesta?"

"Si ", dijo Bryce. "Ayer por la mañana, en un desayuno de prensa, vi a los lugareños desayunar pepinos, sardinas y papas hervidas. Luego vi pescado negro, caviar, todo tipo de encurtidos quién sabe qué, en el buffet anoche. No, gracias. Amo a los fanáticos y amo correr aquí, pero subí y pedí una hamburguesa con queso y papas fritas y eso fue perfecto".

Volkoff miró a su compañero y sonrió. "Yo también prefiero la comida estadounidense", dijo. "Simplemente no le digas a nadie que lo dije". Y se rió.

Bryce miró el reloj digital en la pared y luego se disculpó, pero les dijo a los detectives que necesitaba desesperadamente relajarse antes de la carrera. "A menos que haya algo más, les agradecería que me dejaran hacerlo".

"Por supuesto", dijo Volkoff , pero luego miró tímidamente a Bryce. "Una selfie , si no le importa?"

Durante los siguientes minutos, Bryce accedió a su pedido . Posó para sus fotos y luego sacó dos gorras de béisbol de un gabinete, sacó un Sharpie de su bolsillo y firmó ambos . Sus autógrafos siempre fueron grandes, audaces y fáciles de leer.

"¿Llevas esos contigo todo el tiempo?" Volkoff preguntó, señalando al Sharpie aparentemente sorprendido.

"Siempre . No te imaginas lo que algunas personas me piden que firme. Pechos, bebés, lo que sea".

Volkoff miró a Bryce e inclinó la cabeza. "¿Tetas?" preguntó.

Bryce sonrió y extendió los brazos, con las palmas de las manos ahuecadas hacia su propio pecho. Volkoff se rió y luego se giró para irse. Se detuvo al borde de la puerta y pasó un momento mirando las tres fotos colgadas en la pared.

"Siempre me he preguntado cómo sería conducir un auto de carreras", dijo Volkoff mientras mantenía su enfoque en las imágenes.

"Es asombroso. ¿Conoces juegos mecánicos como montañas rusas y cosas por el estilo, sí? preguntó. Volkoff se giró y asintió.

"Bueno, imagina que estás en la montaña rusa más

rápida de la historia, pero puedes controlar la velocidad. Puedes ir tan rápido como quieras, pero demasiado rápido y saldrás volando de la pista. Si no es lo suficientemente rápido, el auto detrás de usted podría sacarlo del camino. Lanzas el auto hacia la izquierda y hacia la derecha, tu cabeza se siente como si pesara noventa kilos debido a las fuerzas G, y luego vuelas en línea recta y en el último segundo pisas los frenos para reducir la velocidad del auto. Golpéalos demasiado tarde o demasiado fuerte y estarás fuera del camino. Luego vuelves a acelerar, más rápido que nunca, una y otra y otra vez.

Y recuerde, hace calor, mucho calor, y usted está metido en un casco muy ceñido y un traje, guantes y zapatos resistentes al fuego. Volkoff sonrió .

"¿Y si te encuentras con un coche que va demasiado lento?"

"Bueno, puedes frenarlos en una curva, rebasarlos en una recta si tu auto es lo suficientemente rápido, o cuando corría en NASCAR en los Estados Unidos, simplemente les dabas un pequeño empujón para sacarlos del camino. Pero estás haciendo todo esto a una velocidad quizás tres o cuatro veces más rápida que la que maneja la gente en las carreteras. Es un viaje emocionante como ningún otro. Recuerde también que esto continúa durante noventa minutos, excepto las paradas en boxes, que suceden en un abrir y cerrar de ojos, tal vez dos segundos y medio".

"Usted opera en un mundo emocionante pero peligroso, Sr. Winters. Gracias por su cooperación y los mejores deseos para una carrera segura.

"Parecería que si, detective. Spasibo , gracias", ofreció Bryce mientras regresaba al sofá, pero se volvió para hacer una última pregunta. "Olvide preguntar." Miró de un detective a otro. "¿A los malos los matan mucho aquí? Volar la parte superior de la cabeza de un tipo parece un poco grandioso".

Volkoff asintió y volvió a entrar en la habitación. El olor a cigarrillos y dientes grandes y amarillentos acercándose demasiado para su comodidad. Bryce dio un paso atrás y se cubrió alcanzando su bebida energética.

"¿Cómo supiste el alcance de la herida de la víctima?" preguntó mientras se concentraba en los ojos de Bryce.

"Lo escuché en las noticias esta mañana y mucha gente hablaba de eso en el garaje cuando llegué aquí". Observó cómo Volkoff miraba fijamente el sombrero que le acababan de dar. El detective lo puso boca abajo e inspeccionó el interior y luego volvió a mirar a Bryce, tal vez buscando una reacción, pero Bryce no dio ninguna.

"El difunto era el líder de muchas facciones en guerra aquí en Rusia: la mafia, los llamarían. Hay más dinero en Moscú que en tu Beverly Hills. Quienquiera que haya hecho esto estaba haciendo una especie de declaración, creemos. Y espero que fluya mucha más sangre enlas próximas semanas".

Bryce observó y dejó escapar un suspiro de alivio cuando los detectives finalmente salieron. Volvió a sentarse, cerró los ojos y repitió lo que realmente había sucedido la noche anterior.

Mientras Ivanova se concentraba en enviar mensajes de texto con las selfies que acababa de tomarse con el piloto de carreras, Bryce firmó la gorra del hombre y luego colocó un disco redondo y plano, del tamaño de una moneda de cinco centavos, en el interior de la gorra y se la devolvió. Cuando Bryce salió del baño, recordó haber visto a Madigan y Myers a seis metros de él, absortos en una conversación, esperándolo. Al pasar junto a ellos, Bryce se guardó un segundo Sharpie en el bolsillo del pantalón: un detonador. El mini-dispositivo explosivo que había colocado momentos antes detuvo abruptamente la vida de un verdadero pedazo de mierda: un hombre que había sido objetivo de la CIA para ser asesinado.

Madigan era la única persona ajena que conocía el comportamiento clandestino de Bryce y, a menudo, ayudaba a facilitarlo. Fue consultor informático para el equipo de carreras, pero también se destacó en el diseño de cosas como minibombas para gorras de béisbol, equipos de espionaje y piratería informática. La CIA quería algo dramático para provocar problemas en el inframundo ruso y fue el diseño de Madigan lo que ayudó a lograrlo. También había sido un Ranger del ejército Americano que pasó poco tiempo después de dejar el servicio trabajando comocontratista de otro tipo, algo de lo que rara vez hablaba. Si habían ayudado a iniciar una guerra civil entre gente muy peligrosa allí, siempre que pudiera beneficiar o proteger los intereses de su propio país, eso era algo con lo que Madigan y Bryce podrían vivir.

Mientras Bryce yacía en el sofá, tratando de despejar su mente y prepararse para la carrera que se avecinaba, comenzó a dormirse, pero se le acabó el tiempo. Otro golpe en la puerta y era hora de salir a correr. Horas más tarde, tras un decepcionante segundo puesto en Sochi, él y otros dos pilotos volarían a Abu Dhabi en un avión privado proporcionado por el patrocinador de la final de temporada que se celebraría allí.

Cuando faltaban seis semanas para la carrera, los medios locales y los VIP pedían tiempo con las estrellas del volante. A los conductores se les pagaría generosamente por su tiempo ayudando a promocionar la carrera y sus patrocinadores, siempre que el viaje en jet y el alojamiento fueran gratuitos. Podía contar con los dedos de una mano el número de veces que hacía apariciones como esta. Con la línea de meta a la vista, estuvo feliz de hacerlo. La vida de las carreras le había dado más de lo que jamás podría haber soñado. Bryce tenía planes de ganar este campeonato y retirarse después de tomar la corona. Pero lo mantuvo en secreto. La CIA había planeado usarlo mientras corriera alrededor del mundo y asegurar el título y colgar su casco le quitaría a la CIA de encima para siempre.

Después de dos días de entrevistas ininterrumpidas, sesiones fotográficas, cenas y vueltas al volante de los autos de seguridad de la pista, brindando a celebridades e invitados VIP los viajes más rápidos de sus vidas, Bryce y los otros pilotos de carreras tomaron caminos separados.

Todos se volverían a encontrar pronto. Abordó un jumbo jet A380 de dos pisos para el largo vuelo hacia el este sobre la India hasta Tailandia , una escala rápida en Bangkok y el tramo final a Japón. En algún lugar de China, mientras disfrutaba de las lujosas comodidades de su minicabina privada de primera clase, Bryce recordó lo que parecía una vida atrás, cuando vivía en una casa rodante, comenzaba a ganar carreras y tuvo su primer encuentro con un monstruo.

CAPÍTULO TRES

Lebanon Valley es una instalación de deportes de motor conocida a nivel nacional ubicada al sureste de Albany en Nueva York. Hay una pista de carreras de un cuarto de milla en un extremo de la propiedad y una pista ovalada de tierra en el otro. Bryce había hecho sus primeras experiencias en autos de carreras iniciadose con lacategoria de ACT de autos modificados de rueda abiertas de la NASCAR que corrían en óvalos de asfalto en Nueva Inglaterra. Y de vez en cuando intentaba conseguir una oportunidad de manejar en un coche preparado para la tierra tambien. Los corredores quieren correr. Perseguir su pasión en diferentes pistas, tipos de autos de carrera y competidores puede brindarle a un conductor novato con grandes ambiciones la oportunidad de aprender mucho y hacerse un nombre.

Hubo un puñado de pilotos como la leyenda internacional Mario Andretti y, en tiempos más recientes, los campeones retirados de NASCAR Tony Stewart y Jeff Gordon, que parecían encontrar los carriles de la victoria en Estados Unidos sin importar lo que condujeran o el tipo de superficie en la que corrieran. Tener el caballo correcto debajo de ti siempre ayudó a la mayoría de los conductores. Pero algunos pilotos trajeron algo especial a la mesa que permitió o impulsó su éxito.

La reputación y la trayectoria profesional de Bryce habían comenzado a un ritmo que podría haber puesto su nombre en los libros de historia junto al de Andretti. Esa fatídica noche en el Valle, después de haber tomado la punta de la carrera, el motor de Bryce falló y terminó su noche prematuramente. Frustrado, abruptamente estacionó el auto detrás del camión del equipo en los polvorientos garages del lado interno de la pista.

Con vuelta tras vuelta de acción continuando en la pista, Bryce debe haber sido la única persona que no estaba prestando atencion a ella. En cambio, se dirigió a una parada en boxes personal, distraído y furioso por verse obligado a abandonar. Entró en lo que al principio parecía ser un espacio vacío en el baño de hombres, el sonido de los treinta autos de carrera todavía volando alrededor de la pista hacia imposible escuchar nada más. Le tomó un momento darse cuenta de que algo extraño estaba pasando y que estaba muy, muy mal.

Allí, en un apartado, vio la espalda de un hombre grande, quizás de 1.85 m y 140 kilos, con una camiseta blanca sucia, un overol de jeans y botas de trabajo. Parecía estar luchando con alguien. Entonces Bryce se dio cuenta de que el animal estaba tratando de imponerse a una mujer. Todo lo que Bryce podía ver de ella eran sus largas piernas, las zandalias colgando de sus pies mientras gritaba y trataba de luchar contra el hombre. Entonces e'l saltó a la acción.

Bryce agarró el overol del hombre y trató de apartarlo de la chica. Enfurecido por la interrupción, el atacante se giró y golpeó a Bryce con fuerza en un lado de la cabeza con el codo, derribándolo al suelo. Aturdido, tratando de despejarse la cabeza, Bryce vio que el hombre volvía a concentrarse en la víctima mientras ella intentaba pasar junto a él y salir corriendo del lugar.

El ruido de los autos seguía ahogando los gritos de auxilio de la mujer. Bryce se puso de pie y trató de interponerse entre el monstruo y su presa. Sintió el aliento del hombre sobre él cuando vio la mirada en el rostro de las chicas. Estaba petrificada, luchando por su vida. El hombre agarró a Bryce por el cuello, lo apretó con fuerza y lo arrojó fuera lejos.

De repente, Bryce sintió una mano empujando su hombro.

"Despierte, Sr. Winters. Sr. Winters, despierte. Confundido y todavía medio dormido, se enderezó, se quitó la cálida manta dorada y miró a la azafata.

"¿Estamos aterrizando?" preguntó mientras se giraba hacia la ventana y abría la persiana. Todavía estaba oscuro y no había luces de la ciudad debajo.

"No, señor Winters, no aterrizaremos en Tokio hasta dentro de tres horas. Lo escuché desde la cocina. Parecía que estaba teniendo un mal sueño, así que vine a ver cómo estaba. Espero que no esté enojado conmigo", dijo tentativamente.

Las cabinas de primera clase en aerolíneas como Singapur, Emirates y algunas otras son de última generación. Algunos highflyers pagarán más de $ 20,000 dolares por un lugar con la élite. Sin embargo, Bryce nunca se había considerado a sí mismo como uno de ellos, la élite. Era solo un tipo de Nueva Inglaterra que era bueno, realmente bueno, conduciendo autos de carrera. Prefería jeans azules y cerveza en lugar de champán, a menos que se sirviera en el podio de la victoria. Nunca había perdido el sentido de dónde venía o quién era. Pero si uno de los frutos de su trabajo fue la abundancia de espacio para las piernas y mejores almohadas y mantas en las que se encontraba. A menudo, las habitaciones incluyen una silla de capitán de cuero con un pequeño escritorio y un televisor de pantalla plana, una cama grande con almohadas afelpadas y sábanas de seda, todo alojado en un cubículo privado con paredes desde el suelo hasta casi el techo y una puerta corrediza. A los VIP se les asegura la privacidad para que puedan sentarse, dormir y cenar, sin que nadie les tome una foto o los mire boquiabierto cuando están con la guardia baja. En muchas de estas aerolíneas hay disponible una ducha y, en algunos casos, un bar completo para socializar. Para Bryce, si iba a pasar hasta dieciocho horas en el aire, esta era la única forma de hacerlo.

Con la cabeza despejada y con un café y algunos dulces ordenados, Bryce se movió de la cama a la silla alta, trajo la manta para cubrir sus piernas y se puso a trabajar en el iPad que mostraba una variedad de opciones de menú, operó las luces, temperatura y sistema de entretenimiento en su cabina privada. Una vez que llegó su bebida y la asistente cerró la puerta detrás de ella, se recostó y miró por la ventana hacia las estrellas. Él, sin embargo, no necesitaba volver a caer en una pesadilla para volver a ese camino de tierra; podía verlo desarrollarse en su mente tan vívidamente como la noche en que sucedió.

Recordó haberse levantado del suelo y, desesperado por encontrar una manera de detener al hombre, entró en el siguiente puesto. Agarró la tapa de porcelana blanca del tanque del inodoro y luego golpeó al tipo grande, golpeándolo en la parte posterior de la cabeza con la tapa tan fuerte como pudo. El hombre cayó primero de rodillas y luego se dobló sobre ellas hacia Bryce, su cráneo fracturado miraba a Bryce, la sangre brotaba de las orejas, nariz y la boca del hombre.

Bryce metió la mano y tiró de la mujer histérica hacia él y la sacó del cubiculo. Pero una vez fuera y pasando el bulto sangrante en el suelo, soltó su mano y echó a correr. La vio salir corriendo por la puerta. La adrenalina siguió surgiendo a través de él. Pero ahora que había ganado esa pelea, necesitaba calmarse y pensar.

Recordó las palabras de su tío la primera vez que fueron a cazar juntos. Bryce, que entonces solo tenía catorce años, había alineado un gran ciervo saludable en la mira de su rifle. Ese animal alimentaría a los hogares de los Winters durante semanas si solo cobrara esta primera presa. Estaba tan emocionado que el rifle temblaba en sus manos, solo un poco, pero lo suficiente como para que el tiro fallara a esa distancia.

—Respira —oyó susurrar a Pete. "Respirar." Tal como lo había hecho en esa montaña, Bryce respiró hondo y luego otra vez. Podía sentir su mente calmarse y reenfocarse, su corazón desacelerándose, con cada respiración relajante. Era el mismo ejercicio que había hecho docenas de veces en el auto de carrera cuando estaba nervioso: simplemente respirar.

En cualquier momento, un guardia de seguridad o

fanáticos de la carrera podrían entrar por la puerta del baño. La joven podría incluso haber llamado a la policía. ¡PIENSA! Él colocó el tapa de porcelana en su lugar, agarró un puñado de papel higiénico y limpió las huellas dactilares. Necesitaba salir de allí. Si se encontraba con alguien al salir del banio, podría decir que estaba corriendo detrás de la chica para ver si estaba bien. Volvió a inspirar hondo, y luego otra vez, y salió lentamente del retrete. Cuando nadie se le acercó, serpenteó entre los camiones de transporte que entraban y salían de la iluminación interior de la pista. Se detuvo y pidió casualmente un plato de los famosos frijoles horneados y salchichas de Lebanon Valley y un perrito caliente. Comiendo mientras caminaba, finalmente llegó a su equipo.

Dentro de la sala de reuniones del transporte, tiró a la basura el plato de papel vacío y luego se tomó su tiempo para cambiarse el traje de conducción resistente al fuego y ponerse la camisa de golf negra, los vaqueros azules y las botas de montaña. Estaba sorprendido de que no lo hubieran descubierto, pero estaba aún más sorprendido de que se sintiera tan tranquilo como en realidad estaba. Acababa de matar a un hombre. No estaba orgulloso de haber matado al tipo, en absoluto. Se sintió gratificado por haber salvado a la mujer de ser violada, por lo menos. Pero, estaba asustado. Si lo atrapaban y no podía vencer en la causa legal, su carrera como piloto habría terminado. Y eso no iba a pasar. Era todo lo que tenía, y era bueno en eso, realmente bueno. Para cuando el ruido y el polvo que levantaban los autos de carrera se calmaron, dentro del camion e'l ya había tomado una decisión. Se dirigió al otro lado de la carretera hacia el área de estacionamiento

donde la pista permitía estacionar las casas rodantes de
los equipos para descansar antes y se acostaran después
del evento.

A la mañana siguiente, Bryce se despertó temprano.
Encendió el generador, encendió la calefacción y preparó
una taza de café antes de volver a meterse en su saco
de dormir hasta que las cosas se calentaran. Miró los
reportajes en la televisión sobre el intento de violación
y asesinato en la pista en las noticias locales mientras
miraba la cafetera, preguntándose si había alguna forma
de hacer que se preparara aún más rápido. Necesitaba
café, ahora. El locutor informó que mientras la Policía
Estatal investigaba, la víctima se encontraba en estado de
shock y no podia proporcionar mucha información. Ella
no recordaba nada de lo que había sucedido. El atacante,
conocido desde hace mucho tiempo por las fuerzas del
orden por su historial criminal violento, ya no era una
amenaza para nadie. Bryce tuvo la sensación de que no
se desperdiciaría mucho entusiasmo en la investigación y
cruzó los dedos mientras salía. Se acercaba el otoño y el
aire fresco de la mañana estaba fresco.

La camioneta en la que pasó la noche, en realidad la
mayoría de las noches de carreras, estaba montada en la
caja de su camioneta doble rueda Dodge blanca y ambas
estaban cubiertas con un fino polvo marrón que se había
arrastrado desde la pista. El camión era relativamente
nuevo, lo había comprado usado, pero la caravana, la
de su padre, había visto días mucho mejores. Le había
ahorrado una fortuna mientras viajaba por los circuitos
de carreras, y simplemente no podía deshacerse de ella.
Había demasiados recuerdos, algunos buenos y otros no.

Bryce sonrió cuando el capitán anunció que aterrizarían en breve en Tokio. Cuando las luces de la cabina brillaron al máximo, pidió otro café en el iPad y se preparó para la tierra del sol naciente. Tan pronto como aterrizaron y se dirigían a la puerta de Narita International, encendió su celular y vio un simple mensaje de texto de Madigan. 008

Era una broma entre ellos, pero solo significaba una cosa. La CIA les había asignado otra misión.

CAPÍTULO CUATRO

Trabajar en un cubículo de 2 x 2 metros en el subsótano de la sede de la CIA en Virginia era el polo opuesto de la gran vida que vivía el campeón de Fórmula Uno Bryce Winters. Pero cuando un analista introvertido llamado Jon descubrió algo, sintió que acababa de obtener su propia victoria. La CIA había notado que los cuerpos se amontonaban en el extranjero, pero no fue hasta que Jon notó lo que tenían en común: todos estaban vinculados a eventos de carreras de autos. Tan pronto como "La Compañía" supo dónde enfocarse, eventualmente se concentraron en Bryce y su sombra: Madigan.

Una noche, en un yate que Bryce había alquilado como barco de fiesta para amigos y patrocinadores en el circuito de Yas Marina en Abu Dhabi, dos hombres jóvenes anodinos que vestían camisas blancas de golf y pantalones color caqui y una atractiva mujer rubia de unos 30 años con una blusa roja con ajustados capris blancos presentaron discretamente sus credenciales y lo siguieron hasta una suite debajo de la cubierta y le leyeron sus derechos civiles. Le mostraron a Bryce lo que tenían sobre él, los videos de él y Jack arrojando un cuerpo aquí, un cuerpo allá. Explicaron que tenían la intención de enjuiciar, o tal vez compartir la información con otras partes interesadas. Bryce y su socio en el crimen aceptaron a regañadientes su trato. La mujer, Joan Myers, se convertiría en su manejadora.

Inmediatamente se sintió atraído por ella y ella, la profesional que era, lo leyó como un libro. Si Bryce tuviera un talon de Aquiles, ella podría serlo. Sin embargo, insistió en su nombre en clave. Ella sería Nitro porque era explosivamente bella. Nitro es la abreviatura de nitrometano, un químico que se usa como combustible principalmente en las carreras de aceleracion corta porque tiene un golpe muy poderoso. Tanto es así que en 1995 terroristas domésticos utilizaron el material para destruir el edificio federal en la ciudad de Oklahoma. Pensó que el nombre era muy apropiado. Myers era peligrosa y, como el potente químico, ambos tenían un olor dulce.

CAPÍTULO CINCO

EL CIRCUITO DE Suzuka en Japón está ubicado casi directamente entre Tokio e Hiroshima al sur. Bryce había estado en Japón muchas veces y ya había visitado el lugar del primer ataque con la bomba atómica. Se había parado junto al montículo donde estaban enterrados los restos cremados de decenas de miles de hombres, mujeres y niños japoneses. Había visto el reloj en exhibición en el museo, sus brazos congelados en el tiempo a las 8:15 am cuando ocurrió la explosión. Había estado en el lugar donde la silueta de una persona fue tatuada en una pared de concreto por el brillo de la explosión nuclear.

Nunca había servido en el ejército, pero vestía otro tipo de uniforme, uno resistente al fuego, que también mostraba una bandera estadounidense mirando hacia el frente en la manga del hombro derecho. Había matado por su país, por la CIA, pero no así. La escala de este ataque, que dejó 80.000 muertos, todavía lo asombraba. La tecnología había detenido la locura de la Segunda Guerra Mundial en el Pacífico, pero pronto sería el momento de centrarse en tecnología de otro tipo: todo eso hizo que un auto de carreras de Fórmula Uno se convirtiera en un misil guiado sobre ruedas.

Su jet lag había desaparecido hacía mucho tiempo y Bryce había elegido hacer un recorrido a pie por el centro de Tokio antes de abordar uno de los trenes bala de 290 kph del país insular y dirigirse a Suzuka. Subió los escalones hasta la cima de la torre naranja, la Torre de Tokio. Se parece a la torre Eiffel de París en diseño, pero en realidad es mucho más alta. La caminata larga y enérgica de Bryce y los escalones hasta la estructura de 333 metros satisficieron sus requisitos de cardio para el día, pero el bienestar que estaba sintiendo fue interrumpido por una llamada de Madigan.

"Tengo tu 008, ¿qué pasa?"

"¿Oh eso? Solo estaba jodiendo contigo. Bienvenido a Japón".

"Bastardo. Ahora te debo una", dijo entre risas. "Nos vemos en el hotel esta noche y estás comprando". Una vez que terminó la llamada, Bryce volvió a disfrutar de la vista solo para ser interrumpido nuevamente. Una pareja joven, de Francia supuso por sus acentos, le preguntó si les tomaría una foto. Después tuvieron una pequeña charla, pero se pelearon un poco sobre quién tenía razón.

"Eiffel es más alto", insistió el orgulloso francés.

"Este es más alto, por 13 metros mi amigo", respondió. Para sorpresa de Bryce, el frances se indigno' e insistio' en que tenía razón.

"Ustedes, los estadounidenses, creen que lo saben todo", dijo. Y luego Bryce empeoró las cosas, intencionalmente.

Bryce sugirió que el hombre tomara su foto y luego sonrió, manteniendo su anonimato con gafas de sol de espejo azul y una gorra azul descolorida del Olympic Park de Park City, el dedo medio de su mano derecha saludando al ahora indignado turista. La pequeña mujer empujó a su compañero, insistiendo en que detuviera esto ahora. Bryce se rió abiertamente.

Incluso cuando están maldiciendo, su lenguaje suena sexy, pensó.

Al mirar su reloj, descubrió que era hora de que él también se fuera. Vuelva a bajar los 300 metros hasta el nivel del suelo y luego un viaje rápido al Aman Hotel de cinco estrellas para recuperar sus maletas y dirigirse a Suzuka. Cuando terminó de empacar, miró por la ventana de su suite al Monte Fuji, la montaña cubierta de nieve que se elevaba a 4.000 metros sobre la ciudad. Siempre le habían fascinado las muchas culturas que experimentó y, por lo general, apreció, mientras viajaba por el mundo, y Japón fue una de las que disfrutó especialmente, por su gente y su historia. Le encantaba la película de Tom Cruise, El último samurái, y siempre había estado atraído por la figura exquisita de las mujeres de ese país. Su cabello negro y sedoso y sus ojos almendrados siempre llamaban su atención dondequiera que estuviera. Eran muy diferentes a la belleza de Vermont de cabello rubio y ojos azules que había perdido años antes, la única mujer que había amado y pensó que alguna vez amaría. *Quién sabe*, había pensado a menudo en los momentos de tranquilidad cuando la soledad se colaba. *Tal vez algún día podría enamorarme de alguien que no me recordara a ella.*

El corto viaje a la estación de tren y un viaje de una hora en el tren bala lo llevaron 296 kilometros al sur a lo que sería su hogar en el camino durante los próximos días. Las vías del tren se inclinaron a través de las curvas y recodos para que los vagones no se salieran de las vías cuando viajaban a velocidades tan altas. Sonrió al pensar en el peralte en Daytona y tantas otras pistas de carreras en los Estados Unidos. Esto es genial, siempre había pensado. Si no hubiera sido por un hombre llamado Werner, Bryce sabía que probablemente nunca hubiera visto Tokio o el resto del mundo. En el viaje, pensó con cariño en su amigo, su patrocinador, y en cómo se conocieron.

Recordó lo frío que había estado en su RV esa mañana en el norte del estado de Nueva York. Todos los demás pilotos y miembros de la tripulación habían abandonado la pista tarde la noche anterior, inmediatamente después de que concluyó la carrera, y se dirigieron a casa. Sin ningún plan o carrera que seguir hasta el próximo fin de semana, decidió hacer un viaje corto hasta Albany y estacionar su camión en la estación de tren Amtrak. Estacionar en la ciudad de Nueva York cuesta una fortuna y estacionar un autocaravana allí es casi imposible. A Bryce le resultó más barato comprar un billete de ida y vuelta y tomar el tren hasta Penn Station para visitar la ciudad. Conociendo el buffet de entretenimiento la ciudad tenía para ofrecer, llenó su mochila con lo que necesitaría en caso de que decidiera quedarse a pasar la noche. Todo para ahorrar dinero, pensó con una sonrisa. Poco sabía él cuánto cambiaría todo este viaje.

La Gran Manzana, la Ciudad que Nunca Duerme, tiene más que algo para todos, ofreciendo una sobrecarga sensorial a cualquiera que no esté acostumbrado a la vida de la gran ciudad.

Mientras Bryce subía por las escaleras mecánicas desde la estación de tren hasta el nivel del suelo, caminó media cuadra hacia el sur, hacia la Zona Cero, y se volvió para mirar hacia atrás, a la enorme estructura que se encontraba sobre la estación Penn, el Madison Square Garden. Pensó en una época tantos años antes que, para su cumpleaños, su tío Pete lo llevó allí para asistir a un partido de hockey sobre hielo entre los New York Rangers y su equipo, el grupo alguna vez apodado "Broad Street Bullies", o "los matones de la calle", los Philadelphia Flyers. Bryce sonrió al recordar lo bien que lo había pasado. Los Flyers habían ganado. Pero luego recordó la decepción de que su padre no hubiera podido subir al tren en la estacion de Burlington. Los espacios pequeños, aparte de su preciada camioneta, hacian que el hombre cayera en picada. Él y su tío habían seguido adelante, decididos a no perderse el día especial.

Bryce se sacudió el recuerdo, miró hacia el cielo otoñal y respiró el aire de la ciudad, cálido ahora al mediodía pero lleno de la mezcla de aromas que hacen que cualquier gran ciudad tenga ese aroma especial. Bryce consultó su reloj y fijó una meta. Tenía la intención de caminar directamente hasta la Zona Cero, presentar sus respetos allí y luego continuar por Wall Street y tomar el ferry hasta la Estatua de la Libertad. A un ritmo rápido, pensó que podría llegar allí, al menos hasta el muelle, en 90 minutos. Normalmente hubiera preferido pasar su tiempo caminando en algún lugar de Nueva Inglaterra o el este de Canadá, pero aunque el terreno en la 7th Avenue y luego en Broadway era llano como una moneda de cinco centavos, habría algo que ver en cada cuadra, en cada esquina. Y eso hizo que fuera un intercambio justo.

Después de una sombría visita a la Zona Cero, donde pasó las manos por los nombres de tantos de los perdidos el 11 de septiembre, se detuvo para mirar directamente hacia el cielo en la parte superior de Freedom Tower, la estructura de 1776 pies de altura que fue parte de la reconstrucción de la ciudad y del país después de los ataques terroristas. Bryce sonrió. Miró el enorme empuje hacia el cielo como un dedo medio para cualquiera que quisiera joder a Estados Unidos. Desde allí se dirigió hacia Wall Street, pero luego cambió de opinión. Mientras daba su primer paso en esa dirección, pensó en la crisis financiera que los bastardos habían causado allí y sus emociones se convirtieron en ira. Pensó en la noche anterior, el tipo grande tratando de dañar a la mujer mucho más pequeña.

Ninguno de esos comerciantes de Wall Street, directores ejecutivos y jugadores poderosos del distrito financiero perdió su fortuna o fue a la cárcel. Bastardos. Sacudiendo los pensamientos oscuros de su mente, de repente se dio cuenta de que no había comido. Tomó una salchicha caliente y agua de un vendedor ambulante que trabajaba en un pequeño remolque plateado estacionado en la acera, luego se dirigió al ferry que lo llevaria a Lady Liberty.

El viaje en bote fue corto y las vistas espectaculares, pero las multitudes eran demasiado. Se frustró con los turistas que se detenían en seco dondequiera que decidían y se tomaban selfies, selfies interminables. Dio la vuelta a la estatua, pero al enterarse de la espera de dos horas para acceder a las escaleras que el queria subir; al parecer, alguien que debería haberlo Sabido mejor necesitaba atención médica en algún lugar allí arriba y habían cerrado el acceso. Eso fue todo.

Ella no se irá a ninguna parte - volveré, pensó. Observó cómo el monumento se hacía cada vez más pequeño a medida que el transbordador lo llevaba de regreso a la base de la delgada franja vertical de tierra conocida como Manhattan. Estaba oscureciendo y un escalofrío se había apoderado de las calles que discurrían entre los interminables edificios altos y los rascacielos. Optó por un taxi con la intención de regresar a Penn Station y luego el viaje en tren de regreso a su camioneta estacionada en Albany.

Justo cuando el taxi se acercaba a su destino en la calle 34, tuvo una idea. "Cambio de planes, amigo", dijo, "llévame al distrito de los teatros".

Bryce sabía que habría restaurantes en la calle 44, todos los cuales estaban acostumbrados a attender rapido las mesas para que los comensales pudieran llegar al teatro a tiempo para la subida de telón. Una lección aprendida como parte de otro viaje de cumpleaños al que lo había llevado su tío. Saltó del taxi y miró a uno y otro lado de la calle. Estaba parado justo en frente del restaurante Sardis y cuando leyó el letrero su memoria se activó. El restaurante era conocido por su buena comida y bebida, pero era más reconocido por los cientos de caricaturas de estrellas de cine colgadas en casi todos los espacios verticales.

Bryce recordó programas de televisión y películas que habían utilizado el restaurante como escena. Decidió que era hora de verlo en persona, tal vez cenar y tomar una cerveza antes de irse a casa. Una vez dentro, vio que tenían fútbol de la NFL en el bar y se sentó. Comió una hamburguesa, papas fritas y algunas cervezas mientras veía a los Giants perder ante los Eagles. Entabló conversación con el camarero. Fue allí y entonces que el mundo de Bryce cambió para siempre.

"¿El qué?" le preguntó de nuevo al cantinero.

"Sociedad de Autos Deportivos y Ensopado de Madison Avenue", repitió el hombre con su marcado acento de Brooklyn. "Como dije, son un grupo de amantes de los autos y se reúnen aquí arriba una vez al mes".

"¿Cuándo se encuentran la próxima vez?" preguntó Bryce.

El cantinero se giró y revisó su calendario. "Como eres un piloto de carreras, estás de suerte", continuó. "Se reunirán aquí mañana al mediodía. Tal vez puedas volver y conocer a algunas personas, estrecharles la mano, pedir patrocinio si eres tan bueno detrás del volante como dices. Quién sabe, ¡algún día podrías tener tu cara en una de estas paredes!".

CAPÍTULO SEIS

El hotel Marriott Marquis está ubicado en Times Square y está rodeado de las vistas y los sonidos que hacen que el área sea una visita obligada para cualquiera que pueda llegar a Nueva York. A pocos pasos de Sardis, Bryce se las arregló para usar su encanto y buena apariencia para conseguir una habitación individual para pasar la noche lo más barata posible. Se conformó con la habitación sin ventanas en el tercer nivel por $99, desayuno no incluido, y pasó el resto de la noche viendo fútbol del domingo por la noche y luego un programa de deportes de motor en ESPN que resumía la acción del fin de semana.

Se alejó del mini bar. Aunque la cerveza Beck's, las papas fritas Pringles y la enorme barra de chocolate Toblerone parecían una fiesta. Con todo incluido, agregarían $ 20 fácilmente a su factura. En cambio, dio por terminada la noche y penso en que seria interesante ver de qué se trataba la gente de la Sociedad del Ensopado.

A la mañana siguiente, se levantó temprano y se preparó para lo que le esperaba, descubriendo por primera vez cómo usar la plancha para refrescar la camisa que había metido en su mochila. Una vez en Sardis, subió los escalones y comenzó a caminar alrededor de la sala de reuniones del banquete donde unas tres docenas de hombres y mujeres de todas las formas y tamaños, vestidos desde informales con jeans y polos hasta vestidos elegantes y trajes a la medida, se ponían al día con los cócteles. Se presentaría un orador invitado y se serviría el almuerzo pronto.

De repente, alguien decidió hacer llover sobre su desfile.

"Señor", dijo el maître mientras tocaba a Bryce en el hombro derecho. "Señor", continuó, "esta es una función privada solo para miembros. Tendrás que irte".

Bryce escuchó a alguien decirle al maître d' que les recordaba a un joven y apuesto actor Paul Newman, con brillantes ojos azules y todo.

"Sígueme abajo, por favor", insistió el maître",o haremos que los dos policías que toman un café en el bar te ayuden a salir por la puerta". El hombre solo estaba haciendo su trabajo, así que Bryce cedió.

"Si está aquí para hacer conexiones en el negocio del cine, está en el lugar equivocado", le dijo el hombre cuando llegaron al rellano. "A ese grupo le gustan los autos rápidos y las carreras de autos, por lo que está tratando de colarse en la fiesta equivocada".

"¿No sabías que Paul Newman también era corredor?" Bryce se ofreció, pero ya era demasiado tarde.

✺

Bryce se sentó en la enorme barra de caoba, a dos taburetes de distancia de los policias de Nueva York, y conversó con el camarero hasta que la policía se fue. Consideró hacer otra carrera hacia las escaleras, pero pensó que era mejor dar por terminado el día y tal vez regresar a Penn Station para el viaje hacia el norte y su casa. Sin embargo, en una apartado detrás de él, estaba claro que alguien tenía intenciones de un tipo completamente diferente.

"No puedes preguntarme eso", dijo con severidad la joven sentada en el banco de cuero rojo en el lado de la calle del bar. Bryce escuchó, pero notó el espejo detrás de algunas de las botellas de licor que le permitieron ver bien lo que estaba pasando.

"Vete conmigo el fin de semana", suplicó el hombre sentado frente a ella. Era alto, calvo, tal vez de cincuenta y tantos años, traje gris y corbata azul. Pero lo que más le llamo' la atencion a Bryce fue el brazo del hombre extendido sobre la mesa; su mano estaba agarrando la de ella con fuerza. Bonito Rolex, pensó Bryce, pero luego se concentró en la chica y su lenguaje corporal.

Quizá rondara los veinte años y, por su acento, claramente no era neoyorquina. Londres tal vez? Llevaba una blusa blanca de manga larga con cuello en V y pantalones negros por lo que podía ver. Era una belleza natural con poco maquillaje y Bryce se preguntó si sería una actriz, tan atractiva como lo era, con ese acento, sentada allí en el distrito de los teatros. Le recordaba a Whitney Houston, veinteañera, pero una versión británica. Bryce la observó mientras apartaba la mano del hombre. El hombre la tomo de la mano nuevamente, esta vez inclinándose hacia adelante. Su expresión cambió rápidamente a una amenazante.

Eso era todo lo que Bryce necesitaba. Hizo girar el taburete y habló. "A menos que ustedes dos estén ensayando para una obra", comenzó, "sugiero que se sienten un poco mas lejos de ella, amigo".

El hombre ignoró a Bryce y mantuvo su enfoque en la chica.

"Oye, cabeza de hueca", dijo Bryce solo que esta vez más fuerte. Eso llamó la atención del hombre. "Bien, no vi un audífono".

El hombre miró a su alrededor y luego se centró en Bryce. "Métete en tus asuntos." Se volvió hacia la chica de nuevo.

Bryce la miró y vio el miedo en sus ojos. Hablando directamente con ella, dejó muy claras sus intenciones. "Ahora voy a sugerirte que te levantes y vengas a sentarte aquí por un minuto. Esto no llevará mucho tiempo".

El maître d 'había estado presente el tiempo suficiente para saber a dónde se dirigía eso y logró hacer señas a los dos oficiales de policia para que regresaran al interior justo a tiempo para presenciar todo.

Ella siguió su sugerencia. El hombre con el que había estado sentada se deslizó del banco, se puso de pie y le dio un golpe a su hombre de brillante armadura. Un segundo después, ella estaba mirando al asqueroso tendido en el suelo frente a ella. Estaba inconsciente, con la nariz destrozada por el rápido y duro golpe defensivo que Bryce asestó. Otros en el restaurante optaron por ignorar el incidente y continuar comiendo mientras unos pocos se acercaban a mirar. Poco después, mientras un policía revisaba al hombre en el piso, el otro felicitó a Bryce por salir en defensa de la mujer.

"¿Eres ex-militar?" preguntó el oficial. "Ese fue un movimiento entrenado".

"Mi tío era infante de marina y me enseñó un par de cosas".

"Max Werner", dijo un hombre presentándose mientras entraba y extendía su mano hacia Bryce. "Eres un hombre afortunado", continuó con un marcado acento alemán. "Si no fuera por el maître d 'y las cámaras de seguridad de arriba", dijo mientras miraba hacia la esquina sobre ellos, "podría haber sido tu palabra contra la de él. Entonces habría llevado todo el día arreglar esto. Bien hecho."

Bryce estrechó la mano de Werner, pero aún se mostró preocupado por la joven británica que había terminado de dar su declaración a los patrulleros. Volvió a dar las gracias a Bryce y luego siguió a la policía hasta un coche patrulla que la esperaba para llevarla a la comisaría donde presentaría cargos por agresión.

"Ven, déjame invitarte a un trago", dijo Max, guiando a Bryce a un taburete.

Los dos se sentaron y el alemán escuchó mientras Bryce volvía a contar el incidente por lo que parecía ser la vigésima vez. Una vez que Max le preguntó qué lo había traído a Nueva York, lo que siguió fue de qué están hechas las películas. Bryce se lo explicó todo; un piloto de carreras en la ciudad durante unos días de turismo escuchó que había personas adineradas que compartían la pasión por los autos y las carreras que se reunían en el piso de arriba y quería presentarse a cualquiera que quisiera escuchar.

"La mayoría de las personas en el grupo están aquí para establecer contactos, pero muchos son simplemente coleccionistas de autos, ricos. Uno de ellos tiene uno de los primeros autos de F1 de Michael Schumacher acumulando polvo en un viejo garaje cerca de aquí".

Y usted, señor Werner, ¿qué lo trae por aquí?" preguntó.

"Max, que sea Max", insistió. Werner tenía aproximadamente la misma altura y peso que Bryce, pero la similitud terminaba ahí. Werner dijo que tenía poco más de cuarenta años y que Bryce había luchado mucho para ocultar su sorpresa. Para él, el hombre parecía tener sesenta y tantos años.

"He visto esa cara antes, Bryce", le dijo con una sonrisa. "Demasiado estrés por dirigir un gran negocio, demasiadas ex esposas y una historia familiar que no solo me hace parecer mucho mayor de lo que soy, sino que probablemente me matará mucho antes de que alguien de mi edad deba morir".

Bryce pensó por un momento. No estaba seguro de si debería sentir lástima por el hombre o qué, pero fue por el interruptor de tensión.

"¿Algún hijo? ¿Quieres adoptar uno? Funcionó y ambos se rieron mientras terminaban sus cervezas.

Entonces Max hizo señas para otra ronda. Continuó diciendo que no tenía hijos, ninguno que él supiera al menos, y que la adopción no era una opción, incluso si Bryce ya sabía ir al baño. Dijo que su familia era propietaria de una gran cantidad de empresas diversas en todo el mundo, pero que su base de operaciones era Múnich. Las ventas anuales del ejercicio fiscal anterior habían superado su objetivo de 11.500 millones de euros.

"¡Definitivamente estás pagando por estas cervezas!" Bryce bromeó.

A instancias de Max, Bryce resumió la cronología de sus hazañas en las carreras hasta la fecha.

Al crecer en la zona rural de Vermont, Bryce se había topado con las carreras a una edad temprana. No eran los tipos convencionales como las carreras en pista ovalada de NASCAR que había visto en la televisión; este tipo de carreras eran rugiendo en el bosque. Primero lo escuchó y luego vio pasar un destello azul mientras él y su mejor amigo estaban de excursion en Colchester, cerca de Burlington. Se había encontrado con un Subaru ganador de un campeonato hecho por Vermont SportsCar y le encantó. Tomó el curso de la escuela de rally Team O'Neil, intercambió el trabajo en el taller por tiempo en el asiento, y se empapó de cada minute de aprendizaje.

Pero tenía dos preocupaciones. Quería correr con otros corredores, lado a lado, y no tenía ningún interés en correr contra un reloj. Una vez que consiguió un probar en un automóvil regional competitivo, chocó con fuerza y un trozo de madera puntiagudo, una rama de un árbol, atravesó el parabrisas como una lanza. Falló su casco por centimetros.

Siempre había escuchado que el mayor temor de los corredores era el fuego y acababa de experimentar el segundo mayor temor de la mayoría de los conductores: que algo entrara en el auto. Eso fue suficiente para él. Había aprendido cosas allí en el bosque ese día. Quería ser piloto de carreras. Sabía que era bueno, realmente bueno, detrás del volante. Y quería hacerlo por las pistas ovaladas, no por el bosque.

"Cualquiera puede dar vueltas y vueltas, muchacho", le dijo Werner. "Los strippers han estado haciendo eso con postes durante siglos. ¿Qué tan difícil puede ser?"

Bryce se ofendió por el comentario y Werner debió

haberlo visto. "No me malinterpreten. Sé que no es algo que cualquiera pueda hacer. Lo que quise decir es que hacer giros a la izquierda y a la derecha en automóviles de ruedas abiertas y el tráfico debe ser más un desafío, y creo que más satisfactorio".

Bryce asimiló sus palabras. Estaba preparado para desafiar a Werner a dar algunas vueltas en Thunder Road en Vermont o Stafford en Connecticut. Diablos, el tipo tenía suficiente dinero para comprar no solo los autos sino también las pistas. Pero optó por no hacerlo. *Este tipo podría ser el boleto para el gran espectáculo*, pensó Bryce. Que'date escuchando penso'.

"Además, si quieres ir a las carreras de NASCAR, puedes contar con cuánto, ¿veinte millones de personas viendo las 500 Millas de Daytona en la televisión? La Fórmula Uno, autos de ruedas abiertas en circuitos, atrae a más de cuatrocientos millones de personas de una audiencia global. Eso es más grande que toda la población de tu país. Piensa en el potencial. ¡Piensa en el dinero!

Bryce consideró el costo de competir en NASCAR versus Fórmula Uno, pero eso no le preocupaba. Su plan era convertirse en un conductor de alquiler. Además de ganar carreras y campeonatos, lo que buscaba era el dinero del patrocinio y los lucrativos contratos de conducción si alguna vez tuviera la oportunidad.

"¿Su empresa está involucrada en las carreras?" preguntó Bryce.

«¿Qué le trajo aquí hoy?»

Werner negó con la cabeza. Luego contó que resultó que lo había invitado al almuerzo alguien que estaba tratando de que Werner comprara su empresa.

"Debe ser aburrido, la gente siempre pide dinero, siempre tratando de meterse en tus pantalones", sugirió Bryce.

Werner asintio' con la cabeza y se rió.

"Bueno, no te preocupes, no voy a hacerlo. Simplemente aprecio las bebidas", dijo Bryce mientras bebía su segunda cerveza y comenzaba a alcanzar su mochila para irse.

"No hay necesidad de apresurarse", sugirió Werner. "No hemos terminado aquí. No, no estoy en las carreras, todavía no. Algún día, cuando todas las estrellas se alineen, quiero ganar el GP de Alemania y el Campeonato Mundial de Fórmula Uno", dijo. "Pero solo cuando todas las piezas encajen como un buen reloj suizo".

Werner pidió otra ronda y se excusó para hacer una llamada y regresó diez minutos después. Estaba sonriendo y Bryce tuvo que preguntar por qué.

"Te revisé, Bryce Winters", comenzó, "eres un buen conductor. Muchas carreras ganadas y algunos campeonatos de pista en Nueva Inglaterra. Felicidades. Ahora dime", preguntó, "¿sabes dónde está Lime Rock Park? ¿Y puedes estar alli temprano?

CAPÍTULO SIETE

UNA SEMANA DESPUÉS, el avión privado Bombardier aterrizó en el Aeropuerto Internacional de Burlington poco después de las tres de la tarde del viernes. Podría haber espacio para 18 a bordo, pero solo había un pasajero y había estado hablando por teléfono casi todo el tiempo desde que el avión salió de Munich siete horas antes.

A Bryce le habían dicho que hiciera las maletas durante una semana y que esperara en el hangar de Heritage Aviation para un cambio rápido. Aparcó su camioneta Dodge y se registró media hora antes. El mismo tío que le había enseñado a pelear también le enseñó a ser puntual.

Bryce vio cómo un oficial de aduanas de EE. UU. abordaba el avión para verificar los documentos de vuelo y los pasaportes de la tripulación de cabina, el asistente de vuelo y el propietario del avión, Max Werner. Luego vio cómo media docena de trabajadores de tierra, actuando como un equipo de mecánicos de carreras, daban servicio al avión. Entrada de combustible y catering, salida de basura y desperdicios. Una vez que terminaron, una mujer vestida con jeans y un suéter rojo bajó los escalones y le hizo señas para que subiera a bordo. Cinco horas más tarde, después de haberle dado la mano a su anfitrión y haber cenado lo que tenía que ser el mejor filet mignon que jamás había probado, Bryce se quedó dormido en algún lugar durante la segunda película que vio desde que despegaron. Salvar al soldado Ryan fue su primera opción seguida de La caza del Octubre Rojo. El aterrizaje del piloto fue tan suave y silencioso que Bryce se despertó solo cuando Werner empujó educadamente su hombro.

"Pongámonos en marcha. Hay algunas personas que quiero que conozcas.

Pronto estaban en un Mercedes con chofer y se dirigían a un cóctel que tenía lugar en las suites con vista a la pista en Laguna Seca Raceway en Monterey, California. La serie Indy Car estaba en la ciudad y las vistas onduladas, los cambios de elevación, las curvas cerradas y el famoso "sacacorchos" cuesta abajo hicieron que los fanáticos, los corredores, los medios de comunicación y la industria esperaran con ansias el evento.

Max se disculpó por no haber podido visitar más con su invitado, pero no perdió tiempo en ponerse manos a la obra. "Mis contactos en Skip Barber School me dijeron que eras "un natural", comenzó Max. "Dijeron que escuchaste sus instrucciones, fuiste intrépido una vez que te acostumbraste al auto y la pista, y dijeron que tenías un gran potencial. Igual de importante, al menos en mi opinión, es que escuchaste y aprendiste. Eso me ahorrará tiempo y dinero".

Bryce asintió con una sonrisa curiosa mientras asimilaba los comentarios positivos. Se tomó un momento para pensar en lo rápido que se habían movido las cosas durante la última semana. Había matado a un hombre en el Valle, salvó a una mujer y luego intervino para ayudar a otra, conoció a este multimillonario que le había tomado cariño, y ahora estaba en su primer viaje en jet privado y en su primer viaje a California.

"Realmente aprecio todo esto", comenzó Bryce, "Realmente lo hago Max. Pero, ¿hacia dónde se dirige todo esto? Tengo una idea, pero también soy realista, así que…".

Max lo interrumpió. "Bryce, siéntate y disfruta el día. Voy a presentarles a algunos peces gordos, algunos tipos de Hollywood, y luego, durante la cena, te diré lo que estoy pensando. ¿Bien…?"

Bryce asintió con la cabeza "sí" y luego centró su atención en el paisaje que conducía a la pista. Después de reunirse con un puñado de directores ejecutivos, dos estrellas de cine de primer nivel apasionadas por los deportes de motor y algunos tipos de medios, Max y Bryce regresaron al Mercedes y se dirigieron a cenar a un restaurante en Fisherman's Wharf en la bahía de Monterey. Allí, durante la cena, Max explicó las cosas en términos muy simples.

"Bryce, tienes todo menos una cosa para convertirte en una superestrella en las carreras de autos", comenzó. "Apariencia, talento, agallas, cerebro, una cantidad decente de experiencia en la pista, y después de ver cómo te comportaste en Nueva York y en el avión y esta noche en el cóctel, creo que eres el paquete completo. Todo lo que necesitas es una cosa más. Dinero. Y ahí es donde entro yo".

Bryce se sintió un poco avergonzado por el gran elogio

que acababa de recibir. Al crecer en los bosques de Vermont, la alabanza era algo reservado para el Señor. Al menos, en lo que respecta a un conjunto de hermanos gemelos idénticos, su tío y su padre. Bryce sabía que era la forma en que fueron criados. Su abuelo era ministro rural y los había llamado Peter y Paul a su llegada. Afortunadamente, al menos en la mente de Bryce, una vez que el ministro de fuego y azufre murió, la vida en las colinas, incluido el nombramiento del que habría sido el único nieto, se relajó bastante.

"Entonces, si estás interesado en trabajar conmigo, y estarías loco por no estarlo, esto es lo que te propongo".

Durante los siguientes treinta minutos, después de haber despedido a los meseros después de que les sirvieran la primera ronda de bebidas, Max esbozó su plan, paso a paso.

Primero, Bryce pasaría la próxima semana allí en Laguna Seca trabajando con el equipo de la Costa Oeste de Skip Barber para conseguir un asiento en un auto diferente cada día; cada uno ofrece mucha más potencia y desafíos que el anterior. Luego, la semana siguiente, si a Bryce se le daba luz verde para proceder, volaría a Las Vegas Motor Speedway, donde pasaría dos días en un stock car de NASCAR bajo la tutela de un jefe de equipo jubilado que se especializaba en desarrollar jóvenes conductores.

"Es octubre. Si todo continúa según lo planeado, intentarás clasificarte para las 500 Millas de Daytona en febrero. Ya envié un depósito de $1,000,000 a GNR en Charlotte. Ese equipo ha ganado carreras de desierto, las 500, un título de la serie, y también presentó un equipo de que ganó las carreras de resistencia en Daytona y Sebring.

Correremos toda la temporada, ganarás el título de Novato del Año y espero algunas carreras".

Bryce estaba estupefacto, y su expresión debe haberlo demostrado. Max se rió y le hizo señas al mesero para que tomara sus órdenes para la cena.

"Mi intención es poner los mejores autos debajo de ti y el mejor equipo a tu alrededor, lo mejor de todo. Todo lo que necesitas hacer a cambio es seguir aprendiendo, desarrollándote, dar lo mejor de ti y ganar".

Los hombres se sentaron en silencio por un momento. Por fin, Max rompió el tenso silencio. "Solo tenemos dos preguntas que responder en este momento, Bryce. ¿Cuál de mis empresas será el patrocinador principal del equipo y…? Max se detuvo y miró a Bryce.

"Si el segundo es si estoy dentro, entonces diablos, sí, Max. ¿Dónde firmo?"

Max señaló una botella de champán, que parecía haber estado congelada, como si supiera cuál sería la respuesta de Bryce. Le hizo un gesto a Bryce para que lo siguiera afuera a la terraza donde Max agitó la botella y luego sacó el corcho hacia la bahía. Se turnaron para beber de la botella de champán de $400. Cuando volvieron a entrar al restaurante, Bryce notó las caras apresuradas que habían estado observando la celebración. La mayoría tenía curiosidad; algunos ofrecieron felicitaciones aunque no estaban seguros de por qué. Al menos una, un ángel con cara de chica de portada y cabello rojo de superhéroe, sonrió como solo una mujer interesada puede hacerlo.

Una vez de vuelta en la mesa, Bryce agradeció a Max una y otra vez y luego se disculpó y se dirigió al baño de hombres. Mientras estaba allí de pie, mirando el espejo sobre el lavabo, no podía creer que todo esto estuviera sucediendo. Abrió el grifo para lavarse las manos y se encontró pensando en esa noche en el camino de tierra, el tipo muerto tirado en el piso del baño.

Un hombre salió de uno de los puestos y Bryce saltó. *Si alguien alguna vez se entera del Valle, esto terminará más rápido de lo que comenzó.* Trató de calmarse mientras se enjuagaba las manos. Respirar.

Tan pronto como salió del baño de hombres, Bryce se encontro' directamente con la pelirroja. Si ella lo había seguido allí, interesada en un número de teléfono, una presentación o un paseo dentro de uno de los puestos, Bryce nunca lo sabría. La cita de la mujer la había seguido, y la expresión que vio en el rostro del hombre mostró que era una amenaza, y no solo para este encuentro. Bryce pensó en todo lo que tenía por delante y este era Tony Bishop, una estrella en ascenso en el circuito de Indy Car. Fue un momento incómodo, Bryce parado allí con una mujer que acababa de ser atrapada por su celoso novio. Antes de que pudieran intercambiarse palabras, apareció la mujer de relaciones públicas de Bishop, aparentemente de la nada, y se presentó a Bryce mientras se interponía entre los dos conductores.

Bishop dio media vuelta y salió del restaurante. Su cita puede haber estado en su brazo, pero los intereses de ella estaban claramente en otra parte.

"Manténgase alejado de Tony, al menos por el resto del fin de semana", sugirió la mujer. "Tiene temperamento. Y está conectado políticamente con los funcionarios y muchos de los patrocinadores. Este mundo de las carreras puede ser un poco incestuoso, si me entiendes".

Bryce sonrió. "Gracias por el consejo, pero voy a competir en NASCAR el próximo año. Tal vez la próxima vez que nos encontremos sea en la pista. Entonces seremos solo nosotros".

La semana siguiente en Laguna Seca, Bryce pasó un promedio de cinco horas cada día en la pista, progresando de un auto rápido a otro más rápido. El viernes por la mañana estaba preguntando: "¿Qué más tienes?"

Satisfecho con lo que había visto y escuchado, antes de volar de regreso a Alemania, Werner ejecutó un contrato con Bryce y lo estableció como empleado con una tarjeta de crédito de la empresa, un salario de $ 2,000 dolares por semana, seguro médico y un automóvil de alquiler. También organizó un vuelo chárter privado de Monterey a Las Vegas, para el adoctrinamiento y la evaluación del lunes siguiente con una leyenda de las carreras de autos stock.

Lefty Lozano, el dueño de un vicioso gancho de izquierda, había sido un boxeador prometedor años antes de involucrarse en las carreras de autos de las grandes ligas. Habiendo trabajado en el garaje de su padre en Dallas durante el día, se entrenaba para las peleas por la noche y luego viajaba por Texas y el suroeste para correr con sus amigos los fines de semana. Lo estaban haciendo tan bien en la pista, y él lo estaba haciendo tan bien en el ring, que en algún momento se tuvo que tomar una decisión: correr o el ring. Pronto, un desprendimiento de retina y la advertencia de un médico de ceguera inminente obligaron a Lozano a colgar los guantes y volver a practicar mecanica a tiempo completo.

A medida que las carreras de NASCAR crecieron en popularidad y se convirtieron en un deporte nacional, en lugar de uno basado únicamente en el sureste, lo mejor de lo mejor encontró trabajo en la plataforma de carreras de autos stock más importante del planeta. Lozano ayudó a muchos pilotos novatos y propietarios a llegar al podio de la victoria más rápido que la mayoría. Muchos, si no todos, de la fraternidad de carreras pensaron que el apodo de Lozano provenía de la propensión de los corredores de pista ovalada a girar a la izquierda, sin darse cuenta de su boxeo.

Ahora retirado, se mantuvo ocupado en el autódromo de Las Vegas, evaluando el talento como un favor para un amigo de las carreras o cobrando $10,000 por día si tocaba una llave inglesa.

Después del primer día de práctica de Bryce, Lozano llamó a Max Werner y le dijo en broma: "Si aún no has firmado a este chico, no lo hagas, lo firmaré yo mismo. Es "un natural".

Esa noche, Bryce agradeció a Lozano por toda la ayuda que le había brindado ese día al invitarlo a una cena en el Mirage en el Strip. Pero los dos se retrasaron cuando se encontraron con una mujer joven que sostenía a un bebé, detenida en el el lado de la interestatal con una rueda pinchada.

Cuando Bryce detuvo su auto alquilado detrás de su vehículo y encendió sus luces intermitentes, miró a Lozano y sonrió. "Apuesto a que podemos detener ese viaje en boxes en dos minutos como máximo, ¿qué dices?"

Lozano solo sonrió. En poco tiempo, los dos hombres abrieron el baúl de la mujer, sacaron repuestos, levantaron el auto, cambiaron las llantas, bajaron el auto, cerraron el baúl e intercambiaron agradecimientos. Se dirigían de regreso a su automóvil cuando un vehículo de la Patrulla de Carreteras de Nevada, con una barra de luz montada en el techo iluminada en azul y rojo, se detuvo detrás de su alquiler.

El policía estaba fuera del coche, aplaudiendo con aprobación. "Me dirigía en la otra dirección cuando los vi a ustedes dos deteniéndose y cuando pude Volver en U, ustedes habían terminado. Fueron menos de tres minutos", dijo. Les estrechó la mano y les agradeció por cuidar de la mujer y su hijo.

Más tarde esa noche, mientras Bryce observaba a Lozano saborear el último bocado de su pastel de queso al estilo de Nueva York, se sorprendió por la pregunta que le hizo el tejano.

"Entonces, dime, Bryce, ¿qué te pasa?" preguntó.

La expresión de Bryce obligó a Lozano a preguntarlselode otra forma.

"Lo que quise preguntar es esto: eres guapo, puedes manejar las ruedas de un auto de carrera, te manejas muy bien con la gente y pareces ser un tipo realmente agradable. Una vez que empieces, los medios te llamarán un fenómeno, un prodigio, y te convertirás en una estrella. Entonces, ¿cuál es tu Aquiles? ¿Cuál es tu debilidad? Si hubiera algo que pudieras cambiar de ti mismo, ¿qué sería?". El pauso'. "¿Qué no sabemos de ti?"

Bryce se recostó y consideró la andanada de preguntas que le lanzaban. "Hmmm", comenzó Bryce, pero justo cuando comenzó a responder, el mesero trajo la cuenta.

"Tu momento no podría haber sido mejor", le dijo Bryce al hombre.

Con la cuenta pagada, los dos regresaron al estacionamiento.

"Lefty", comenzó Bryce mientras conducía de regreso a la pista, "tal vez aún no lo hayamos descubierto. Tal vez, si tengo éxito, arruinaré el trato con la fama y la fortuna y todo lo que viene con eso. Pero espero que no. Supongo que el tiempo lo dirá.

La comida y la bebida le pasaron factura a Lozano y eso dejó a Bryce solo con sus pensamientos. No había mencionado árboles a través de parabrisas o Christy. Tal vez lo haría en otro momento.

CAPÍTULO OCHO

LA carrera de Fórmula Uno en Suzuka en Japón había sido bajo lluvia. Un monzón distante había trabajado en el mar y el cielo y empapado todo el fin de semana. Sin embargo, el evento comenzó a tiempo. Si bien el ritmo fue más lento, la competencia fue tan intensa como siempre.

Bryce había crecido conduciendo por carreteras resbaladizas y congeladas a lo largo de las montañas de Vermont y New Hampshire. Tenía una sensación natural para correr bajo la lluvia. Tony Bishop, el competidor más cercano de Bryce en puntos del campeonato, luchó todo el fin de semana y terminó quinto en la victoria de Bryce, la primera en Japón. A pesar del clima, una victoria normalmente alegraría el día de un conductor. Pero su encuentro con Max Werner la noche anterior en el hotel casi lo había destruido.

Habían cenado en la suite de Werner y se quedaron en la mesa del comedor después de que se despejó. Con el café servido y el personal excusado, Werner fue directo al grano. "Aquí está la situación", comenzó.

Bryce apretó los dientes. Conocía a Max lo suficiente

como para saber que se iba a decir algo que Bryce preferiría no escuchar.

"Como se puede imaginar, después de un cierto número de años, la mayoría de los patrocinios de carreras se estabilizan. El retorno de la inversión, el ROI como decimos, disminuye. Y ahí es cuando las empresas se van para invertir su dinero de marketing en otra parte. Ese es el caso de Industrias Werner".

"¿Todavía estamos compitiendo el resto de este año?" preguntó Bryce, sintiéndose aún más preocupado.

"Por supuesto. Quiero llevar la marca Werner a un segundo campeonato de F1".

"Entonces, ¿después de Abu Dhabi estás vendiendo el equipo o qué? Max, ¿qué estás tratando de decir?"

Werner se levantó de la mesa y sacó una carpeta de su maletín en la habitación contigua. Cuando lo dejó caer sobre la mesa frente a Bryce, aterrizó, al menos para los oídos de Bryce, con un ruido sordo siniestro.

Werner volvió a tomar asiento y continuó. "La buena noticia es que no voy a vender el equipo. La otra buena noticia es que tenemos una carpeta llena de empresas, grandes empresas, que desean usar la F1 para aumentar el conocimiento de su marca y desarrollar las ventas en todo el mundo".

Bryce comenzó a tamborilear con los dedos sobre la mesa con impaciencia. Esperando las noticias reales.

"Puedo firmar un trato de cien millones de dólares mañana por la mañana si quiero. Y dos tratos asociados por valor de otros cien millones. Pero aquí está la parte más importante: lo que ha estado esperando escuchar. Para firmar esos contratos, te quieren a ti, Bryce Winters.

Quieren que conduzcas su marca en mis autos en F1 durante los próximos tres años".

El aire salió de los pulmones de Bryce como si le hubieran dado un puñetazo en el estómago. Miró al hombre con incredulidad y luego, distraído por un segundo, notó el marco de la foto en la mesa auxiliar. Una foto de la pequeña hija de Werner, la pequeña Mila, su orgullo y alegría. Inmediatamente volvió su atención a su padre.

"Sabes que quiero retirarme a fin de año, siempre que ganemos el campeonato. Ningún estadounidense ha hecho esto más de una vez. Quiero vencer el único título de F1 de Andretti y luego volver a Park City y como tú me ayudaste. Sabes que ese es el plan.

Bryce se recostó en su silla, inclinándola sobre sus patas traseras mientras miraba hacia el techo. No había tomado nota de nada sobre la habitación hasta ahora. La obra de arte le recordó dónde estaba: coloridos bocetos del monte Fuji montados en la pared detrás de Werner, un samurái a la izquierda, una geisha a la derecha. Mientras disfrutaba y apreciaba el país, no había planeado volver a Suzuka nunca más. Werner no tenía idea de la posición en la que acababa de poner a su piloto. Si continuaba conduciendo F1, la CIA continuaría con una soga sobre su cabeza y lo obligaría a hacer su trabajo sucio. Si conducía durante tres temporadas más, serían tres años más de correr riesgos, riesgos que podrían llevarlo a una prisión extranjera o a una morgue. La CIA ya lo tenía como rehén y lo odiaba.

Lentamente devolvió la silla al suelo, miró a Max y luego sonrió. "Y me vas a decir que sin estos patrocinios firmados cerrarás el equipo y será mi culpa que más de cuatrocientas personas se queden sin trabajo".

"¡Precisamente!" Max gritó y luego comenzó a reír. "*Probablemente* es la palabra más apropiada. Probablemente vendería el equipo y lo dejaría así".

Los dos se sentaron en silencio por un tiempo tomando sus bebidas y luego Bryce se levantó para irse. "Hora de dormir un poco. ¿Cuándo necesitas una respuesta, Max?

"La mañana después de México. Si hacemos esto, quieren realizar una conferencia de prensa en Austin, Texas, y mostrar los nuevos colores para los autos del próximo año".

Eso le daría a Bryce una semana para decidir.

"Sabes que esto te va a costar mucho si hago esto", dijo en un tono firme.

"No hay duda. Pero, ¿por qué concentrarse en solo dos campeonatos cuando podría tener cinco?

Bryce caminó alrededor de la mesa y cuando Max se puso de pie, le estrechó la mano y la sostuvo mientras le agradecía todo lo que había hecho por él en su carrera deportiva. Los dos hombres se quedaron en silencio, cada uno perdido en sus propios pensamientos, y luego Bryce se fue. Veinticuatro horas más tarde, Bryce se abrochaba el cinturón de seguridad en su asiento junto de la ventana a bordo de un vuelo 747 de United Airlines con destino a Los Ángeles. Había volado esta ruta antes y disfrutó especialmente de la cabina de primera clase que ocupaba el área detrás de la cabina de los pilotos. Solo había espacio para una docena de viajeros que subieron por la escalera circular a esta cabina dándole la sensación de un área privada que prometía paz y tranquilidad y un servicio impecable.

Si todo salía bien, pasaría las próximas nueve horas profundamente dormido y luego tomaría un pequeño avión chárter de LAX a Park City. Tendría unos días libres antes de su reunión programada con su controlador: Nitro. No habían hablado desde su última misión en Sochi y eso le había parecido bien. Pero ella tenía algunas noticias que prefería dar en persona y no ansiaba su visita.

Sin embargo, para la mujer que se sentó junto a él, dormir era lo último que tenía en mente. Era una voladora nerviosa y necesitaba hablar. Bryce dejó escapar un suspiro de frustración mientras giraba hacia la derecha para responder al saludo de la persona. Cuando vio su rostro, con sus exquisitos rasgos asiáticos, se acabó el juego.

"Siento mucho molestarte", había dicho ella. "Vuelo por todo el mundo. Lo he hecho durante años, pero esto todavía me asusta: sobretodo el despegue. Una vez que nos levantamos, estoy bien. Loco, ¿eh?

Bryce sonrió. "Soy igual al comienzo de una carrera. Mariposas, supongo. Pero una vez que nos ponemos en marcha, yo también estoy mejor". Él se presentó a ella y ella asintió a cambio.

Te reconocí en el salón. Mi padre estuvo en la carrera este fin de semana. Va todos los años".

Él sonrió de nuevo. Pronto, el avión avanzó pesadamente por la larga pista, y justo cuando el piloto tiraba de los controles que elevaban el enorme avión en el aire de la noche, colocó su mano sobre la de Bryce y luego la agarró. Hubo algunos golpes leves cuando el avión se elevó a más de 3.000 metros, luego la mujer se relajó y retrocedió, pero la conversación continuó. Durante las siguientes nueve horas se comportaron como viejos amigos. Tenían tanto en común y estaban tan interesados en las pasiones del otro.

Habló sobre su título en Derecho Internacional de la UCLA y algunos de los casos en los que había estado involucrada en todo el mundo. En el transcurso del vuelo ella continuó impresionando. Ella había competido en la versión japonesa de la competencia atlética American Ninja Warrior en la televisión, y admiró su forma cuando la vio levantarse para recuperar algo del techo. El aspecto de modelo, el cuerpo atlético, la gran mente y la conversación fascinante hicieron que Bryce deseara haber estado en un vuelo más largo, tal vez el maratón de dieciocho horas de Nueva York a Hong Kong. No quería que este viaje terminara.

Cuando finalmente se tomaron un descanso para comer salmón a la pimienta negra para ambos, se rió para sus adentros cuando ella seleccionó la película *The Interview* en el entretenimiento a bordo. James Franco y Seth Rogan habían hecho la película años antes sobre dos hombres, un periodista y su productor de televisión, que viajan a Corea del Norte para realizar una entrevista y acabar con el líder supremo en nombre de la CIA. Hubo escenas en las que la mujer resopló, se estaba riendo tan fuerte, perturbando el desorden de ronquidos de un hombre sentado frente a ellos. Bryce conocía la película, pero nunca la había considerado hasta ese momento en que algún día podría encontrarse en una situación similar. Cuando aterrizaron, Bryce se sintió decepcionado de que su pequeña fiesta hubiera llegado a su fin.

"Me voy a Utah por unos días libres y luego a la Ciudad de México para la carrera. ¿Y tú?" preguntó.

"Una reunión en Los Ángeles y luego un vuelo a Washington esta noche y luego a Bruselas", le dijo. No podía apartar sus ojos cansados de ella y sintió lo mismo de ella hacia el. "Sabes, nunca pregunté", comenzó. "¿Estas en una relación?"

Su expresión se volvió seria pero luego cambió a una sonrisa astuta. "No. Mi trabajo y mis viajes hacen que eso sea imposible. Es muy difícil encontrar a alguien que entienda las demandas o que tenga un estilo de vida similar".

Bryce sonrió de nuevo. Él le entregó su tarjeta mientras ella sacaba una de su bolso.

"Kyoto Watanabe", leyó y se rió. "Bueno, al menos si nos casamos tus iniciales no tendrán que cambiar."

Ella se rió, "¡Tampoco las tuyas!"

Él la siguió por las escaleras circulares y a través del largo puente de desembarque hasta que llegaron al área de la puerta y se dirigieron a la entrada de la Aduana de los Estados Unidos. Continuaron juntos a través de la zona de entrada global rápida y luego se detuvieron para despedirse.

Ella se dio la vuelta, con una mirada de vergüenza en su rostro. "Odio preguntar, pero", dijo, "mi padre me mataría si no me tomara una foto contigo. ¿Puedo?"

Bryce asintió y sonrió mientras se acercaban para la foto." Ahora me lo debes. Cenar en algún lugar, en algún momento".

Ella asintió y saludó mientras se marchaba.

Su primera cita había terminado y cada uno se dirigía en direcciones muy diferentes. Le gustaba esta mujer, realmente le gustaba, y mientras caminaba hacia el transbordador a la terminal de vuelos chárter, sonrió mientras seguía pensando en ella. Había pasado mucho tiempo desde que alguien lo había interesado de esa manera. Había bajado la guardia por primera vez desde que vió o cómo bajaban un ataúd a la tierra en Vermont. Dirigiéndose al pequeño Bombardier Learjet 75, que parecía lo suficientemente pequeño como para caber dentro del 747 que acababa de dejar, Bryce se preguntó si alguna vez volvería a ver Kioto.

Habían pasado siete años desde la noche en que Lozano le hizo esas preguntas a Bryce y el prodigio, como lo había llamado Lefty, había despegado como se esperaba. El trofeo de un ganador de la Indy 500 descansaba en la gran sala de su casa en la montaña, colocado junto a su trofeo de las 500 Millas de Daytona y la multitud de copas del ganador de la carrera que había adquirido. En la pared opuesta, el trofeo del Campeonato de Fórmula Uno y los muchos premios de las victorias en carreras que Bryce había obtenido, asegurando los títulos que los complementaban.

Algunas personas coleccionaban armas, vino o bellas artes. Bryce coleccionó victorias en carreras, títulos y los bienes que venían con ellos. Pero quería uno más, en particular, y estaba convencido de que este podría ser el año en que sucederi'a. Luego miró las muletas de aluminio en las que se vio obligado a confiar después de el accidente masivo durante esa carrera en Talladega.

Había estado involucrado en lo que ellos llaman, "The Big One". En cada carrera de NASCAR en Talladega, se desata un infierno en la pista en algún momento y la debacle resultante acaba con una docena o más de autos. Tenía las muletas montadas y colgadas sobre la puerta como un recordatorio de que, como él mismo dijo, "*No asumas nada*". Pensó por un momento en el vuelo en que había tomado de Tokio a Los Ángeles y sonrió, pero luego se encontró en compañía de otra mujer y no podía esperar para deshacerse de ella.

CAPÍTULO NUEVE

Nitro, Joan Myers, se veía increíble sentada en un taburete alto en la isla de la cocina llena de electrodomésticos de acero inoxidable que él rara vez usaba. Su largo cabello rubio recogido hacia atrás, jeans ajustados, camisa de franela roja y negra con botones abiertos para revelar el escote que a menudo usaba para distraer o atraer a las personas para que hicieran lo que ella quería. Pero eso nunca había funcionado con Bryce. Ella era parte de una organización que lo había obligado a hacer algo, y él estaba resentido con ella por eso, aunque hizo todo lo posible por ocultar la animosidad. Ella era un trofeo que no le interesaba. Sin embargo, tenía una gran personalidad, y Bryce disfrutó de las bromas sexuales ocasionales entre Madigan y ella.

Déjalos bromear mientras espero mi momento.

Ella estaba allí para informar sobre el golpe en Sochi y prepararse para su reunión con su nuevo jefe de Langley. Hablarían durante la cena, mientras esperaban la pizza que llegaba tarde. Ella era solo la mensajera, había insistido mientras desempeñaba su papel, no la persona que chantajeaba a Bryce en un rincón. Sin embargo, lo que ella y la CIA nunca consideraron de Bryce fue que los depredadores acorralados eran los más peligrosos.

"El ruso tenía hijos", dijo Bryce, cansado de esperar y decidido a descargar su frustración. "Te lo dije antes, haré lo que me pidas mientras no haya niños involucrados".

"Ese fue nuestro error, Bryce, y lo siento mucho. Nuestra información estaba equivocada, esta vez", le dijo. Él la miró fijamente y sacudió la cabeza mientras ella intentaba explicarse. "Pero tienes que darte cuenta, él era un hombre muerto caminando. Sus hijos iban a quedarse sin padre, ya sea que lo sacaras a él o lo hiciera otra persona. Piénsalo de esta manera, si te hace sentir mejor. Si alguien más hubiera cometido el hecho, el atacante podría haber volado la casa del bastardo con sus hijos dentro".

"¿Se supone que eso me hará sentir mejor, de verdad?" se enfureció. "Mi padre no estaba mucho por aquí, pero eso no significa que hubiera estado mejor sin él. ¡Maldita sea, - Dije que nadie con niños!

Sonó el timbre de la puerta principal, proporcionando un descanso necesario en la escalada de tensión en la habitación. Después de darle una propina a la repartidora y despedirla, sirvió la comida y ninguno de los dos volvió a hablar. Agarró el control remoto y se desplazó a través de las películas hasta que encontró lo que estaba buscando. *Los Tres días del Condor*, la película protagonizada por Robert Redford y Faye Dunaway sobre un descifrador de códigos de la CIA que entra a su lugar de trabajo y descubre que todos sus compañeros de trabajo han sido asesinados.

Él la miró en busca de aprobación. Con la boca llena

de pizza, se encogió de hombros, sus ojos decían ¿por qué no? Vieron la película durante dos horas sin decir una palabra. Una vez que terminó, ella le preguntó si podía quedarse a pasar la noche, tratando de reparar lo que había roto.

"La casa está tan tranquila, debes sentirte solo aquí", gritó mientras él iba a usar el baño. Cuando volvió a entrar en la cocina, tenía el abrigo de ella en la mano, la ayudó a ponérselo y luego la acompañó hasta su coche. Había cinco habitaciones en su hermosa casa, pero ella no estaba invitada a quedarse, nunca.

Bryce caminó hacia el enorme trofeo plateado del campeonato de F1 y lo miró fijamente. Había hecho casi todo lo que quería hacer en el automovilismo excepto ser considerado como el mejor de Estados Unidos. Para hacer eso, para superar a su héroe Andretti, tendría que ganar un segundo título de F1. *Se puede hacer,* se dijo a sí mismo. Werner estaba dispuesto a hacerlo. Él financió la carrera de Bryce y cosechó dividendos que mantuvieron muy felices a su junta directiva y accionistas.

Dicho esto, con solo un puñado de carreras de F1 restantes en el calendario, Bryce necesitaba idear un plan para obtener lo que quería, no solo más victorias en carreras y otro título, sino su libertad. Quería deshacerse de la CIA. Se había cansado de la influencia que tenían sobre él. En lugar de disfrutar de una noche excepcional en su cama, la pasó mirando a través de los tragaluces el manto de estrellas de arriba y desarrolló un plan de acción que podría funcionar. Entonces empezó a barajar su contrato con Werner que vencía a finales de año. Nunca hubiera llegado a donde estaba hoy sin Max, pero *había sido* una relación mutuamente beneficiosa. Esperaba que su amigo recordara eso.

La península de Baja es una estrecha franja de tierra que se adentra en el Océano Pacífico a lo largo de su costa oeste y el Golfo de California a lo largo de su lado este. San Diego se encuentra al otro lado de la frontera norte con los Estados Unidos, y se extiende hacia el sur hasta Cabo San Lucas, la ciudad fiestera conocida por el tequila, la pesca en alta mar y el dinero. Faltando otra semana para la próxima carrera de Bryce, el GP de México en la Ciudad de México, invitó a Nitro, a su nuevo jefe, Glen Gunn, y a Jack Madigan a dar unas vueltas con unos todoterreno en la península.

Todos los años, los corredores y fanáticos que aman las carreras todoterreno, el deporte de correr contra la naturaleza en lugar de en una pista de carreras o en un circuito pavimentado, acuden en masa a la región para espectáculos como la Baja 1000. Aquí es donde los vehículos de carreras que se asemejan a automóviles y camionetas, así como motocicletas, vehículos todo terreno y buggies corren a través de las colinas, valles, desiertos y montañas entre Ensenada en el Océano Pacífico y La Paz, en el extremo sur y en el borde del Golfo de California. Es una carrera brutal que corre a altas velocidades día y noche. Teniendo en cuenta los obstáculos y las caídas profundas que enfrentan los competidores, también puede ser mortal.

Muchas empresas han hecho negocio proporcionando vehículos de carreras todoterreno, completos con jaulas antivuelco protectoras, celdas de combustible para proteger los tanques de gasolina de fugas o explosiones en caso de un choque, cascos, trajes contra incendios, guantes para conducir, radios

bidireccionales, guías y personal de apoyo, para que los entusiastas puedan "conducir" por cerros, playas, tramos desérticos y esquivar obstáculos como vacas en el camino o cactus de seis metros. En puntos a lo largo del recorrido puede ser muy peligroso. Si no se toman en serio, los desniveles repentinos en los lados de los acantilados y los profundos barrancos pueden engullir un vehículo y sus ocupantes, dejándolos paralizados o algo peor cuando llegan a descansar cientos de metros más abajo. Bryce había organizado un viaje de dos días para los cuatro y no veía la hora de ponerse en marcha.

Madigan y Gunn habían volado a San Diego en vuelos comerciales desde Charlotte y Washington respectivamente, el día anterior, mientras que Bryce y Nitro volaron el martes por la mañana temprano en un vuelo chárter privado desde Park City. Los dos hombres se habían quedado despiertos hasta tarde la noche anterior en el bar del hotel, viendo el partido de la Costa Oeste de Futbol de Lunes a la Noche que fue a tiempo extra. Se habían sentado a solo unos pocos taburetes de la barra uno del otro. Atontado por su larga noche, Bryce se compadeció de los hombres y dispuso que la excursión comenzara un día después, el miércoles, y en su lugar organizó un almuerzo para romper el hielo.

El Hotel Coronado es un punto de referencia en la zona, ya que ha albergado a presidentes y estrellas de cine durante décadas para eventos de recaudación de fondos, bodas y fiestas de todo tipo. El Coronado también era un lugar popular para los amigos y familiares de los mejores de la Marina, que a menudo se veían en el área sometiéndose a BUDS - Basic UnderwaterEntrenamiento de demolición / SEAL en la Base Anfibia de la Marina allí. Bryce había estado en este hotel muchas veces antes y siempre se esforzaba por agradecer a los hombres y mujeres de la Marina por su servicio y sacrificio, mientras que ellos estaban igual de entusiasmados de conocerlo y posar para las fotografías. Cuando se mencionaba Park City, la conversación siempre giraba en torno a "Debes saber…". o "Sí, ese tipo del Seal Team Six vive allí ahora".

Durante el almuerzo en una mesa ubicada en un rincón tranquilo y lejos de la multitud, los cuatro hablaron sobre Baja, carreras, viajes, perros y fútbol. Bryce y Madigan habían mostrado un interés falso en la carrera y la familia de su nuevo jefe, con la esperanza de desarrollar una relación mejor que la que habían tenido con su predecesor. *Guy parece más un jockey de escritorio nerd que un espía, con gafas y todo,* pensó Bryce a primera vista.

"Sin esposa, sin hijos, sin perro, solo trabajo y fútbol de los Pieles Rojas", su cuadro, les dijo Gunn.

Bryce se burló de él acerca de un hombre llamado Gunn que trabajaba en la aplicación de la ley pero, como el hombre había escuchado eso miles de veces antes, Bryce pudo ver que lo irritaba, así que retrocedió.

"¿Qué es lo más rápido que has conducido?" Matt le preguntó a Gunn por curiosidad.

"Con el tráfico de la circunvalación, a unas treinta millas por hora", respondió. "Pero solía competir con los últimos modelos sobre tierra en Potomac Speedway cuando era más joven, así que sé un poco sobre la velocidad". Bryce se inclinó y le chocó los cinco, complacido y sorprendido de saber esto. Luego miró a Madigan, quien asentía con aprobación. Cuando la conversación se dirigió hacia los negocios, Gunn mencionó un artículo periodístico que había leído en el Washington Post sobre la corrupción en el gobierno federal de México.

Bryce optó por no participar. "Vamos, tendremos tiempo de sobra para hablar de lo que sigue", les dijo. "Vamos a guardar eso para la mesa de la cena de esta noche. ¡Por ahora, vamos a divertirnos!"

Después del almuerzo, todos subieron a una lujosa minivan negra y partieron hacia Ensenada, México, a un corto trayecto al sur de San Diego y el punto de partida de su aventura en Baja California

La cena de bienvenida del martes por la noche en Ensenada no había salido como Bryce esperaba. Cuando se enteró de que Gunn había corrido, aunque hace años, pensó que eso podría contribuir a una mejor relación laboral y tal vez incluso a una amistad que podría aprovechar para ganar su libertad. Cuando Gunn se inclinó junto a Bryce después de la cena en el bar y le dijo que sabía lo que estaba haciendo, todas las apuestas estaban canceladas.

"Bryce, estoy con la maldita CIA", le había dicho Gunn en un estado ligeramente ebrio. "Leemos a las personas mejor que nadie. No dejes que la ropa o las gafas te engañen. Puedo parecer un trajeado de oficina, pero estoy altamente capacitado, y soy capaz de cosas que ni siquiera puedes imaginar. Por lo tanto, continuará haciendo lo que necesitamos cuando lo necesitemos. Punto."

Bryce le sonrió al hombre. "10-4", fue la única respuesta de Bryce.

A la mañana siguiente, después de una comida rápida de tortillas para el desayuno y grandes cantidades de café y jugo de naranja, los cuatro se subieron a una minivan blanca que les había enviado Baja Driving Adventures, la empresa de vehículos todoterreno. De los cuatro, solo Madigan era una persona madrugadora.

Después de repetir algunas cosas que había escuchado en el programa de Howard Stern esa misma mañana en SIRIUS, el resto se animó. Bryce podía ver desde Nitro expresión que Gunn había compartido sus palabras de la noche anterior, pero cuando sonrió y le guiñó un ojo pudo verla relajarse. Después del corto viaje, la mayor parte por caminos polvorientos, llegaron al lugar de encuentro, y después de vestirse y una reunión de orientación e instrucción de treinta minutos con los guías, los cuatro participantes salieron al brillante sol mexicano. Era hora de elegir pareja, abrocharse el cinturón y ponerse en marcha.

"Joan, viaja conmigo", dijo Gunn. "Podemos hablar de negocios en el camino". Bryce la miró a ella y luego a Madigan y asintió. Él sonrió.

El equipo tardó unos minutos en asegurarse de que todos estuvieran abrochados y listos para partir. Guantes, collarines - chequeado. Conectaron los tubos de respiración al costado de sus cascos integrales para permitirles bombear aire filtrado. El polvo y el cieno del desierto harían la vida miserable sin ellos. Las comunicaciones del casco se conectaron y probaron, las redes de las ventanas destinadas a mantener los brazos dentro de la cabina y los objetos extraños se colocaron en su lugar, y luego los dos conductores encendieron los motores Subaru y salieron a la carretera que los llevaría a la naturaleza. Bryce había conducido este curso muchas veces, por lo que se acordó que él lideraría el camino fuera de la ciudad y hacia el camino. Para sorpresa de Bryce, Gunn golpeó su vehículo con fuerza desde atrás como para recordarle a Bryce que estaba allí y quería ponerse en marcha. Bryce cambió la configuración de su radio de A a B para poder hablar con su navegante, sentado a su lado.

"Sabes, había olvidado que ella tenía un nombre real", dijo."Yo también. Pensé por un segundo, quién diablos es Joan", respondió Madigan.

"Esto va a ser divertido", dijo Bryce con una sonrisa.

"Déjala comer", fue la respuesta de Madigan.

En el momento en que los dos vehículos despejaron los límites de la ciudad, lejos de los niños y los perros que jugaban en las calles, Bryce pisó el acelerador y dejó a Gunn y Nitro en su polvorienta estela. Durante las dos horas siguientes, ambos equipos corrieron fuerte y rápido por el desierto abierto. Eventualmente, comenzaron a encontrar cactus, de al menos 6 metros de altura, que habían estado creciendo durante casi 100 años. A la luz del día, puede ser fácil evitar toparse con uno de ellos, a menos que esté tratando de rebasar o siguiendo a un vehículo que va delante de usted demasiado cerca y la suciedad y el polvo levantados obstruyan su visión.

"Será mejor que retrocedamos un poco", le dijo Gunn a Nitro por la radio del automóvil. "Esos grandes, si están llenos de agua, pueden pesar más de doscientos kilos. Si golpeas uno a gran velocidad y no duele lo suficiente, sus púas pondrían celoso a un puercoespín.

"Sí, por favor", respondió Nitro, su tono de voz

mostraba preocupación. "De todos modos, no puedo leer este maldito mapa con toda la suciedad volando. Bryce dijo que nos encontraríamos con algunos acantilados antes del almuerzo, y no estoy dispuesto a romperme el cuello en México.

Los guías habían mostrado al personal de la CIA cómo funcionaban los mapas y el GPS en el recorrido. Los sistemas de rastreo satelital montados en el tablero eran de vital importancia en la conducción todoterreno, especialmente cuando se competía en el polvo o en la oscuridad. El mapa mostraría los peligros y los lugares donde era necesario girar a la izquierda o a la derecha para mantenerse seguro y en el rumbo, y la distancia entre ellos. Hubo una recta ocasional que le daría al navegante la oportunidad de apartar la vista del mapa y disfrutar del paisaje por un corto tiempo, pero tan rápido como había llegado, el tiempo de descanso había terminado y volvían a estar nerviosos. Los conductores o navegantes no podían cometer errores porque si lo hicieran podría ser fatal.

Un par de veces Gunn había sido capaz de salirse del camino que había tomado el líder y ponerse al lado de Bryce, con la intención de pasar mientras le mostraba el dedo medio a su rival. pero de repente las maniobras evasivas para evitar una roca o un cactus que se avecinaba siempre enviaban a Gunn al segundo lugar. Bryce había conducido todo tipo de autos de carreras en todo tipo de condiciones en todo el mundo, y sus reflejos y juicio eran insuperables. Para un novato en las carreras del desierto, como Gunn, las cosas pueden suceder rápido. Los biplazas en los que competían normalmente superaban los 150 kph, pero los guías y Madigan habían advertido a Gunn y

Nitro que a esa velocidad viajarían a más de 30 metros por segundo, la longitud de un campo de fútbol americano. en tres segundos. En tierra y grava que cede, y con los desafíos de conducir y frenar, chocar un vehículo y arruinar tu día (o tu cuerpo) no valía la pena. Entonces, habían advertido, "no hagan nada estúpido".

"Oye, Gunn, ¿ya te cansaste de comer mi polvo?" Bryce alardeó después de cambiar su radio de nuevo a A para que los dos autos pudieran hablar.

"Copiado", dijo Gunn.

"¿Cuánto tiempo antes de un descanso para orinar?" preguntó Nitro. "Sé que el café ha estado dando vueltas demasiado tiempo, al menos para mí, ¡y luego es mi turno de conducir!"

"No mucho, tal vez otros veinte minutos", respondió Madigan. "Tenemos que pasar por un conjunto más de acantilados y luego los guías nos estarán esperando con comida y papel higiénico para cualquiera que lo necesite".

Prefería correr al frente con aire más limpio, pero para Bryce no era un gran desafío y le hizo un gesto a Madigan de que se estaba aburriendo. Soltó un poco el acelerador y pulsó el botón de la radio montado en el volante.

"Oye, Gunn, ¿eres un apostador?" Bryce preguntó por la radio.

"Absolutamente", respondió.

"Bueno. Voy a detenerme y dejarte pasar. Esperaremos cinco minutos y luego, si te atrapo y te paso antes de que lleguemos a la parada en boxes, tienes que quemar mi archivo y soltarme".

Madigan palmeó el hombro derecho de Bryce y luego levantó las manos en el aire, como si dijera: *¿Cuándo se te* *ocurrió eso*? Bryce intentó encogerse de hombros, pero los arneses de hombro de seis centímetros de ancho no se lo permitieron. Esperó una respuesta de Gunn y luego comprobó por radio para asegurarse de que todavía estaba allí.

"Wynters a Gunn. ¿Me copias?"

"Negativo al fuego, buen intento, pero acepto el desafío. Te estaremos esperando en el puesto de control. Bryce sacudió la cabeza con frustración, pero se desvió del recorrido hacia una ladera baja y esperó. Madigan volvió a cambiar la radio del coche a B para que pudieran hablar, pero Bryce se limitó a negar con la cabeza, esta vez lentamente, y volvió a poner la radio a A.

Dos minutos más tarde, Gunn y Nitro pasaron volando junto al vehículo de Bryce y Madigan, dejándolos en el polvo para variar. Finalmente, Gunn tenía cielos despejados y aire frente a él, con el pie pisando a fondo el acelerador. El reloj estaba corriendo.

Gunn observó cómo Nitro volvía a cambiar la radio a B y le decía que dentro de un kilómetro y medio tendrían un giro brusco de noventa grados a la derecha y luego un viaje lento a lo largo de un camino muy estrecho y alto en un acantilado antes de que se abriera a donde Madigan dijo que el la tripulación estaría esperando.

"Dime cuando estemos a un cuarto de milla y reduciré la velocidad", le dijo. A medida que avanzaban más y más cerca del lugar donde tendrían que girar, la montaña gris en frente a ellos se elevó más y más alto en el cielo. Más cerca ahora, Gunn podía ver rocas de todas las formas y tamaños delante de su rostro.

"Media milla", dijo Nitro. "Recuerda, se acerca un acantilado".

Gunn no respondió. Mantuvo el pie en el acelerador y siguió adelante.

"Cuarto de milla", le dijo Nitro, esta vez su voz sonaba un poco más preocupada.

"Octavo de milla, por favor disminuya la velocidad", suplicó.

"¿Qué dijiste?" bromeó, gritando por encima del zumbido del motor. Sabía que el lado del acantilado venía rápido, a esta velocidad estarían en él en segundos. Pero el impulso de competir, de ganar, lo había superado. Soltó el acelerador, pisó el freno, bajó la marcha de cuarta a tercera y volvió a pisar el pedal del freno mientras se giraba para echar un vistazo rápido a su navegador. Vio que su casco blanco caía hacia adelante con la desaceleración y notó que había soltado el portapapeles que sostenía el mapa. Pisó con más fuerza el freno y cambió a Segunda marcha mientras miraba hacia la carretera. Parecía terminar justo en frente de él.

De repente, sus manos se soltaron de su agarre del volante. A 60 kph, el vehículo continuó, directamente al acantilado.

∽

Años antes, en la víspera de Año Nuevo, el piloto estrella de Nitro Circus, Travis Pastrana, había viajado90 metros sobre el agua en un auto de rally de Red Bull por el aire en Long Beach, California, desde un muelle hasta una barcaza. Pero la escena que se desarrollaba 400 kilometros al sur en la península de Baja California era totalmente opuesta. El vehículo se estrelló contra un montículo de rocas irregulares y cantos rodados que habían caído por la ladera de la montaña durante décadas y se acumularon abajo. Algo debe haber perforado la celda de combustible y el fuego envolvió inmediatamente el vehículo. Un viento arremolinado se llevó el humo a través del barranco.

Casi ocho minutos después, Bryce redujo la velocidad hasta detenerse y se acercó al borde del acantilado. Madigan volvió a tocar el hombro de Bryce, gesticulando con ambas manos como si dijera: *¿Qué pasa?*

Bryce pulsó el interruptor de encendido para apagar el motor, bajó la red de la ventana y luego se quitó los guantes, se desabrochó los arneses de los hombros, los cinturones de regazo y entrepierna, desenchufó los cables del auricular del casco, se quitó el cuello y se desabrochó el casco, colocándolo en el tablero Bryce salió y caminó unos metros hasta el borde del acantilado y miró hacia abajo, haciendo un gesto a Madigan para que se uniera a él.

Después de que su navegante repitiera los mismos pasos que había dado Bryce, salió y caminó hacia el costado del acantilado. Un punto de luz brillante bañó el traje de conducir cubierto de polvo de Bryce y luego el de Madigan, lo que hizo que se detuviera en seco. Bryce miró a través del cañón y la ladera de la montaña hacia la fuente de la luz cegadora y levantó el pulgar hacia el francotirador que había decidido la carrera.

"Bueno, eso ayudará a quitarnos de encima a la CIA, tal vez para siempre", dijo sin apartar los ojos del fondo del cañón.

Bryce señaló el bulto que habian sabido ser dos agentes de la CIA y un vehículo todoterreno.

"¿Qué hiciste?" Madigan preguntó mientras giraba la mirada desde la ubicación del francotirador en la ladera hasta el sitio muy por debajo de ellos. "¿Qué hiciste?"

Habiendo aprendido que su nuevo controlador no dejaba seres queridos atrás, Bryce no sintió remordimiento por lo que acababa de suceder. Luego dirigió sus pensamientos a la hermosa Nitro, que había jugado de policía bueno para muchos policías malos de la CIA desde que se hizo su arreglo. Ella pudo haber parecido comprensiva con su situación de vez en cuando, pero también había tirado con fuerza de la correa demasiadas veces. Su ambivalencia sobre los éxitos que dejaban a los niños sin padre selló su destino; él tampoco derramaría lágrimas por ella.

"¿Qué es eso que se dice?" preguntó mientras se giraba hacia Madigan.

"¿Cuál?" preguntó abatido, todavía sacudiendo la cabeza mientras miraba la escena del accidente debajo de ellos.

"¿Vivir por la espada, morir por ella también?"

Con eso, Bryce comenzó a revertir lo que acababan de hacer y se preparó para llegar al puesto de control. Madigan permaneció en silencio en la ladera hasta que Bryce lo llamó.

"Tenemos que empezar a movernos ahora, amigo. ¿Estás bien? llamó. Madigan se volvió hacia su amigo, asintió y regresó para reunirse con el conductor.

Una vez que se reinició el motor, aceleraron, Bryce condujo como si estuvieran en una vuelta de calificación, volaron alrededor del acantilado y se dirigieron hacia los refrigerios y la comida que los esperaba. Bryce cambió la radio a B y expuso el resto del plan. Esperaban pacientemente durante cinco minutos, luego diez y, finalmente, fingían preocupación por sus amigos cuando no llegaban a la parada de descanso que estaba claramente marcada en el mapa.

"¿Por qué no me dijiste lo que habías planeado?" Madigan le preguntó a Bryce por radio. Cuando no respondió, Madigan volvió a preguntar.

"Fue una decisión del día del juego", comenzó Bryce. "Le di una salida al tipo. Cuando no la tomó, se lo di de comer a los perros. No quería, pero necesitaba un plan y él cayó en él".

"No, cayeron en él, Bryce, *ellos* lo hicieron".

Los dos no hablaron una palabra más hasta que llegaron al puesto de control, se hidrataron y luego se lavaron la tierra y el limo fino de la cara. Se sentaron a comer el almuerzo de tortillas y enchiladas que habían preparado allí para ellos, pero Madigan había apartado su plato. Una vez que Bryce terminó su comida, comenzó la actuación y aumentó la preocupación por los dos conductores que llegaban tarde al almuerzo. Un teléfono satelital, lo único que podía llegar a la civilización en medio de la nada, se utilizó para llamar a la oficina del tour en Ensenada. Una verificación rápida del localizador del dispositivo GPS en el vehículo de Gunn les dijo a los equipos exactamente dónde se había detenido el automóvil.

"Están en la quebrada", les informó el contacto en Ensenada." Llamaré a un helicóptero de rescate de inmediato".

Cuando el grupo de rescate descubrió el vehículo accidentado, al principio parecía que otro grupo de buscadores de aventuras se había equivocado de alguna manera. Sus cuerpos carbonizados fueron retirados de los escombros. Sólo entonces quedó claro, por el estado de sus cascos, que había ocurrido algo más. Solo debería haber una abertura: en el frente para la visión. Pero ambos cascos tenían aberturas nuevas y más grandes en la parte posterior. A la semana siguiente, los medios de comunicación de todo el mundo describirían el fallido intento de asesinato del famoso piloto de carreras y uno de sus ingenieros. El objetivo que la CIA había querido que Bryce matara en la Ciudad de México nunca sabría lo afortunados que eran.

El FBI y las autoridades mexicanas revisaron las fotos de la escena del crimen que mostraban los restos de los ocupantes, aún atados en sus asientos. Los protectores faciales de los cascos de la víctima se habían derretido en el fuego subsiguiente y borrado cualquier rastro de la entrada de una bala, pero los agujeros significativos en la parte posterior de ambos cascos les dijeron a los investigadores lo que había sucedido mucho antes de que las autopsias en los Estados Unidos lo verificaran.

En un acuerdo secreto hecho por el Departamento de Estado estadounidense con su contraparte en México, las verdaderas identidades de las personas encontradas en los restos no serían reveladas. ¿Qué habría estado haciendo la CIA en todoterrenos con este piloto de F1 y su mecánico y quién los habría matado? El gobierno mexicano dependía en gran medida del turismo y no quería participar en nada que pudiera amenazar incluso uno de esos dólares y euros tan necesarios.

En los próximos días, el jefe de Gunn en Langley querría respuestas mientras Bryce se ocupaba de su negocio a toda velocidad, esperando que llegara el próximo encargado. Cuando lo hicieran, su historia sería simple.

"Miren en lo que me han metido cabrones", les decía cuando llegaba la llamada. Solo una de las dos balas, o lo que quedó de ella, se recuperó luego de que se encontrara incrustada en la celda de combustible del vehículo. Los expertos en balística del FBI lo identificaron como el tipo 7.62 utilizado por el ejército ruso, en particular por los francotiradores.

"Me hiciste derribar a un oligarca ruso. Ahora *ellos* están tratando de matarme. El tirador obviamente pensó que yo conducía el vehículo principal. Entonces, ¿qué vas a hacer para protegerme ahora?.

CAPÍTULO DIEZ

La Ciudad de México se encuentra a una altura de más de dos mil cuatrocientos metros, casi la misma que la casa de Bryce en la ladera de la montaña, tres mil kilometros al noroeste de ahí, en Utah. Mientras que algunos visitantes extranjeros al evento de Fórmula Uno que se llevó a cabo en el circuito Autódromo Hermanos Rodríguez necesitaron uno o dos días para aclimatarse al aire enrarecido, Bryce lo abrazó. Corrió, anduvo en bicicleta y caminó por los alrededores de su casa en Park City tan a menudo como pudo y estaba listo y ansioso por volver a la búsqueda de su segundo campeonato de pilotos de F1. Los medios de comunicación y otros tenían diferentes opiniones sobre cómo debería ser su semana.

Inmediatamente después de que Bryce y Madigan fueran entrevistados por la policía local que había sido llamada a la escena del doble asesinato en el desierto, volaron de regreso a Ensenada en helicóptero, recuperaron su equipaje, abordaron un pequeño avión privado allí y se dirigieron a Ciudad de Mexico. La dirección de la F1 y el promotor mexicano dudaron, pero finalmente acordaron que el piloto estrella no participaría en el habitual bombardeo mediático de entrevistas y sesiones de fotos que tuvo lugar el jueves antes de la carrera.

Pero los medios acosaron a Bryce en su hotel y en la pista, gritando acusaciones que iban desde teorías de conspiración, que había tenido una aventura con la esposa del hombre muerto, y así sucesivamente.

Cediendo a la presión del promotor de la carrera, y con el apoyo de Max Werner, Bryce accedió a hacer una breve declaración en una conferencia de prensa organizada apresuradamente en el centro de prensa de la pista. Insistió en que era lo último que hablaría al respecto.

"Eran una pareja que conocimos en San Diego que dijeron que estaban allí de vacaciones y me preguntaron si pensaba que era seguro viajar a México. Uno de los ingenieros de nuestro equipo, Jack Madigan, y yo habíamos planeado un paseo por Baja durante unos días para divertirnos, así que sugirió que vinieran. Se les informó de los peligros del curso. Lamentablemente, se equivocaron. Los deportes de motor pueden ser peligrosos. Mis pensamientos están con sus familias y amigos y eso es todo lo que tengo que decir al respecto".

La prensa local se empeñaba en gritar preguntas mientras los medios que recorrían el mundo con la gira de Fórmula Uno lo dejaban ir. Ellos sabían mejor. Persiga demasiado a un conductor y esa sería la última entrevista que obtendría, especialmente cuando su objetivo era Bryce Winters. Se los había mostrado un año antes, cuando las denuncias de una aventura con una mujer casada en España habían sido noticia de primera plana en los tabloides de toda Europa. Bryce lo negó, diciendo que alguien le había tendido una trampa y estaba tratando de chantajearlo a él y a Werner para que desapareciera. Los fanáticos de las carreras son una raza muy apasionada, especialmente los europeos, y la pareja fue acosada por manifestantes que los seguían al trabajo todos los días y tocaban música a todo volumen frente a su residencia todas las noches. Cuando el esposo y la esposa fueron encontrados muertos en su casa en Madrid en lo que se denominó un asesinato-suicidio, junto con una nota que admitía que habían inventado todo, Bryce exigió una disculpa de los medios y los que no se arrepintieron el nunca les volvió a hablar.

El domingo por la mañana, tal como lo había hecho en Sochi y en todas las carreras que había corrido en los últimos años, Bryce buscó la soledad y la comodidad del espacio privado que el equipo siempre le proporcionó como parte de su contrato. Cuando viajaba fuera de Europa, el equipo enviaba sus autos de carrera y contenedores llenos de repuestos, herramientas, equipos de apoyo, hospitalidad e instalaciones para reuniones a través de aviones de carga desde su sede en Midlands de Inglaterra a lugares lejanos como Singapur, Melbourne y Austin, Texas.

Para México, el espacio privado de Bryce llegó en la forma de un autobús Prevost blanco perla alquilado que sería suyo para usar en el evento en México y luego sería conducido de regreso al otro lado de la frontera a Texas para la F1 cerca de Austin el siguiente fin de semana. Tres fotos enmarcadas siempre fueron transportadas de carrera en carrera y tratadas con el máximo cuidado. Werner conocía su valor sentimental y motivador para su amigo y empleado; había hecho tres copias de cada artículo para asegurarse de que siempre estarían allí para el conductor estrella.

Mientras Bryce se recostaba en la silla de capitán de cuero marrón, saboreaba cada gota de la última taza de café que tomaría antes de cambiar a su régimen de bebidas energéticas previo a la carrera. Miró las fotos como siempre lo hacía antes de ponerse la ropa interior ignífuga, el traje de conducir y los zapatos y dirigirse a la parrilla de salida para las ceremonias previas a la carrera y la batalla que se avecinaba.

La primera foto había sido una selfie tomada con su padre y su tío en Vermont, Bryce sonriéndole al ciervo de nueve puntos. Su primera muerte. La salud de su padre no había sido lo suficientemente buena como para permitirle salir a cazar, pero no se habría perdido de estar de pie con orgullo con su hijo y su hermano como parte del paso de la guardia en la casa de los Winter.

La atención de Bryce luego pasó a la siguiente foto. Era de él parado en el podio de la victoria después de ganar las 500 Millas de Daytona. Max Werner, Jack Madigan y el entonces presidente de los Estados Unidos lo rodearon a él y al enorme Harley Earl Trophy.

Finalmente, terminó su café y se levantó, colocó la taza amarilla y roja brillante en el fregadero y caminó hacia la tercera foto en la pared. Allí se paró en otro carril de la victoria, este en Thunder Road de Tom Curley en Barre, Vermont, después de su primera victoria en una pista ovalada asfaltada. Había crecido en el área, por lo que muchos amigos y familiares habían estado allí para ayudarlo a celebrar. Pero esa noche, con el trofeo del ganador a un lado, Christy Hill, -su novia, - estaba al otro lado.

Bryce negó con la cabeza, todavía incrédulo después

de tantos años, de que ella se había ido. Un conductor ebrio había chocado de frente contra su automóvil una noche cuando ella conducía desde su trabajo en la gasolinera VP local para reunirse con Bryce para cenar. La finalidad de todo y la angustia que siguió lo aplastó. Aparte de despedirse de su ataúd cerrado en la tumba, se retiró y no hizo casi nada durante casi un mes. Desde ese momento, se había centrado estrictamente en las carreras y juró que nunca dejaría entrar a nadie de nuevo. El dolor había sido demasiado y no estaba interesado en correr el riesgo de sentir algo tan doloroso nunca más. Dos semanas después del funeral de Christy, el conductor ebrio, que estaba libre bajo fianza, fue encontrado muerto en su cama con una herida de bala en la boca que salió muy dramáticamente por la parte superior de la cabeza. Aparte de las huellas dactilares que había en ella, no había registros de propiedad de la pistola Magnum .357 plateada que la policía encontró en la mano izquierda del hombre. El número de serie había sido borrado. Los familiares y vecinos entrevistados por la policía expresaron su sorpresa de que el muerto tuviera un arma. Pero sin otros caminos que seguir, la policía dictaminó que el caso era un suicidio y siguió adelante.

"Oye, ¿te pusiste la ropa?" Bryce escuchó una voz familiar llamar después de un golpe en la puerta principal de su autocar cuando se abrió ligeramente.

Desde el incidente en Baja, la seguridad de la F1 aumentó el número de personas que seguían a Bryce dondequiera que iba y colocó dos guardias en la puerta de su transportador. En el interior, Bryce sacudió la cabeza para aclarar sus pensamientos y se acercó al tablero del conductor del autocar para presionar el botón que abriría la puerta para su amigo. El sabía su golpe distintivo y estaría feliz de pasar tiempo con él. El equipo de seguridad también conocía a Werner; propietario del equipo. No iban a interponerse en su camino. Cuando Max subió al interior del omnibus, saludó a Bryce y se volvió para mirar los escalones.

"Mira a quién encontré deambulando por el paddock hace un momento, nuestro nómada favorito", dijo Werner, su acento alemán tan fuerte como siempre, mientras le hacía un gesto al hombre para que lo siguiera adentro.

Su segundo invitado, con bigote occidental y todo, siempre había hecho pensar a Bryce en el actor Sam Elliot.

"¡Tío Pete!" Bryce gritó cuando sus invitados subieron al transporte.

Werner dio un paso atrás mientras los dos se abrazaban y saludaban. Werner tenía invitados VIP que atender, y la visita inesperada de Pete le había acortado el tiempo.

Cuando Werner se excusó, se volvió hacia Bryce. "Planeemos la cena cuando lleguemos a Austin, Bryce. Tenemos que revisar lo que hablamos en Japón y tengo una fecha límite".

Bryce asintió y luego volvió a concentrarse en su tío. "Me tenías preocupado, estaba pensando que no lo lograrías", le dijo Bryce mientras retrocedía y le sonreía al hombre.

Werner bajó dos escalones para salir y luego se volvió hacia Bryce, señalando su reloj. Ya era hora de que Bryce se pusiera en marcha, pero le había informado al equipo que esperaría hasta el último minuto para dirigirse a la parrilla, reduciendo el tiempo que los molestos medios y los camarógrafos podrían intentar molestarlo y pincharlo. más sobre el incidente de Baja. Otro golpe en la puerta trajo otra cara familiar y amigable.

"Pasa, Jack", gritó Bryce. "¡Mira quien esta aquí!"

Madigan saludó a Pete Winters como siempre lo había hecho, con un gran abrazo y un apretón de manos. Pero esta vez se apartó bruscamente y miró fijamente el rostro del tío.

"Pete, viejo hijo de puta, ¿de dónde diablos conseguiste ese bronceado?"

Los dos conversaron mientras Bryce se cambiaba de ropa para la carrera. Cuando volvió a la sala de estar, sonrió a su tío y a su amigo, pero vio algo que le preocupó. Madigan no estaba sonriendo.

Cuando los tres partieron hacia la parrilla de largada, Bryce en el medio y Pete a su izquierda, Madigan siguió murmurando algo que Bryce no pudo entender. Entraron en el área del paddock donde los fanáticos, así como los patrocinadores, los medios y docenas de otras partes interesadas, dispuestas a pagar una pequeña fortuna para acercarse a los pilotos, se canalizaron hacia un cuello de botella que conduciría a la parrilla. La gente gritaba, pasaba sombreros o fotos para que Bryce las firmara. Sonrió y complació a algunos, centrándose en los niños que lo llamaban por su nombre.

Se inclinó hacia Madigan. "¿De qué te quejabas allá atrás?"

"Pete no obtuvo ese maldito bronceado en Vermont, no en noviembre", dijo.

Bryce no respondió.

"Él era el francotirador en esa ladera en Baja, ¿no es cierto?"

CAPÍTULO ONCE

El trazado del circuito de la Ciudad de México no se parece a ningún otro. Divide una tribuna llena de espectadores, lo que permite a los fanáticos mirar hacia los cockpits de los pilotos de Fórmula Uno mientras pasan a gran velocidad entre las dos estructuras altas.

Bryce había demostrado a los medios de comunicación de todo el mundo y a los cerca de cuatrocientos millones de fanáticos que ven las transmisiones de carreras en todo el mundo que el incidente en Baja y el frenesí mediático que siguió no lo habían distraído. Había ganado la pole a una velocidad récord en su monoplaza amarillo y roja patrocinada por Werner Industries, propulsada por motores de carreras Mercedes Benz.

Al comienzo de la carrera, tomó la primera curva de manera dramática, empujando a un rival que había intentado un salto kamikaze para pasarlo a la primera curva, solo para perder el control y salirse de la pista. Bryce pasó a tener una ventaja de tres segundos y mantuvo el margen vuelta tras vuelta. Se dirigía a su primera victoria en México hasta que las cosas cambiaron en un abrir y cerrar de ojos.

Una parada en boxes de rutina para cuatro neumáticos nuevos normalmente tardaba 2,3 segundos. Pero un problema con una llave neumática utilizada para quitar una única tuerca de seguridad de alta tecnología retrasó la parada hasta que se puso en servicio una unidad de respaldo. La parada de 4,5 segundos, que en las carreras de F1 es una eternidad, le costó a Bryce el liderato y lo dejó con un segundo puesto detrás del hombre más cercano a él en el campeonato de puntos, Tony Bishop de Vancouver, Canadá.

Este era el mismo Bishop con el que estuvo a punto de pelear años antes en un restaurante en Monterey, California. El mismo piloto al que había vencido por apenas 11 puntos para llevarse su primer campeonato de F1. Algún día, en algún lugar, la rivalidad entre los dos era seguro que explotaria. Con solo tres carreras restantes (América, Brasil y Abu Dhabi), cada punto, posición final y premio a la vuelta más rápida ahora serían más importantes que nunca y el aumento de la intensidad era palpable.

Horas más tarde, mientras Bryce miraba los momentos destacados de la NFL en ESPN en la Suite Presidencial del St. Regis de cinco estrellas en el centro de la Ciudad de México, miró fijamente el trofeo del segundo lugar que le habían otorgado esa misma tarde. Cuando ESPN comenzó a transmitir el informe de carrera del evento, uno que habían visto más de cuarenta y cinco millones de fanáticos solo en ese país, Bryce presionó el botón de apagado en el control remoto y tomó otra Heineken de la heladera. Había sido una semana larga y una carrera larga, y estaba vencido. Con la seguridad de la F1 apostada frente a su puerta, Bryce dio por terminada la noche. Se quedó dormido en la silla antes de tomar otro sorbo de su cerveza.

Pasada la medianoche, un fuerte golpe en su puerta lo despertó.

"Bryce, soy Jack, tenemos que hablar".

Bryce se frotó los ojos para quitarse el sueño, reconoció que Madigan sonaba como si hubiera estado bebiendo y se preguntó qué diablos no podía esperar hasta la mañana. Los dos miembros del personal de seguridad que acababan de entrar en el turno miraron a Bryce para asegurarse de que estaba bien y que el visitante era bienvenido. Madigan todavía llevaba puesto un Pase de Acceso Total, pero era tarde y estaba borracho.

"Adelante", dijo Bryce en un tono frustrado mientras le hacía un gesto a Madigan para que entrara.

Con un asentimiento y una sonrisa, Bryce cerró la puerta y siguió a Madigan desde el vestíbulo de mármol hasta la sala de estar. Cuando su invitado se volvió hacia él, su expresión le hizo saber a Bryce que había un gran problema.

"¿Qué pasa Jack?"

Madigan se dio la vuelta y se sentó en un sofá de cuero blanco y sugirió que Bryce también podría querer sentarse.

Deberías haberme dicho lo que habías planeado en el desierto, Bryce. ¡Debiste decírmelo!"

Bryce estaba cansado y estaba tratando de aclarar sus pensamientos para poder entender cuál era realmente el problema. *Sea lo que sea, podría haber esperado hasta mañana,* pensó.

"Joan y yo estábamos teniendo una aventura", soltó Madigan. "Me estaba enamorando de ella".

Bryce estaba aún más confundido ahora e inclinó la cabeza para mostrarlo.

"¿Quién diablos es Joan?"

"Nitro, tonto bastardo. Mataste a Joan Myers. No solo eso, mataste no a uno sino a dos agentes de la CIA. ¡Qué carajo!

Bryce se puso de pie, caminó hacia el dormitorio principal y luego regresó con un pequeño dispositivo en la mano que parecía un control remoto de TV. Caminó directamente hacia Madigan y agitó el dispositivo desde la cabeza hasta los pies de su visitante.

"¿Crees que estoy conectado?" preguntó Madigan con sorpresa.

Bryce miró fijamente a este amigo y, después de una larga pausa, sacudió la cabeza para indicar que no. "Conoces el ejercicio, Jack". Arrojó el dispositivo en el sofá y se sentó en la silla frente a él. Pero por lo que sabemos, la CIA podría haberte puesto un micro en algún momento de esta noche, si están aquí y sospechan algo de nosotros. Sabes que así es como funcionan. Si están escuchando, supongo que ahora estamos *bien jodidos*, como dicen en Midlands.

"Hablemos de esto. Pero preferiría hacerlo cuando volvamos al otro lado de la frontera en los viejos Estados Unidos".

Madigan negó con la cabeza, indicando que quería hablar *ahora*. Bryce se inclinó y tomó una botella de agua de una bandeja de servicio en la mesa de café entre ellos. Madigan sacó una cerveza del cubo de hielo.

"En primer lugar, deberías haberme hablado sobre ti y Nitro, sobre Joan. No tenía ni idea. No puedo decir que lamento haber sacado a la CIA de *nuestro trasero,* por un tiempo, pero lamento haberte lastimado. Sabes que es lo último que haría, si lo hubiera sabido. ¿Por cuánto tiempo ha estado sucediendo esto?"

Bryce observó los ojos de Madigan mientras hablaba con cariño de la mujer, recordando cómo se habían convertido en amigos, espíritus afines que viajaban por el mundo. Tal como están las cosas, una cosa llevó a la otra. Cada vez que venía a una carrera, se colaba en la habitación de su hotel y regresaba a los estados que habían conocido en Las Vegas, Miami y Nueva York. Recordó cuánto se habían divertido juntos cuando la llevó a esquiar a Boone, Carolina del Norte, un fin de semana.

"Tenía un apartamento en Arlington, Virginia, no en Texas", continuó Madigan. "Pero ella vivía de una maleta como nosotros. Sin familia, sin amigos, solo trabajo y gente que conocía en todo el mundo".

"Pero, ¿por qué me ocultaste eso, Jack? Somos amigos, socios en el crimen por el amor de Dios. Si ninguno de ustedes estaba en una relación, ¿por qué me lo ocultan?"

Madigan bebió su cerveza. "Dijo que estaba en contra de la política de la CIA acostarse con agentes y que si la atrapaban podrían despedirla por ello.

"Pensé que eso es lo que hacían los espías", dijo Bryce sonando sorprendido. "Parece que tienen vidas muy parecidas a las de los corredores: viajando por un camino a veces solitario, arriesgando tu vida". Los dos se sentaron en silencio, perdidos en sus pensamientos hasta que Bryce se inclinó hacia adelante.

"Escucha, hablemos más sobre esto cuando estemos despiertos y en un mejor ambiente. Me sorprendió que Gunn aceptara la mierda de trabajo en equipo y camaradería que le dije cuando le pedí que hiciera Baja con nosotros. Cuando le dije a Pete lo que estábamos haciendo, con ellos viniendo, me dio esa sonrisa de comemierda que tiene, ya sabes, y el plan se tramó. Siempre me ha apoyado. Cuando supo que estos dos tenían un arma, estuvo allí cuando lo necesité".

Madigan se sentó en silencio en el sofá, sus ojos se cerraron ligeramente.

Bryce camino' al dormitorio y volvió con una manta que había sacado del armario. Madigan estaba emocionalmente agotado y necesitaba dormir. Una vez que Bryce le arrojó la manta, el hombre se relajó y cerró los ojos. Bryce apagó las luces y caminó hacia su amigo, tomando lentamente la botella de cerveza de su mano.

Mientras regresaba a su cama, escuchó a su amigo susurrar algo.

"No hemos terminado de hablar de esto, espero que lo sepas".

Bryce se volvió, su silueta marcada por las luces brillantes que venían detrás de él. "Lo sé, amigo, lo sé. Como dije antes, *lo siento mucho*".

La camioneta con chófer tardó solo veinte minutos en llegar desde el hotel hasta la terminal de vuelos chárter en el Aeropuerto Internacional de la Ciudad de México. Madigan había regresado a su propia habitación en medio de la noche y Pete se había reunido con ellos en el vestíbulo poco después de las diez de la mañana. Al llegar a la terminal, Bryce caminó de regreso al SUV negro que los había seguido desde el hotel y agradeció a los dos agentes de seguridad de la F1 su ayuda durante el fin de semana.

Después de que los tres hombres se registraron, atravesaron el edificio de un piso y salieron a la pista donde llegaban una docena o más de aviones ejecutivos, estaban siendo reparados o rodando hacia la pista adyacente. Al no ver a nadie que conociera, Bryce asumió que la mayoría permanecería en México durante unos días antes de dirigirse al norte para el evento de F1 en el Circuito de las Américas en Austin, Texas. Madigan no había dicho una palabra a Pete o Bryce durante el viaje. Subió a bordo del avión Bombardier para doce pasajeros y se sentó en la parte trasera del avión. Bryce y Pete se pararon al pie de las escaleras y hablaron brevemente.

"Sé qué hacer", le dijo Pete a su sobrino y luego subió a bordo, tomando asiento frente a Madigan.

Bryce saludó a la azafata, una atractiva joven mexicana de largo cabello castaño y tez oscura, ojos verde jade. Llevaba los colores rojo y blanco de la compañía de aviones chárter. Se deslizó las gafas de sol sobre la nariz y susurró: "Café, mucho café, por favor". Ella sonrió.

Entró en la cabina y vio a los dos en la parte de atrás enfrascados en una conversación. Estaban hablando, no discutiendo o peleando. *Bueno, eso es una buena señal. Veamos cuánto dura.*

Cuando entró en la cabina para saludar al piloto y al copiloto, escuchó que alguien gritaba su nombre desde la pista. Se disculpó y entró en la puerta. Allí, al pie de los escalones, había tres hombres, todos con cortes de pelo planos, tipos exmilitares. Uno mostró una credencial y Bryce reconoció el logotipo de inmediato: CIA.

Inmediatamente le vino a la mente la palabra M…, pero Bryce puso su mejor sonrisa y bajó los escalones para saludarlo. Después de las presentaciones y los apretones de manos, uno de los agentes hizo un gesto hacia un avión más pequeño sentado dos lugares más adelante. Bryce vio a un hombre bajar esos escalones y dirigirse hacia ellos. Estaba vestido con un polo verde oliva y pantalones caqui, también de corte plano, solo que no tenía aire militar o de servicio de inteligencia. Parecía más un hombre golpeado.

Cuando llegó a la posición de Bryce, se estrecharon la mano y hablaron brevemente antes de que Bryce le hiciera un gesto para que subiera a bordo. Cuando Madigan y Pete vieron a dos de los extraños siguiendo a Bryce por el pasillo, interrumpieron su discusión y se pusieron de pie.

"Tío Pete, Jack, este es Billy Myers, el esposo de Joan".

CAPÍTULO DOCE

Bryce disfrutó del relativo anonimato de vivir en Park City; había tantos lugareños, turistas y celebridades con gafas de sol y gorras de béisbol que descubrió que se mezclaba fácilmente y quería desesperadamente estar allí ahora. En una pista de carreras en los EE. UU., o en *cualquier* otro lugar del mundo, sería reconocido y acosado. En su tierra natal, NASCAR podría tener la base de fanáticos más grande. En el resto del mundo, incluido Montecarlo, donde él y muchos otros pilotos y celebridades mantuvieron su residencia a efectos fiscales, la F1 y el fútbol eran los deportes por excelencia seguidos por cientos de millones de aficionados apasionados y devotos.

La visita a Billy Myers en la pista de aterrizaje de la Ciudad de México duró veinte minutos. Bryce, Jack y Pete se recostaron y escucharon cómo Myers describía lo afligido que estaba. Les dijo que él y Joan se habían conocido en la universidad y que ambos seguían carreras en el gobierno, ella en la CIA y él en el FBI. El único problema fue que, un año después de que ambos se instalaron en sus escritorios en Langley y Washington, Joan se convirtió en agente de campo y estuvo más tiempo fuera del país que dentro. Ellos hablande tener hijos pero fueron dejdos para atras una y otra vez debido a sus viajes, había dicho.

Bryce escuchó, también que había perdido seres queridos en su vida, pero deseaba desesperadamente aterrizar en Park City en lugar de escuchar cómo había despegado la relación de la pareja. Una vez que hubo dicho todas las palabras, Bryce miró por encima del hombro del afligido esposo al agente que lo había seguido hasta el avión. Era hora. Bryce se puso de pie y unos segundos después de que Myers se diera cuenta de que lo había hecho, él también lo hizo.

El hombre estrechó la mano de Bryce, luego de Pete y finalmente de Madigan. "Gracias por contarme sobre sus últimos días. Me ayuda saber que se estaba divirtiendo hasta el final".

Jack Madigan se había sentado pensando en todo, pero pudo actuar y mostrar un exterior tranquilo. Lo último que quería hacer era levantar sospechas con un agente de la CIA sentado frente a él en el jet mientras el esposo de la amante de Jack hablaba sobre sus sentimientos por ella, las esperanzas de una familia y una cita romántica que tuvieron a principios de ese verano en Quebec. Ciudad con vistas al río San Lorenzo en Canadá.

Jack quería a estos extraños fuera del avión, quería volar en dirección a casa, y quería arrojar a Pete Winters del avión a 12,000 metros, por matar a la mujer que amaba. En cuanto a Bryce, aunque se habían vuelto más unidos que la mayoría de los hermanos a lo largo de los años, todavía se sentía traicionado. Con solo Austin, Brasil y luego Abu Dhabi en el calendario, tal vez era hora de un cambio.

⁓

El Circuito de las Américas, COTA, es una enorme instalación de carreras ubicada en el sureste de Texas, entre Austin y Houston. Bryce tenía un gran cariño por la pista. No solo porque fue la única parada en los EE. UU. en la gira mundial, y no solo porque fue el sitio del primer podio de Bryce en la F1.

Su héroe, el campeón de F1 de 1978, Mario Andretti, el hombre cuya marca estaba tratando de superar, había abierto la pista en 2012. Esta era una carrera que Bryce quería ganar más que nada. Cubriendo las 5.4 kilometros en solo noventa segundos, Bryce y el resto de los competidores alcanzaron velocidades de más de 350 KPH. En el vuelo de México City a Park City, el itinerario preveía un cambio rápido en Phoenix para permitir que Pete Winters tomara su vuelo comercial de regreso a Burlington. Y Madigan saltó para su viaje de regreso a Charlotte. Bryce les había pedido a ambos que cancelaran sus planes y continuaran con él a Utah para pasar unos días relajándose y hablando de lo que había sucedido en Baja.

Pete no le había dicho ni una palabra a Madigan después de descubrir lo que su segundo objetivo había significado para él. Puso su mano derecha sobre el hombro de Madigan y sacudió la cabeza lentamente con pesar. Madigan se puso tenso al principio allí en el avión, pero unas pocas respiraciones profundas habían desinflado parte de la tensión, *parte* de ella. Madigan había sido el primero en desembarcar y fue entonces cuando Bryce le dijo a Pete que le diera tiempo.

"Su problema no es contigo, Pete, es conmigo".

Tan solo diez minutos después, en el aire, Bryce se recostó y contempló el terreno dorado de Arizona mientras el avión se dirigía al norte hacia su hogar estadounidense y tres días de paz y tranquilidad. Las caminatas matutinas por las calles tranquilas y las colinas cercanas a su casa y el aire fresco de la montaña y el brillo anaranjado en el horizonte le recordaron sus años en Vermont. Se detuvo para admirar el rayo de luna que aún brillaba en la distancia, solo para mirar más abajo en la calle y ver un alce toro, de un metro y medio de alto hasta los hombros y 500 kilos de peso, también dando un paseo matutino. Esa había sido otra gran razón para mudarse aquí.

Sin embargo, solo una cosa le impedía relajarse. Era la pregunta que seguía apareciendo en su cabeza. *¿Cuándo*, no dejaba de pensar, *cuándo volverá la CIA a tocar la puerta?*

Texas. El viernes por la mañana antes de la primera sesión de práctica en COTA, Bryce se preparó otro café. Escuchó las noticias de la BBC en la transmisión de televisión por satélite, esperando a que Max Werner llegara a su reunión. El ómnibus había hecho el viaje desde la Ciudad de México sin problemas, a excepción de un puesto de control. Dos policías federales habían insistido en subir a bordo para inspeccionar pasajeros no declarados y cualquier cosa fuera de lo común. Resultó que todo lo que realmente querían era posar para una foto dentro de la plataforma de un campeón de conducción de F1 y llevarse algunas gorras de recuerdo. El conductor les ofreció, incluidas algunas camisetas del equipo, para asegurar una inspección sin problemas.

En la pista, era el Día D, el día de la decisión, y Bryce estaba ansioso por dar la noticia y salir al circuito en busca de un campeonato. Werner había llegado, puntual como de costumbre. Después de intercambiar sus cortesías habituales, Bryce se puso manos a la obra. Le dijo a Max que tenía la intención de ganar su segundo campeonato de conducción. La capacidad de asegurarlo estaba al alcance de la mano ese fin de semana si Bryce terminaba solo nueve posiciones por delante de su único rival en este punto, Tony Bishop. Pero luego soltó la bomba y dijo que cuando saliera del auto después de la última carrera de la temporada, Abu Dhabi, siempre que hubiera ganado el campeonato, anunciaría su retiro del deporte.

"Esto no tiene sentido para mí, Bryce", protestó Werner. "Te conozco y te amo como a un hijo. Que diablos pasa contigo? ¿Por qué conformarse con dos títulos cuando tu destino claramente es ganar muchos más? Eres demasiado joven para renunciar. No tienes esposa o familia que te esté presionando para que te detengas y pases más tiempo con ellos. ¿Qué es esto? ¿No entiendo?"

Bryce pasó los siguientes diez minutos tratando de convencer a su amigo, el hombre que lo había ayudado a llegar hasta aquí desde su encuentro casual en Nueva York, años antes.

Werner no lo estaba comprando.

"¿Firmas con otro equipo? ¿Es eso lo que está pasando aquí? Werner cargó con frustración.

"Eso nunca pasó por mi mente y nunca lo haría, Max. Solo quiero terminar esta temporada con un segundo título, llamar al viejo Mario para agradecerle la inspiración y luego comenzar a cultivar a los próximos campeones estadounidenses.

"¡Mierda!" Werner maldijo. Sin pronunciar una palabra más, salió furioso del transporte.

Bryce estaba decepcionado de no haber podido convencerlo de que esto era lo que realmente quería, necesitaba hacer. También entendió la frustración de Werner de que los grandes patrocinadores, -compañías globales con grandes presupuestos publicitarios y ansiosas por que Bryce las representara-, tendrían que posponerse.

Un golpe en la puerta le hizo saber a Bryce que era hora de dirigirse al garaje. Al pisar el asfalto, saludó a Jack Madigan, cuyo temperamento había cambiado de un enojo a uno de preocupación cuando había pasado al lado de un Max Werner humeante solo unos minutos antes. Bryce se quedó en silencio por un momento, mirando la cara de su amigo.

Madigan negó con la cabeza y lentamente se bajó un poco las gafas de sol para revelar sus ojos. "Necesitamos resolver esto Bryce, tal vez después de Abu Dhabi. Pero por ahora, pongámonos a trabajar".

A partir de ese momento, el fin de semana transcurrió tan perfectamente como Bryce hubiera deseado. No había ningún agente de la CIA sentado en su transporte cada vez que subía, había ganado la pole en la calificación, las gradas estaban llenas de entusiastas fanáticos de las carreras, una audiencia global de más de 415 millones de personas se había sintonizado para ver el evento y Bryce finalmente ganó el Gran Premio de su tierra natal.

Sin embargo, Bishop había sido una plaga durante

toda la carrera. Tratando implacablemente de adelantar a su rival, negándose a ceder y dejar que Bryce se llevara el título antes de la siguiente parada en el circuito, Brasil, una pista en la que Bishop había dominado los últimos dos años. Extrañamente, Werner no saludó a Bryce después de las ceremonias del podio y la interpretación del himno nacional de Estados Unidos.

Para su sorpresa, Bryce se enteró de que Werner no se había quedado para la carrera. Se había ido en helicóptero justo después de que las cinco luces rojas sobre la parrilla se apagaran para señalar el inicio. Más tarde esa noche, después de que la multitud se hubo ido y Madigan y Bryce fueron los últimos en permanecer en el lugar después de la fiesta posterior a la carrera, Bryce sugirió que Jack lo acompañara a Las Vegas por la mañana.

"Están probando en The Strip", dijo, emocionado por la oportunidad de ver algunos de los autos de carrera más rápidos del planeta.

"Déjame dormir sobre eso", dijo Madigan.

Pero, a las nueve de la mañana siguiente, ambos hombres se ducharon, se vistieron y abordaron un avión que se dirigía al oeste a Nevada. Ninguno de los dos habló mucho durante el viaje, sino que optaron por ver una película, tomar una siesta o mirar a través de una ventana la mayor parte del camino.

Al menos subió al avión, pensó Bryce, es un comienzo. Bryce había decidido darle a Madigan un amplio margen, pero también quería que él supiera cómo las cosas habrían sido si tan solo hubiera sabido acerca de la relación. Operaban en un mundo ruidoso y acelerado y Las Vegas no sería diferente. Pronto necesitarían tapones para los oídos. Pero, por ahora, la relativa tranquilidad dentro de la cabina era algo bueno.

Los autos de Fórmula Uno tienen un sonido distintivo. A lo largo de las décadas, una variedad de diseños de motores han producido ruidos y agudos, pero en los últimos años se han vuelto un poco menos ensordecedores, -si es que existe tal cosa cuando se trata de los sonidos de una pista de carreras. -La tecnología detrás de estas máquinas exóticas es material del que están hechos los transbordadores espaciales y los sistemas de armas. El sonido de la aceleración, especialmente cuando suben de marcha, la mayoría lo considera algo hermoso.

Por el contrario, mientras que los autos de carrera conocidos como Top Fuel y Funny Cars son maravillas tecnológicas en un tipo de competencia muy diferente, su sonido está lejos de ser sinfónico, quizás considerado más grandilocuente, como una bomba que explota. Pararse en cualquier lugar cerca de uno de estos autos cuando aceleran, sacudirá su pecho, ensordecerá su audición y alertará su nariz sobre algo especial en el aire: el dulce nitrometano.

Una vez que Bryce y Madigan llegaron a McCarran International en Las Vegas, recorrieron la media hora a través de la I-15, pasaron el nuevo estadio de la NFL y las docenas de casinos enormes antes de ver las señales de la Base de la Fuerza Aérea Nellis y finalmente Las Vegas Motor Speedway. El Strip, la parte de la pista de carreras de las instalaciones de LVMS, había sido sede de una carrera de la Asociación Nacional de Hot Rod, NHRA, el día anterior. Muchos de los mejores equipos se habían quedado allí para probar. Con solo una carrera restante en su calendario, -las finales mundiales en Pomona, California,- los corredores estaban concentrados y Bryce no tenía intención de interrumpirlos. Él y Jack tomaron asiento en las gradas vacías y observaron, con los oídos tapados con las mismas piezas de espuma naranja que él y el tío Pete habían usado años antes cuando cazaban para poner comida en la mesa en Nueva Inglaterra.

Después de que el primer auto pasara, Bryce negó con la cabeza y pronunció la palabra m… en voz baja.

Bryce sintió que Madigan tocaba su hombro una vez y luego una segunda vez.

"Iremos a saludar a Force, Capps y al resto cuando hayan terminado", le dijo a Madigan, quien parecía más interesada en hablar con otros mecánicos que en ver pasar los autos, alcanzando las 500 kilómetros por hora en un recorrido de 300 metros en poco menos de cuatro segundos.

Sintió que Madigan lo golpeaba de nuevo. Frustrado, se giró rápidamente para ver a Madigan sosteniendo su teléfono para que Bryce leyera las últimas noticias.

WERNER ECHA A Wynters; FIRMA A
BISHOP PARA UN TRATO DE TRES AÑOS

CAPÍTULO TRECE

BRASIL. La mayoría de la gente podría pensar en el Carnaval, los Juegos Olímpicos de Verano de 2016, Río, o la enorme estatua de 30 metros de altura del Cristo Redentor que se encuentra en la cima del Monte Corcovado, mirando hacia Río de Janeiro y los más de siete millones de personas que viven en la región. Para los corredores, Brasil es reconocido como el lugar de nacimiento de uno de los pilotos más exitosos y queridos de las carreras, el difunto Ayrton Senna.

El brasileño que ganó tres campeonatos de conducción de F1 había muerto como resultado de las lesiones sufridas en un accidente mientras lideraba el Gran Premio de San Marino de 1994 en Italia. Durante ese mismo fin de semana en el norte de Italia, también murió otro conductor y otro resultó gravemente herido. Cuando el vuelo de diez horas de Bryce de Dallas a Sao Paolo aterrizó poco después de las nueve de la mañana, miró por la ventana desde su asiento en primera clase y pensó en Senna, uno de sus ídolos.

El tiempo y la multitud de fanáticos de luto que acudían en masa cada fin de semana a la tumba de Senna, no lejos del Autódromo José Carlos Pace (Interlagos), nunca habían permitido que Bryce lo visitara y presentara sus respetos. En Imola cada año, Bryce siempre iba al lugar donde Senna golpeó la pared de concreto, las piezas de suspensión atravesaron su casco protector y lo hirieron fatalmente. Recordó haber visto el accidente en vivo por televisión y apagarlo cuando se dio cuenta de que uno de sus héroes seguramente se había ido.

Tal vez pueda llegar allí esta vez, pensó. *Puede que nunca vuelva aquí de nuevo.*

Mientras el jet se dirigía a la puerta de embarque, Bryce pensó en la elección de carrera que había hecho. Se alegró de no tener una esposa o hijos cuyos corazones pudiera destruir si alguna vez se accidentaba. Los autos de carrera, los jets privados y los helicópteros chocan. Había tenido momentos como

esto antes y considerado los seres queridos de las personas que la CIA le ordenó terminar. Cuando el avión se detuvo, pensó en la expresión del rostro de Billy Myers mientras hablaba de la mujer que amaba, ahora desaparecida para siempre.

Tal vez la CIA se olvide de mí, pensó, -esperaba.

Una escolta lo recibió cuando entró en la pasarela que lo condujo por una serie de escalones exteriores hasta una camioneta blindada que lo esperaba. El secuestro fue una gran preocupación y los organizadores de la pista y la carrera trataron a los pilotos de F1 con sumo cuidado y los protegieron con seguridad armada las 24 horas del día, los 7 días de la semana. Poco tiempo después, Bryce se dejó caer en la cama tamaño king en el hotel Unique de cinco estrellas, llamado así por su diseño arquitectónico verdaderamente notable. El jueves podría ser el día de los medios en Interlagos, pero hubo tantas noticias sobre el anuncio de Werner de un cambio de piloto para la próxima temporada que Bryce optó por renunciar a la emoción y concentrarse en dormir y prepararse mentalmente para la carrera. Bishop estaría en su mejor juego. Había poco tiempo para errores y menos tiempo para compensarlos. Abu Dhabi sería su último enfrentamiento, Winters versus Bishop, si el campeonato no se decidiera este fin de semana en Sudamérica.

Los ojos de Bryce se abrieron mucho después del anochecer. Se levantó para hacer café, pidió servicio a la habitación, revisó su teléfono en busca de correos electrónicos y mensajes, y luego se sentó frente al televisor de pantalla plana de 80 pulgadas en la sala de estar de la suite.

Él y Werner no se habían comunicado desde su encuentro en Austin. Bryce pensó que era hora de que hablaran, de al menos aclararse el aire y desearse lo mejor. Sin embargo, a juzgar por la forma en que Werner había manejado la situación, con un importante anuncio a la prensa que lo había sorprendido, Bryce detuvo el mensaje de texto que había comenzado y arrojó su teléfono sobre la cama. Que se jodan. En su momento de ira y frustración,incapaz de decirle la verdad a su amigo, se desahogó por un momento y luego se sentó en silencio esperando que llegara su comida.

Encendió las noticias y vio imágenes del recién elegido presidente de los Estados Unidos y sonrió. Aquí estaba Bryce, el orgulloso estadounidense que representaba a su país en una competencia internacional pero comprometido por una de las agencias clandestinas de su propio gobierno. Si ganaba el título, seguramente el nuevo presidente lo invitaría a la Casa Blanca para una sesión de fotos y felicitaciones, tal como lo había hecho su antecesor. Si pudiera tener un momento a solas, tal vez podría pedirle al Comandante en Jefe que suspendiera a sus perros de la CIA.

Ahora, por supuesto, todo lo que tenía que hacer era ganar.

El clima a menudo jugó un papel importante en las carreras, y el GP de Brasil no decepcionaría. El pronóstico era caluroso y húmedo, muy húmedo pero seco. La temperatura en el salón privado de Bryce en la pista estaba cerca de hervir.

"Ese fue un movimiento de mierda, Max, y lo sabes", acusó Bryce.

Max había conocido a Bryce durante años, había detectado su talento en bruto y lo atrapó, lo entrenó, lo perfeccionó y le dio la experiencia y los demás elementos necesarios para ganar campeonatos, todo para un beneficio mutuo. No mucha gente podía hablar con Werner de esa manera. Si bien su visión para los negocios era sobresaliente, Max, como tantos otros jugadores poderosos bien adinerados, también tenía un ego y un temperamento que lo acompañaba.

"No me dejaste otra opción y lo sabes. Los patrocinadores estaban sentados a la mesa, los documentos listos para ser firmados y las computadoras portátiles preparadas para transferir los cincuenta millones de euros iniciales a mi cuenta. Todo lo que necesitábamos era escribir su nombre como conductor designado. Pero no podrías darme una buena razón para no seguir adelante. no estabas siendo honesto conmigo.- La primera vez -que creo que me he sentido así, nunca, así que reaccioné de la misma manera. ¡Vive con eso, pero no tomes ese tono conmigo o estacionaré ese maldito auto y enviaré al equipo a casa de vacaciones hasta el primero del año!"

Bryce sabía que era una fanfarroneada. Werner deseaba este segundo campeonato de F1 casi tanto como él. Nada iba a interponerse en el camino de eso. Además, mostrarles a sus nuevos patrocinadores que podría ser muy bolatil podría asustarlos incluso antes de que comenzara la luna de miel.

Werner parecía demasiado agitado para sentarse y discutir cualquier cosa. Permaneció cerca de la puerta, recostado contra la pared pero tensándose cada vez que hablaba. Bryce se levantó de su silla de cuero y caminó hacia su amigo.

"El daño está hecho, nombrando a mi reemplazo antes de que termine la temporada. Solo tendré que lidiar con eso. Pero Bishop? De todos los cabrones que pudiste haber fichado, tuviste que hacerlo con el único conductor que me odia tanto como yo a él. Qué mierda, Max."

"Los patrocinadores querían hacer un anuncio en ese momento y yo necesitaba un piloto. ¿Rechazarías doscientos millones de euros?

Bryce negó con la cabeza. No, no lo habría hecho.

Max caminó hacia Bryce y se detuvo a medio metro de él. "¿Estás enfermo? ¿Estas muriendo? Esa es la única forma en que algo de esto podría tener algún sentido. ¿Qué es lo que no me estás diciendo?

Bryce pensó por un momento y se aseguró de no dejar que su expresión o sus ojos revelaran nada. Siempre había sabido que por cada acción hay una reacción. Se preguntó, vengativamente, si no debería mear en el desfile de Werner-Bishop allí mismo en el centro de prensa frente a todo el mundo.

"Sí, eso es todo", comenzó. "Me estoy muriendo y me queda un año de vida. Y después de que te dije la noticia, encontraste un nuevo patrocinador y me reemplazaste sin siquiera pestañear. Sí, eso es lo que le diré a los medios ahora mismo. El patrocinio se verá empañado. Los fanáticos se cagarán en las compañías que no podían esperar para anunciar su nuevo conductor y asociación. Diré que les pedí que esperaran hasta que terminara la temporada y me permitieran desvanecerme tranquilamente en mis últimos días, ¡pero dijeron que me fuera a la mierda!

Bryce había conectado un jonrón y lo sabía. Observó cómo los ojos de Max se agrandaban como bolas blancas con sorpresa. Bryce se preparó para la siguiente oración. Le mostraría quién era realmente Max. ¿Se preocupa más por su amigo y piloto, o más por su nuevo patrocinador?

"Tú no harías eso, Bryce. Ese no eres tú", acusó Werner. Bryce se acercó a la puerta cerrada y la abrió.

"Fuera", exigió, lo suficientemente alto como para que las docenas de personas en el pasillo lo escucharan.

Las carreras de Fórmula Uno suelen ofrecer sesiones de práctica para los pilotos los viernes, seguidas de una sesión de clasificación al estilo eliminación los sábados. Todos los autos intentan pasar de la Q1 a la Q2 y solo los quince más rápidos pueden hacerlo. De la Q2 a la Q3, solo los diez autos más rápidos ahora tendrán la oportunidad de ganar la pole. Un puñado, pero generalmente solo tres o cuatro, tienen una oportunidad real en la pole o incluso en la primera fila.

La largada lo es todo. Rebasar, según el auto, la pista y el conductor que está tratando de rebasar o retrasar, todo eso puede marcar una gran diferencia en el resultado de la carrera. Muchos corazones se han roto en el primer giro de la primera vuelta, mientras que un gran start puede impulsarlo hacia una victoria, un nuevo contrato, un campeonato y todo el dinero y los elogios que conlleva.

Los domingos, los pilotos dan una vuelta de formación alrededor de la pista y luego se detienen en la posición de inicio marcada en la parrilla. Cinco luces rojas sobre la parrilla se encienden una por una y luego se apagan simultáneamente, y los pilotos corren desde parados hasta la primera curva. Por lo general, dentro de los noventa minutos, los autos que han sobrevivido a la competencia y al caos ocasional pasarán por encima de sus posiciones de parrilla de salida una última vez para tomar la bandera a cuadros.

En algunos eventos, antes de que los conductores estén atados para dar su vuelta de formación, hablan con sus ingenieros, patrocinadores, celebridades y oficiales hasta que se hace el anuncio para despejar el área. Rara vez los pilotos, incluso los compañeros de equipo, charlan en la parrilla. Pero esta mañana en Interlagos, Tony Bishop se aseguró de encontrar a Bryce Winters. Mientras los asistentes de su equipo mantenían educadamente alejados a los medios de comunicación y a otras personas, los dos pilotos se apoyaron contra la pared de concreto del pit e intercambiaron palabras.

"Max dice que podrías estar enfermo", comenzó Bishop. "Pero sé lo que estás haciendo. Quieres usar eso como una excusa cuando pierdas el campeonato ante mí y te vayas a casa con el rabo entre las piernas".

Bryce sonrió. Sus gafas de sol ocultaban sus ojos de Bishop, sin permitirle saber si había tocado un nervio. Bishop continuó. Meterse debajo de la piel de un conductor, meterse en su cabeza, podría paralizar a algunos. En los campeones, los hace más duros, más malos, mejores, dándoles una motivación adicional para ganar.

"Max no sabe esto", dijo Bishop, "pero como parte del contrato de servicios personales que firmé con los nuevos patrocinadores, si gano el campeonato *este año,* me pagarán un bono de cinco millones de euros. No quieren comenzar la nueva temporada con la esperanza de que se avecina un campeonato. Quieren promocionarme y utilizarme como EL campeón de Fórmula Uno".

Bryce sonrió. "No jodas al equipo en el que estarás el próximo año y les quites el título eliminándome. Si quieres ganar el título, hazlo haciendo una mejor carrera aquí y en Abu Dabi".

Bryce podía leer los ojos de Bishop. Estaba claro que nunca había considerado las ramificaciones de cabrear al equipo para el que conduciría el próximo año. Sus únicos pensamientos habían sido sobre el título, la bonificación y vencer a su archirrival.

"Tampoco olvides esto, Tony", agregó Bryce mientras se levantaba de la pared y se giraba para poner menos de un pie entre ellos. "Puedo golpearte o bloquearte también. Si vas a ganarme, entonces hazlo, pero si corres sucio, entonces me encontrarás."

El hecho de que estos dos ahora estuvieran cara a cara en la pared de la parrilla se había vuelto viral a través de las radios del equipo y las redes sociales. Se estaba formando una multitud a su alrededor y sus asistentes habían perdido toda esperanza de contener a los espectadores. Los medios hicieron preguntas. Los fans pidieron fotos a gritos. Los organizadores y los oficiales de la carrera convergieron al igual que los directores de los equipos. Antes de que la confrontación pudiera escalar más, se había disipado, los luchadores se separaron hasta que sonó la campana. Exactamente al mediodía, hora local, las luces rojas se apagaron y la carrera comenzó.

CAPÍTULO CATORCE

Diversificar o Morir. Los principales productores de petróleo del Golfo Arábigo -al menos aquellos que entendieron y estuvieron de acuerdo con el eslogan- tomaron medidas para convertir sus países en destinos turísticos. A medida que la demanda mundial de petróleo fluctuó y la frustración y la intolerancia por los altos precios del crudo aumentaron, sabían que tenían que actuar para sobrevivir. Si personas de todo el mundo acudían en masa a los desiertos de Nevada para jugar en Las Vegas, Dubai, Bahrein y Abu Dhabi sabían qué dirección tomar.

Partes de esas ciudades comenzaron a parecerse a Beverly Hills con sus mansiones y tiendas y restaurantes de lujo. Los deportes acuáticos en el Golfo despegaron y alguien construyó una atracción de esquí bajo techo, muy fría. Ahora, tanto los lugareños como los turistas pueden salir a las pistas a pesar de la temperatura exterior de 40 Grados centigrados.

Los deportes de motor también se convirtieron en un gran atractivo. Surgieron pistas y aseguraron fechas en el calendario de Fórmula Uno, a un precio de $40 millones por carrera. Pero con solo unas veinte fechas disponibles cada año calendario, se puede invertir incluso más dinero o muchas otras cosas para asegurar esa fecha.

Con el implacable calor del desierto de Abu Dhabi y la intensa competencia que se había producido en la última carrera de la temporada, parecía apropiado que se llevara a cabo en el circuito de Yas Marina con abundante agua para refrescar las cosas. Dos semanas antes, en Brasil, Tony Bishop había hecho una carrera limpia como había sugerido Bryce. Pero el compañero de equipo de Bishop no lo había hecho. Con tres vueltas para el final, Dickie Jones, un piloto de media grilla y un desempeño mediocre desde que se incorporó al equipo de Bishop, sacó a Bryce de la pista en lo que luego afirmó fue,"solo un accidente de carrera". Bishop había tomado la delantera por solo cinco puntos, y eso puso a Bryce en modo de persecución.

Dale Earnhardt, Sr., corridor de NASCAR, había sido considerado como El Intimidador por golpear parachoques y guardabarros y empujar a sus enemigos a cometer errores o, finalmente, una vez frustrados, simplemente sacarlos del camino por completo. En las carreras de monoplazas como la Fórmula Uno, eso es un poco más arriesgado. Todos los elementos de un automóvil de F1 pueden estar hechos de materiales de la era espacial que cuestan una fortuna de producir, pero un ala destinada a dirigir y forzar el aire hacia abajo para aumentar el peso sobre los neumáticos para una mejor adherencia, dirección y aceleración, puede volverse frágil cuando frente a una rueda giratoria y un neumático que entra en un giro cerrado a 200 kph.

Bryce tenía fama de ser implacable en su persecución. Llenaba los espejos de un oponente, empujando con fuerza giro tras giro, vuelta tras vuelta hasta que su presa se cansaba y cometía un error o simplemente se lanzaba en un giro demasiado rápido y se desvanecía, lo que permitía que Bryce atacara. Pero hoy sería diferente.

Jones acababa de permitir que su automóvil perdiera su posición al dejar que las fuerzas centrífugas lo llevaran hacia Bryce. Ambos autos terminaron en la grava destinada a reducir la velocidad de los autos errantes que se han salido de la pista. Se quedaron haciendo girar sus neumáticos en las piedras mientras Bishop pasaba volando para llevarse la victoria.

Una vez que los dos conductores salieron de sus autos, fueron escoltados a una ambulancia esperando para un examen rápido por parte del equipo médico, procedimiento estándar cada vez que hay un choque. Es posible que los dos hayan subido juntos a la ambulancia, con los cascos aún puestos, pero cuando las cámaras de televisión siguieron al vehículo hasta el paddock, captaron a Bryce saliendo primero de la ambulancia y, momentos después, se vio a Jones sosteniendo lo que parecía ser un paño blanco ensangrentado en su rostro. Más tarde, ante los medios, Bryce dijo que no sabía nada sobre cómo Jones pudo haberse lastimado. "Accidente de carrera, supongo".

El GP de Abu Dhabi toma la bandera verde al anochecer y la carrera continúa hasta la noche bajo las luces, un relajante descanso del intenso sol y el calor de la región. Bryce había volado a su casa en Monte Carlo desde Sao Pablo. Se tomó los diez días entre los eventos para relajarse, entrenar y sentarse tranquilamente en el yate a motor de 40 metros que mantuvo en el puerto deportivo cada año durante el Gran Premio de Montecarlo. Otras veces, el barco llamado *Lucky* se puede encontrar con Bryce y sus amigos a bordo frente a la costa de Mykonos, Capri o Ibiza. Ahora en Abu Dhabi, estaba listo para competir.

En lugar de quedarse en un hotel de cinco estrellas, de los que había decenas, optó por alquilar un yate muy parecido al que acababa de dejar en el Mediterráneo. Se quedaría a bordo para evitar el atestado centro de la ciudad. No había hablado con Max Werner desde su enfrentamiento en Brasil, pero su tarifa de un millón de dólares para noviembre, el último pago de su contrato, había sido recibida en su cuenta bancaria, por lo que no tendría que perseguirlo por él.

Bryce había hablado con Jack Madigan una o dos veces, pero solo sobre temas relacionados con el automóvil. Ahora, cuando se acercaba el tiempo para la última vuelta de formación del año, Bryce acababa de ponerse el casco y se preparaba para subir a bordo de su Werner Special por última vez. Sintió un golpecito en la nuca y se giró para ver a Madigan de pie cerca.

—¿Vienes a desearme buena suerte por última vez, Jack? Bryce dijo sentimentalmente, pero la mirada en los ojos del hombre indicaba algo diferente.

"No. Vine a decirte que vi a Pete hace veinte minutos y estaba en uno de esos estados de ánimo."

"¡Santa mierda!" Bryce pronunció y se apartó del mecanico que lo había tomado del brazo para guiarlo hacia el auto. Los cascos pueden salvar vidas, pero el campo de visión restringido puede dificultar el movimiento simple a veces.

"¿Te refieres al modo Baja?" Bryce preguntó mientras se acercaba tanto a Madigan que su casco golpeó su cabeza.

"Dos minutos, Bryce, tenemos que movernos", dijo el mecanico en voz alta.

¡Tienes que encontrarlo, Jack, tienes que detenerlo!

Madigan miró fijamente a los ojos de Bryce. "¿Tú no arreglaste esto?" preguntó Madigan. Bryce negó con la cabeza. Jack le dio un golpe en el casco para que tuviera suerte y se dirigió al garaje.

◈

Madigan esperaba encontrar a Pete, en posición de francotirador, escondido en algún lugar alrededor de la pista de 5,2 kilometros. Localizarlo sería casi imposible hasta que el mismo volviera a pensar como un Army Ranger y considerara desde dónde dispararía si fuera necesario.

Abrió el diagrama de la pista en su teléfono inteligente y lo miró fijamente, ampliando un punto, negando con la cabeza, ampliando otro, no otra vez. Finalmente, dio con un sí. El puerto deportivo: ¡Pete tenía que estar en uno de los yates!

Tratando de moverse lo más rápido posible sin llamar la atención, Madigan se abrió paso a través del laberinto que era el área del garaje del equipo, más allá del centro de computación donde el equipo monitorearía todo lo relacionado con el automóvil y el conductor durante el evento. Los feeds se compartirían con el personal en Midlands en Inglaterra y decisiones tomadas en una fracción de segundo cuando se detecta incluso la insinuación de que algo iba mal.

Cuando salió por la parte de atrás, se desvió a la

izquierda y a la derecha para evitar a los cientos de admiradores, celebridades y dignatarios que vestían las túnicas sueltas habituales y los keffiyehs sostenidos por agals, un pañuelo cuadrado de algodón sobre sus cabezas sujeto con un cable, ahora se dirigían a sus asientos de tribuna o suites VIP. Escuchó los autos encenderse en la parrilla para la vuelta de formación. En minutos tomarían la bandera verde y estarían volando más allá del puerto deportivo. Abajo en el túnel peatonal justo después de la zona de fanáticos, debajo de la pista y ahora fuera de la tribuna oeste, se volvió para orientarse mientras los autos pasaban. Fue entonces cuando se dio cuenta de que la había jodido, mal.

Al tratar de llegar desde su ubicación detrás de dos juegos de tribunas, y luego una caminata muy larga a lo largo del agua hasta las docenas de yates que descansan en el puerto deportivo, tomó un giro equivocado. Revisó el mapa de nuevo y luego dio media vuelta, hacia el túnel, emergiendo justo cuando Bishop y Bryce comenzaban su persecución por la victoria y el campeonato.

Los autos pasaban a toda velocidad, los fanáticos en pie vitoreaban y Madigan se estaba quedando sin tiempo. Retrocedió hacia el paddock y serpenteó a la izquierda y luego a la derecha y otra vez a la izquierda hasta que la línea de yates a motor atracados en el puerto deportivo estuvo a la vista. Intentó no correr, pero aceleró el paso, casi al trote. Sus credenciales de acceso total volaban de un lado a otro en el cordón alrededor de su cuello. Si alguien intentara detenerlo, simplemente diría que Bryce dejó algo en su bote.

¿A quién le va a disparar? Madigan se preguntó. ¿Pete eliminaría a un conductor o simplemente inutilizaría un

automóvil? ¿Apuntaria a Jones por desviar a Bryce de su curso en Brasil o tal vez sacaría uno de los neumáticos de Bishop para costarle una vuelta, si no más? *Si deja plomo – deja una bala en cualquier lugar o alguien lo ve, entonces, con el tiempo, todos podríamos ser descubiertos.* «¡Maldita sea Pete!» dijo en voz alta. De repente, aminoró el paso. Necesitaba tiempo para pensar.

Pete es el tío de Bryce, no el mío. Si le dispara a alguien o algo aquí y lo atrapan, es Bryce, no yo, no el equipo. Tal vez. Dejó de caminar y se volvió para mirar la pista. *Bryce ordenó el golpe a los dos agentes de la CIA en México y Pete lo llevó a cabo. Si ambos caen, no hay nada contra mí, a menos que uno de ellos hable.*

Los sonidos provenientes de los autos en la pista era todo lo que podía escuchar. Sus otros sentidos captaron un ligero olor a goma de un neumático humeante mezclado con solo un toque de escape del motor de carreras. Madigan había vivido en este mundo desde su adolescencia en Carolina del Norte y lo amaba, hasta ahora. Aquí estaba persiguiendo a un francotirador, un asesino conocido, en una carrera de Fórmula Uno en el Golfo Arábigo, a 10.000 kilometros de casa. Observó durante dos vueltas mientras los autos pasaban y pudo ver que Bryce estaba a la cabeza pero con Bishop pisándole los talones.

Con todos en la propiedad enfocados en la carrera, Madigan se volvió hacia el puerto deportivo y vio el brillo verde de un láser rozando el camino frente a él. Se concentró. Lo había encontrado: el tercer bote desde la derecha. Allí estaba Pete, parado en un puente abierto, dos niveles por encima de la cubierta, haciéndole señas con entusiasmo para que se uniera a él.

Madigan hizo una pausa y luego se dirigió hacia él. El yate era una belleza. Los dos hombres que hacían guardia en la base de la pasarela comprobaron sus credenciales, que incluían el acceso a esta embarcación de alquiler de Bryce. Se apresuró a subir a bordo, diciendo que no quería perder una vuelta. Una vez en el puente, tocó el hombro de Pete y le dijo.

"Esto no es Baja, Pete", gritó Madigan sobre los sonidos de la pista. "¡No puedes dispararle a nadie!"

Pete miró alrededor del puente, se rió y se inclinó para hablarle al oído a Madigan.

"¿De qué estás hablando, Jack? Solo estoy aquí manteniendo a Bishop y Jones honestos. Si alguno de ellos interfiere con Bryce esta noche, les daré un tiro verde a través de la visera y arreglaré las cosas para nuestro chico. Levantó el lápiz láser verde, el que había usado para pintar a Madigan minutos antes. "¿De verdad pensaste que iba a dispararle a alguien desde aquí arriba?"

Madigan asintió. "Sí, y cuando le dije a Bryce que estabas en la propiedad, dijo que te detuviera".

Pete volvió a reírse y volvió a concentrarse en la acción de la pista. Deslizó el lápiz láser en el bolsillo de su camisa y volvió a colocarse unos auriculares con cancelación de ruido. Al igual que Werner y los equipos en boxes y los que estaban en Inglaterra, Pete podía escuchar las comunicaciones con su conductor. Relató que Bryce estaba contento con la forma en que funcionaba el auto y, como era costumbre, habló muy poco mientras pasaban vuelta tras vuelta.

Una vuelta más tarde, dos autos chocaron en la pista y obligaron a sacar bandera amarilla a toda la pista y el auto de seguridad para marcar el ritmo del campo mientras se limpiaba el desorden del incidente. Pete se quitó los auriculares, pero casi pierde el equilibrio cuando se sentó en la silla del capitán y desenroscó la tapa de una botella de agua.

Con aguas tranquilas debajo de ellos, Madigan se preguntó si Pete ya se había tomado una cerveza o dos, lo cual era muy poco característico de él durante una carrera.

"Esto no es Baja, Jack, pero tampoco es América. ¿Cómo diablos habría conseguido un maldito rifle aquí por el amor de Dios?

Madigan sonrió y se sentó a su lado.

En el agua, Pete. Ambos sabemos cómo funcionan estas cosas. Probablemente viniste aquí en un bote, tal vez desde Dubai. Apuesto a que pescaste Barracuda o pez vela en el golfo para cubrirte, mostraste tu identificación aquí, subiste a bordo con una bolsa pequeña y planeabas revertir el movimiento después de que terminara la carrera.

Madigan miró a su alrededor y luego continuó.

"Si fuera yo, habría tomado un barco para cruzar desde Doha. Hay mucho personal militar retirado, activos, operadores privados, amigos míos y barcos de todo tipo allí. Las armas largas pueden desmontarse y caber en bolsas pequeñas en estos días. Como ese pequeña bolsa negra sentada contra la pared detrás de ti. Con la bandera amarilla de precaución finalizada, el sonido de los 19 autos de Fórmula Uno que aún estaban en la carrera volvió a sonar, y Pete volvió a colocarse los auriculares para seguirlos. Madigan se recostó y se concentró allí también. En poco tiempo todo habría terminado.

CAPÍTULO QUINCE

ABU DHABI. Los podios en las pistas de carreras se instalan de manera muy similar a las ceremonias de premiación olímpica; el escalón central superior para el ganador, el segundo lugar está más abajo y a la derecha del ganador, y el tercer lugar a la izquierda. En el circuito de Yas Marina, Bryce Winters subió con orgullo a al escalón del ganador y saludó con la mano a la multitud que lo vitoreaba desde la tribuna principal. Luego, su corazón se hundió cuando escuchó al locutor proclamar al finalista en segundo lugar, Tony Bishop de Canadá, como el nuevo Campeón Mundial de Fórmula Uno.

Bryce había manejado con el corazón, pero había tantos puntos de ventaja. Cuando la bandera a cuadros agitó la temporada, y el sueño de Bryce de conseguir un segundo título, se acabó. Una vez que se presentó al conductor del tercer lugar, Juan Valdez de México, llegó el momento del habitual interludio musical.

Después de que se tocó el himno de los Estados Unidos de América, reconociendo la patria del ganador de la carrera, los tres en el podio se pararon con gorras de béisbol a los costados o sobre sus corazones, mientras sonaba God Save The Queen, el himno nacional de Gran Bretaña, tocado para el Reino Unido. –equipo Werner basado. Los dignatarios de los Emiratos Árabes Unidos presentaron trofeos, los corchos del falso champán volaron y los tres pilotos se empaparon unos a otros y luego se lo entregaron a sus tripulaciones que estaban un nivel más abajo en la calle deboxes. Por respeto a las costumbres locales, el burbujeante sin alcohol tendría que bastar.

Por primera vez, Bryce no pudo localizar a su amigo y compañero de equipo entre la multitud que lo vitoreaba. Valdez apartó a Bryce de la barandilla y lo guió de vuelta al centro del escenario para la tradicional foto de los tres primeros clasificados. Los tres sonrieron, saludaron a los fanáticos y las cámaras, y la transmisión global se transmitió en casi todas partes.

Cuando su pose se rompió, Bryce se quitó la gorra amarilla y roja de Werner Industries que uno de los medios de comunicación del equipo le había entregado antes de subir al escenario. Dio un paso hacia la barandilla de nuevo. Sosteniendo el sombrero frente a él, señaló el nombre de Werner, colocó esa mano sobre su pecho e hizo una ligera reverencia antes de lanzar el sombrero como un disco volador a la multitud. Su tiempo con Werner ya había terminado.

Ignoró a Bishop en el podio, pero se encontró con él en el área de preparación en la base de los escalones. La gente de Bishop lo estaba limpiando de su ducha burbujeante antes de que se enfrentara a la prensa como el nuevo Campeón Mundial. Bryce se paró frente a él, extendiendo su mano para ofrecerle sus felicitaciones. Para su sorpresa, Bishop pareció devolverle una sonrisa sincera y unas palabras de agradecimiento justo cuando el personal de la serie y los organizadores intervinieron para proveer a los dos pilotos con micrófonos para la conferencia de prensa posterior a la carrera.

"No gracias, he terminado. El centro de atención está en el campeón", dijo Bryce en voz baja, agradeciendo el micrófono. Sin otra palabra, abandonó el área y se dirigió de regreso al garaje. Allí pasó los siguientes veinte minutos dándose la mano y agradeciendo a cada uno de los cuarenta y siete hombres y mujeres que viajaron por el mundo con el equipo y que hicieron posible su pasado campeonato y las seis victorias de esta temporada.

Se derramaron algunas lágrimas, los apretones de manos se convirtieron en abrazos sinceros y, cuando llegó el momento de irse, llamó a todos: "Oigan, planeo continuar con la tradición, por última vez. Pronto saldrán las invitaciones para mi fiesta de Navidad en Midlands. ¡Espero verlos a todos allí el próximo mes!" Y luego, se alejó. Nunca había discutido el anuncio de Werner con ninguno de ellos ni ellos con él. El negocio era el negocio. Tiempo de seguir adelante.

Los dos miembros del personal de seguridad que lo habían seguido durante todo el fin de semana continuaron haciéndolo. Bryce se cambió rápidamente a un polo rojo, jeans azules y Skechers negros, agarró un sombrero de las llantas Pirelli negro y mantuvo la cabeza gacha para poder llegar al bote. No estaba de humor para una fiesta y había dejado su trofeo, un jarrón brillante hecho de plata y oro con la tripulación. Lo recuperaría en Inglaterra.

Algo especial había llegado a su fin y nunca podría ser reemplazado.

Mientras procesaba sus emociones encontradas, los pensamientos volvieron a Pete y Jack Madigan. ¿Dónde diablos estaban ellos? Habiendo logrado llegar hasta su pasarela con solo cuatro personas deteniéndolo para tomarse selfies o un autógrafo, la mayoría de los demás todavía estaban reunidos, sin duda, debajo del podio en la calle de boxes para experimentar la coronación de un nuevo campeón. Aquellos que se perdieron la gloria habían encontrado tranquilamente su otro camino.

Bryce agradeció a sus dos sombras y saludó a los dos que aún estaban de guardia en el yate. Sin saber si Madigan había encontrado alguna vez a Pete o dónde podría estar cualquiera de ellos, optó por no preguntar a los guardias.

"¡Nadie sube a bordo!" dijo en un tono que dejaba claro que hablaba en serio.

Le envió un mensaje de texto a Madigan y luego a Pete. No hay respuesta de ninguno de los dos. Llamó a ambos; de nuevo sin respuesta. Después de una ducha rápida y fresca y cambiarse a pantalones cortos y una camiseta azul claro del Parque Olímpico, tomó una cerveza de la nevera y se sentó en el sofá de cuero color canela frente a un enorme televisor de pantalla plana en el salón principal. Bajó el aire acondicionado a 21 ° C, a pesar de la ducha y la infusión, todavía estaba caliente hasta la médula. Estaba enojado con ambos por no responder, pero aún más por distraerlo de la importancia de la noche. Fue su última carrera con el hombre y el equipo que lo habían ayudado a impulsarlo hacia el gran éxito y la fortuna. Había ganado la carrera, pero había perdido el campeonato por menos puntos que los dedos de una mano, y no tenía ninguna preocupación en el mundo, aparte de dónde diablos estaban estos dos.

Había pasado bastante tiempo desde que había tenido contacto con las personas que lo habían aprovechado para hacer su trabajo sucio. Tal vez se habían olvidado de él, pensó. Después de todo, era una agencia gubernamental con personas que subían escalas profesionales y cambiaban de tareas. En la confusión, tal vez simplemente habían perdido interés o lo habían olvidado y ahora estaba libre de ellos de una vez por todas.

Probó de nuevo con ambos teléfonos y luego consultó su reloj. Era cerca de la medianoche. Después de una carrera larga y calurosa y una temporada larga y agotadora, era hora de dar por terminada la noche y comenzar la aventura programada para mañana a media mañana. Cuando la fiesta en algunos de los otros yates atracados allí disminuyó, finalmente llegó el silencio. Revisó las noticias de la BBC, vio los titulares deportivos de él ganando la carrera pero pasando el bastón de campeón a Bishop. Sintió una punzada de arrepentimiento, y luego de impotencia y resignación. Se asomó por la abertura de la cortina de la ventana para confirmar que el equipo de seguridad todavía estaba allí. Hora de dormir, por fin.

Podría haber sido un minuto después de que se cubriera con las sábanas, el dormitorio principal ahora que se enfrió a la perfección cuando lo escuchó.

Alguien o algo estaba golpeando, golpeando, en algún lugar del barco.

⤙

"Voy a matar a ese hijo de puta", juró Madigan. Se paró frente a la barra, bebiendo su segunda cerveza y un trago de Jack Daniels. El sangrado de la herida sobre su ojo izquierdo finalmente se había detenido. "¡Maldita sea, hace mucho frío aquí!"

Bryce y Madigan habían pasado por muchas cosas juntos, como hermanos solo que sin peleas fraternales ocasionales. Habían visto el mundo, se pararon juntos en los carriles de la victoria celebrando victorias en Indy, Daytona, Silverstone y muchas otras pistas históricas. Pero ahora, las cosas eran diferentes. Bryce había tomado una decisión que Madigan no podía perdonar ni olvidar. Pete Winters había matado a Joan Myers, Nitro. La temporada había terminado y esta noche Pete había hecho algo igual de imperdonable, algo que Madigan nunca podría dejar pasar.

"Me probó. Ese bastardo. Estábamos en el puente y bajé a orinar. Cuando salí del baño, el bastardo me electrocutó", le dijo a Bryce.

"¿En serio?" preguntó Bryce. Pete hizo esto?

"Cuando me despierto, me tiene atado y amordazado en la cama. Me enojé tanto que me caí de la maldita cosa, me golpeé la cabeza con la mesita de noche y terminé donde me encontraste. ¿El idiota le disparó a alguien? preguntó Madigan. Bryce negó con la cabeza.

"No sé qué hizo ni adónde fue, pero voy a encontrar a ese hijo de puta y meterle una bala en la cabeza. Sin debate, sin excusas, solo una ejecución sumaria como la que le hizo a Joanie". Bryce agarró una toalla de mano del baño y se movió para atender el corte de Madigan, pero Jack apartó su mano de un golpe.

Miró a Bryce. Sabía lo que significaban estas palabras. Se acabó entre ellos. Pete había ido demasiado lejos y Bryce había sido parte de ello.

"No sé dónde está". Madigan se enfureció. "¡Escondido en este maldito bote por lo que sé! Pero cuando lo encuentro, Marine contra Ranger, está en marcha. no voy a ser un pollo mierda desde la distancia con un rifle de francotirador tampoco. Lo haré cara a cara". Respiró hondo y luego gritó: "¿Me oyes, Pete? ¡Eres hombre muerto!

❧

Bryce miró a su amigo con pesar. Había perdido a Werner y ahora, con estas palabras, a Jack. Sabía que no había nada que pudiera hacer para arreglar esto ahora. Alguien iba a morir.

"Él no está a bordo, Jack".

"Será mejor que no lo esté."

CAPÍTULO DIECISÉIS

El Parque Nacional Kruger cubre más de 4500 kilómetros cuadrados, quizás un poco más pequeño que el estado de Nueva Jersey y está ubicado en el noreste de Sudáfrica. Bryce había visitado allí tres veces, una después de escalar el Monte Kilimanjaro de 6.000 metros, un volcán inactivo en Tanzania. Había escalado para llamar la atención a través de sus contactos en los medios sobre la falta de agua limpia en la región. Su plan había sido impulsar las contribuciones a una organización benéfica de la que se había enterado después de que su equipo de fútbol americano favorito de la NFL, los Philadelphia Eagles, ganaran el Super Bowl y un jugador estrella hiciera el viaje para generar conciencia.

Después de un vuelo de ocho horas desde Abu Dhabi al Aeropuerto Internacional Kruger de Mpumalanga, su guía favorito, un extrovertido joven local de veinticuatro años llamado Tommy, condujo las 25 millas por caminos decentes hasta el Nkambeni Safari Camp cerca de la Puerta Numbi del parque. El campamento era espectacular, tal como lo recordaba, con increíbles vistas de los cerros y llanuras de la región. Las flores eran abundantes, al igual que todas las comodidades que brindaban sus anfitriones. Si querías conectarte con la naturaleza y la vida silvestre, estaba aquí. Podrías escuchar la llamada de un elefante o ver a una jirafa recoger hojas de una rama a seis metros de altura. Los depredadores de todo tipo también abundaban. Había muchos leones y leopardos y, a pesar de las garantías de todos de que los animales más peligrosos se mantuvieran alejados del campamento, Bryce nunca, nunca estuvo sin un arma, su Sig P220 calibre .45 de fabricación estadounidense lista.

"No camino donde viven los osos y los leones de montaña sin llevar esto a casa. ¿Por qué diablos dejaría mi arma allí cuando el rey de la jungla deambula por aquí? lamiendo sus chuletas y esperando para darme un mordisco? siempre le recordaba a Tommy y sus anfitriones en el check in.

Esa noche, mientras Bryce estaba sentado en su silla, meciéndola hacia atrás sobre las patas traseras, escuchó por un momento los sonidos del desierto y algo hecho por el hombre que había captado.

"Como dije", gritó, "hay cosas por ahí que pueden matarte, tío Pete. Grandes felinos, búfalos, elefantes y lo que vine aquí específicamente para esta vez: rinocerontes. Demonios, la mayoría tiene garras, dientes, colmillos o cuernos. El resto tiene tamaño. ¡Pero ninguno de ellos tiene malditas pistolas eléctricas! Esperó, esperando una respuesta.

"Sal, Pete. Sé que estás allí atrás." Bryce mantuvo su atención en la vista mientras el sol se desvanecía en el oeste. En poco tiempo, los sonidos de los acechadores nocturnos reemplazarían a los de los pájaros cantores.

Podía escuchar a su tío venir hacia él, pero no se movió. Cuando la silla junto a la suya comenzó a deslizarse de la mesa, Bryce levantó la vista y sacudió la cabeza mientras Pete sonreía y tomaba asiento. No hablaron excepto para pedir una ronda de cervezas: cerveza local Castle Lager para Pete y Heineken 0.0 sin alcohol para Bryce, y luego otra, y luego otra.

Después de un rato, Pete finalmente rompió el hielo. "Cerveza NA, ¿por qué molestarse?" preguntó, quizás por décima vez en ese año.

"Necesito levantarme muy temprano mañana. Quiero ser agudo como una tachuela, Pete", respondió. "¿Cuándo entraste y qué diablos estás haciendo aquí?"

"Solo unas horas antes que tú. Tommy vino y me atrapó. Le hice prometer que no estropearía mi sorpresa. Abu Dhabi a Doha y luego otra parada aquí. No dormí ni un ojo. Sabía que te dirigirías aquí después de la carrera y quería volver a a ver un búfalo de agua al sur de nosotros".

"No esperes una fiesta de lástima de mí, viejo bastardo", dijo Bryce, solo medio en broma. "Jack me dijo lo que habías planeado: joder a esos dos imbéciles si jugaban sucio. Lo entiendo. No estoy de acuerdo con eso, pero lo entiendo. Pero, ¿por qué tuviste que electrocutarlo y atarlo? ¿Qué diablos, Pete?

Su tío se inclinó hacia él. Su expresión era una que Bryce no creía haber visto antes. Teniendo en cuenta el comportamiento reciente de Pete, después de Baja, se preocupó.

"Si tuviera que poner una bala en cualquiera de esos pedazos de mierda, lo habría hecho. Jack habría tratado de detenerme. Incluso podría haberme entregado a la policía para pagarme por Baja. A Abu Dhabi no le gustan mucho los militares retirados como yo que juegan con rifles de francotirador silenciados. Habría ido a prisión para siempre".

Bryce escuchó pero algo estaba mal. Empujó más fuerte. "Pete, sabes lo que siento por ti, viejo idiota", agregó, "pero no podemos, supongo que tengo que decir que no puedo seguir haciendo esto. Todo comenzó con nosotros limpiando los desastres, *tus* desastres. La CIA nos tomó a Jack y a mí por las pelotas porque nos atraparon arrojando cuerpos; no sabían que estábamos limpiando después de ti. Siempre han pensado que Jack y yo matamos a esos idiotas. Acordamos trabajar con ellos y mantener esta farsa para mantenerte fuera de la cárcel, ¿y así es como nos pagas, Pete? Uno de estos días te van a pillar. Jack ha terminado con nosotros dos. El se fue. La CIA también podría haberse ido. No he sabido nada de ellos desde Baja. Mi punto es que tienes que dejar de matar gente. Sé que te dieron una razón para hacerlo, pero cada vez que matas a alguien, tenemos que limpiar el desastre. Has puesto en peligro no solo mi carrera sino también mi libertad. Tal vez deberías trabajar para la CIA y dejarme fuera. Tal vez sea hora de que les digamos que fuiste tú quien cometió el asesinato. Pete negó con la cabeza y dijo: "Pero todavía te tienen a tí tirando los cuerpos".

Pete Winters era tan duro como un clavo y le había enseñado bien a su sobrino, reemplazando a un padre emocionalmente incapaz de criar nada, y mucho menos a un joven. Siempre había tenido intolerancia por el mal comportamiento y había estado en suficientes peleas a puñetazos en la escuela secundaria, los marines, los bares y los estacionamientos cada vez que sentía que alguien estaba siendo agraviado o abusado, o que no podía defenderse. En Singapur había visto a un punk rico, hijo de un banquero rico, empujar a una chica en un ascensor. Ella se bajó, él no. El cuerpo fue encontrado en un conducto de la calle a la mañana siguiente.

Pete rara vez se movía con alguien en presencia de Bryce, pero cuando alguien se movía con Pete, Bryce usaba todo lo que su tío le había enseñado sobre pelear y *matar*, y pasaba de testigo a cómplice tan rápido como conducía. A Bryce le gustaba ganar carreras más que nada, pero lo que aprendió de sí mismo, gracias a Pete, fue que sintió que tenía un propósito al impartir justicia y ayudar a las personas. Hijo de un policía y criado por un marine, lo llevaba en la sangre.

Bajo el pesado yugo que le había puesto la CIA, a veces hacía justicia a un político corrupto que disfrutaba agrediendo a mujeres, a un playboy rico que vendía armas a malas naciones, o al capo internacional de la droga que se ganaba la vida arruinando vidas estadounidenses. Estas fueron las mismas personas que usaron su dinero, influencia y conexiones para festejar con los ricos y famosos. Cuando las festividades de la Fórmula Uno llegaban a la ciudad, querían entrar y cuando la CIA señalaba un objetivo, Bryce siempre insistía en saber por qué.

Sin embargo, no siempre fue una sentencia de muerte. A veces se trataba de aceptar una invitación a una aventura exclusiva en la que las personas posaban para fotografías y luego se podían descubrir identidades, huellas dactilares o incluso ADN. Una vez que asistió a una fiesta de cumpleaños, la CIA y el MI6 de Inglaterra esperaban que un asesino a sueldo checo asistiera al extravagante cumpleaños de su sobrina en el elegante Hotel Ritz de Londres, incapaz de resistir la oportunidad de conocer al invitado especial, un campeón de F1.

Bryce se negó a sacar, a eliminar, como diría la CIA, a alguien que tuviera hijos, eso no era negociable. Pero un golpe era mucho más aceptable si sentía que estaba haciendo algo bueno. Lo que odiaba del arreglo de la CIA, lo único, era que tenían control sobre él, y eso era casi imposible de digerir. Bryce era un fanático del control, tenía el control de su vida detrás del volante a más de 300 kph, y en todas partes excepto con *este* arreglo. Para su trío, Bryce había pasado de ayudar a Pete a trabajar para la CIA y necesitar la ayuda de Jack en ocasiones, luego llamaron a Pete para que los ayudara a ambos, pero ahora Pete había ido demasiado lejos.

"No creo que esto se pueda arreglar, Pete. Creo que vas a tener que cuidarte la espalda el resto de tu vida".

Pete sonrió. Bryce ya conocía la respuesta de su tío.

"Bueno, podría sacar a ese bastardo de su miseria si todavía tiene el corazón roto por esa mujer. Supongo que se olvidó cuando estaba en lo más profundo de que ella lo obligó a matar gente y estaba engañando a su marido. Seguro que puede elegirlos. Me recuerda a alguien más que conocí. Bryce no entendió la última referencia, pero eso no importaba ahora.

El sol ya se había ido hace mucho. La oscuridad cubrió el campamento. Sin luna a la vista pero con un increíble manto de estrellas rodeándolos en el cielo, Bryce dijo que quería caminar un poco antes de acostarse.

Pete se puso de pie y le dio un abrazo a Bryce, más

fuerte de lo habitual. "Te amo, chico", susurró al oído de Bryce y luego se interrumpió y se dirigió a su cabaña.

Cuando Bryce bajó al suelo desde la cubierta y comenzó a alejarse de las luces del comedor abierto, escuchó un movimiento detrás de él. Era Tommy, y llevaba un rifle.

"Siempre cuida tu espalda, BW", susurró cuando alcanzó a Bryce, usando el apodo que al estadounidense no le importó en absoluto, al menos no de él.

"Tienes leones de montaña en Utah, ¿sí?" preguntó.

"Sí. La gente no cree que están ahí fuera, pero lo están. Por lo general, son demasiado inteligentes para ser vistos".

Siguieron caminando, escuchando los sonidos del África oscura.

"Lo mismo para los leopardos, -todos los gatos para el caso", - continuó Tommy. "Me quedaré detrás de ti para que puedas disfrutar de tu paseo y del entorno".

Bryce no quería ni oír hablar de eso y le hizo un gesto al guía para que caminara junto a él. Recorrieron ciento cincuenta metros del edificio principal y se detuvieron en una de las muchas hogueras que el campamento mantenía encendidas todas las noches para protegerse de los intrusos no deseados. Bryce había hecho esto muchas veces antes y se detuvo entre dos fuegos. Todo lo que podía ver era la oscuridad frente a él, su visión periférica iluminada con el resplandor naranja a su izquierda y derecha. Luego, cuando sus ojos se adaptaron y los vio, llamó a Tommy para que se acercara.

"Nunca olvidaré la primera vez que vi el reflejo del fuego en los ojos de un león. Es primitivo".

Los animales sabían que había mucha comida, un

buffet de turistas, guías y empleados del campamento esperando a ser presas en la oscuridad, si no fuera por las malditas fogatas. El campamento también conocía la tolerancia de un animal a las llamas. Nunca, nunca permitían que las hogueras se extinguieran o que se movieran un pie de donde fueron encendidas 365 noches al año.

A la mañana siguiente, Bryce había bebido mediolitro de café antes de tener la energía para moverse y la claridad para comenzar el día. No había visto ni oído hablar de Pete, pero pensó que si quería participar en los planes del día, aparecería en algún momento. Si no, estaba bien. Bryce necesitaba el espacio.

La temporada de carreras había terminado, pero estaba emocionado de partir con Tommy para encontrarse con los guardabosques de otro tipo: los guardabosques de Kruger Park, que estaban asignados a la fuerza contra la caza furtiva. Hoy esperaban cazar y capturar a un grupo que habían estado persiguiendo durante semanas. Se pensaba que el grupo era de Rusia, bien financiado y muy hábil para evitar la detección de drones, tecnología de visión nocturna y cualquier otra cosa que la fuerza les arrojara. Su tesoro: colmillos de rinoceronte.

Según lo que Bryce había leído en National Geographic, en el mercado negro de Sudáfrica, el cuerno del rinoceronte blanco se vende hasta en 6.000 dólares el kilo. Pero en los mercados negros asiáticos se vende al por mayor por 5 a 10 veces más, y desde allí los precios minoristas pueden subir astronómicamente. Hay mucho dinero en matar rinocerontes y cortarles los cuernos.

Los elefantes también estaban en gran peligro. Bryce había visto esto de primera mano en un viaje anterior. Pero hoy la atención se centraría en salvar a los rinocerontes y, en lugar de usar la tecnología para rastrear a los rusos, los guardabosques confiarían en una especie de animal para salvar a otra: los perros. En algunas partes del mundo no solo se les considera el mejor amigo del hombre, sino que esta raza particular de perros de caza ha sido entrenada para olfatear a los cazadores furtivos y rastrearlos. Algunos corrían el riesgo de recibir un disparo mientras la manada perseguía a su presa. Pero la mayoría de las veces, cuando tienen éxito, inmobilizan a un cazador furtivo hasta que la fuerza pueda llegar allí para derribarlos y llevarlos ante la justicia.

Y así fue que, después de un día completo en el calor africano, Bryce se encontró cara a cara con tres cazadores furtivos que los perros habían perseguido.

"Creo que meter a estos tres en la cárcel es demasiado bueno para ellos", sugirió a los guardabosques mientras miraba a sus cautivos con desprecio.

"¿Por qué no nos divertimos un poco, les damos a probar su propia medicina?" Tommy había visto a Bryce en acción antes, golpeando con la culata de un arma en la cabeza de un cazador furtivo que había matado a un elefante, y aún más innecesariamente a su cría.

"Yo digo que les cortemos las narices y los dejemos aquí sin armas. Si sobreviven la noche, los liberamos". Uno de los guardabosques siguió el juego y sacó un cuchillo de su vaina con un brillo tan brillante como su sonrisa. Levantó el cuchillo, casi del tamaño de un mini-machete, hoja elegante en un lado, el otro dentado para esos momentos realmente difíciles de atravesar.

Dos de los cazadores furtivos sabían que estaban jodidos. Bryce podía verlo en sus ojos. Sin embargo, por su parte, era inteligente: vestía una gorra de Kruger Park, gafas de sol, una camiseta color canela, pantalones cortos color canela, calcetines marrones y botas Merrill como si fuera parte de la fuerza. No hay necesidad de llamar la atención no deseada de estos tres, de los turistas, o quizás de aquellos que esperan que lleguen los productos escalfados. Bryce siempre prefirió ser el perseguidor en lugar de la presa.

La mayoría de las veces, el comportamiento de un cautivo dictaría cómo procedería Bryce. Tómalo como un hombre y terminará en un instante sin dolor. Maldice, escupe, amenaza, como hizo el capo de la droga el año anterior, y muere de una sobredosis masiva y convulsiva. Bryce tenía un lado oscuro, pero solo sale cuando alguien lo empuja allí.

A diferencia de su tierra natal, no había derechos de Miranda para ser leídos en África a los cazadores furtivos. Son esposados y llevados al calabozo más cercano donde, en 24 horas, un magistrado escuchaba su versión de la historia, a menudo con un abogado bien pagado de Johannesburgo que los representa. Se impondría y pagaría una multa enorme, y la fuerza usaría ese dinero para perseguir a estos mismos hombres nuevamente. La frustración de Bryce al recordar eso estaba hurgando en su temperamento. Pero cuando el tercer cazador furtivo usó la jerga rusa, algo que Bryce había aprendido hace mucho tiempo, para sugerir que la difunta Sra. Winters podría haber disfrutado del estilo perrito, literalmente, explotó. Dos de los tres pudieron entrar a sus celdas, mientras que el tercero, que de alguna manera se quedó atrás por un tiempo, fue encontrado inconsciente y con la forma de un colmillo de rinoceronte tallado en la frente.

Más tarde esa noche, sentado en la misma mesa donde había visto a Pete por última vez, Bryce bebió su segunda Castle Lager. Había recibido un mensaje de texto junto con una foto cuando regresó al campamento y detectó una señal WiFi.

¿ TE ACUÉRDATE DE MÍ? FELICITACIONES POR LA VICTORIA.

Era de Kyoto, la mujer que había conocido en el vuelo de regreso de Japón a los Estados Unidos. La foto que había enviado era la selfie que se había tomado con él en la terminal de LAX. Eso lo hizo sonreír. La recordaba muy, muy bien. Era inteligente, divertida, hermosa y una viajera del mundo. Antes de que tuviera la oportunidad de responder al mensaje de texto, el administrador del campamento se acercó a la mesa, le entregó un sobre a Bryce y se excusó.

La factura ya?, pero no me voy. Tan pronto como la emoción lo golpeó cuando vio la foto de Kyoto, su corazón se hundió cuando la abrió y comenzó a leer. Era de Pete.

Bryce, no hay una forma fácil de transmitir este mensaje que no sea la forma en que he elegido hacerlo. Hablaremos de esto una vez que estés de regreso en Estados Unidos. Pero ahora quiero que disfrutes de África, sé que te encanta aquí. Olvídate de mí, de Jack, de Werner y de toda esa basura que en realidad no importa. He estado pensando durante algún tiempo, y tú y Jack se vieron envueltos en algo que no se merecían.

Hace unos años, tenía algunos problemas de salud y los

médicos me dijeron que era cáncer. Conseguí una segunda opinión en Boston. Ellos estan de acuerdo. Me las arreglé para sobrevivir a sus proyecciones, pero ahora puedo sentir que el cáncer se está moviendo en el carril rápido. Tengo poco tiempo antes de que tu padre y yo nos reunamos de nuevo y podamos decirle a la gente en las puertas del cielo: "¡Somos nosotros, Peter y Paul!" Dicen que tendré suerte de pasar el Día de Acción de Gracias. No te apresures a volver a casa por mi cuenta, pero ven a Vermont este año a por un pájaro muerto. Estoy feliz de haber podido ver tu última carrera. Mis días de matar han terminado, muchacho. Es hora de que me vaya a casa. Con amor, Pete

CAPÍTULO DIECISIETE

A FINALES DE noviembre en Vermont, las hojas rojas, amarillas y naranjas vibrantes que indicaban el final del verano eran solo un recuerdo. Nada más ahora que un desastre para rastrillar o tal vez una enorme pila para que jueguen los niños y los perros. Las despedidas pueden ser brutales, especialmente durante las vacaciones, y Bryce no odiaba eso. Todavía no iba a soltar a Pete.

Juntos se dirigieron al cementerio para rezar ante la tumba de Paul Winters y luego Pete se quedó en silencio y se apoyó contra el monumento de piedra gris que pronto llevaría su nombre. Observó a Bryce dar un breve paseo hasta el lugar de descanso de Christy e inclinó la cabeza durante un rato. De regreso al automóvil que tenía guardaba en el aeropuerto de Burlington, Bryce eligió sus siguientes palabras para establecer el tono para el resto del día. "Te ves como una mierda."

Pasaron los siguientes cuarenta y cinco minutos rompiendo pelotas y riendo mientras Bryce aceleraba hacia el este, hacia Stowe. El plan era pasar el resto del día en la cabaña de escapada de Pete en las montañas, pero Bryce tenía algo planeado primero: un viaje rápido e ilegal hasta la cima del Monte Mansfield. El Subaru WRX negro de Bryce era un vehículo turboalimentado de 310 caballos de fuerza y tracción total construido para este tipo de excursión. Pero sus amigos en Vermont SportsCar, el equipo que presenta autos de rally para campeones de conducción como Travis Pastrana y David Higgins, habían pasado algún tiempo aumentando la potencia, alterando la suspensión y agregando neumáticos que hicieron que esta versión quisiera escalar las nubes rápido. - realmente rápido. Incluso habían atornillado una barra antivuelco que se extendía sobre los asientos del conductor y del pasajero en caso de que las cosas se pusieran difíciles y el auto sufriera un vuelco.

Con todos concentrados en el feriado de Acción de Gracias y las comidas masivas que se servían, nadie vigilaba la entrada del camino de 6.5 kilometros hacia la cumbre. Construido a finales de 1800 para permitir que los carros tirados por caballos y los carruajes llegaran al hotel construido en el pináculo, el camino estaba sin pavimentar después de los primeros 30 metros. Mientras Bryce conducía alrededor de las barreras, apretó los arneses de hombro mejorados del mercado de accesorios que se habían agregado, cuando se detuvo. Miró a Pete, que sonreía de oreja a oreja con anticipación, y vio que él hacía lo mismo.

El hotel había desaparecido hacía mucho tiempo, y los automóviles de pasajeros normalmente tomaban el camino despacio, con cautela, admirando la vista, pero este automóvil estaba hecho para escalar y pronto lo haría. Bryce consultó su reloj, pulsó el botón del temporizador y apretó el embrague. Poco menos de cinco minutos después, después de innumerables curvas, rectas cortas, sobre desniveles peligrosos, se deslizó hasta detenerse en la parte superior junto al telesilla cerrado y el centro de primeros auxilios abandonado.

Mirándose el uno al otro, ambos hombres comenzaron a reír y luego la expresión de Bryce se volvió seria. Él susurró: "Siempre he querido probar esto. Esperar. ¡Es hora de fruncir el ceño!

Bryce puso el Subaru en marcha atrás y aceleró hacia atrás a toda velocidad hacia el camino por el que acababan de correr. Vio que Pete cerraba los ojos y luego lanzaba el auto en un giro controlado, deteniéndose con la parte delantera del auto mirando hacia abajo. "Tal vez la próxima vez, Pete", gritó y luego apretó el embrague nuevamente y corrió por el camino arrojando tierra y grava como lo había hecho en el camino de subida.

En la parte inferior, Bryce condujo alrededor de las barreras de nuevo y se detuvo antes de regresar a la ruta 108. Miró a Pete, que estaba recuperando el aliento. "¿Smuggler's Notch o tiempo para la cerveza?" preguntó.

Pete sonrió y señaló a la derecha. El estrecho camino, serpenteando entre enormes rocas, tendría que esperar a otro momento. Horas más tarde, después de haber disfrutado de una cena de Acción de Gracias que sus amigos les habían dejado en un restaurante local, Pete se quedó dormido en su gastado sillón de cuero mientras Bryce lo miraba con cariño.

"No estoy muerto aún. ¡Mira tu maldito fútbol! Pete dijo sin abrir los ojos.

CAPÍTULO DIECIOCHO

Para muchos equipos, corredores y fanáticos en los Estados Unidos, Indianápolis es considerada el centro del universo del automovilismo y alberga la Indy 500 desde 1911. La ciudad ha visto competir a la Fórmula Uno y NASCAR en el Indianapolis Motor Speedway. A principios de diciembre, cuando la famosa pista está fría y solitaria, las cosas se mueven adentro para la feria comercial anual de la Industria de la preparacion de Motore o" Performance Racing Industry" que se lleva a cabo en el centro de convenciones del centro. Se exhiben autos, repuestos y equipos. Corredores, tripulantes, constructores de motores, fabricantes, revendedores y celebridades asisten de todo el mundo.

Bryce había asistido a el espectáculo durante años, primero por curiosidad como un joven corredor en busca de conexiones. Una vez que comenzó a ganar las grandes carreras, se convirtió en una celebridad muy buscada, pagada por las empresas para estacionar en sus puestos para firmar autógrafos y posar para las fotos. El año en que ganó el campeonato de F1, el programa lo invitó a hacer comentarios y una sesión de preguntas y respuestas en el desayuno de apertura. Había entretenido a la audiencia con chistes y anécdotas sobre la temporada que acababa de tener. La ovación de pie, dada en Estados Unidos al primer piloto estadounidense en cuarenta años en ganar ese campeonato, le puso la piel de gallina.

Este año, estaba feliz de que el nuevo campeón de NASCAR hubiera sido elegido para dirigirse a la multitud. Bryce pudo caminar por los pasillos del espectáculo antes de que concluyera el desayuno y se abrieran las puertas a los asistentes. En el pasado, Jack Madigan caminó por los pasillos con él. Este año fue diferente. Jack no había devuelto ninguna de las llamadas de Bryce, así que lo hizo solo y sin seguridad. Pasó por el puesto de NASCAR para dar la mano y posar brevemente para una foto. Algunos periodistas lo vieron abriéndose camino a través del programa y lo molestaron sobre su futuro y el próximo año.

"No estoy seguro de lo que haré el próximo año", les dijo. "Ya me han visto en el stand de NASCAR. Me dirigía al grupo IMSA. Estaré pasando mucho tiempo en Florida después del Año Nuevo, tal vez corriendo la Rolex 24 o las 500 Millas de Daytona. Tal vez ambas, así que estad atentos".

Eso fue todo lo que tenía que decirles y siguió adelante, recordándoles en voz baja pero con firmeza cómo funcionaba él y los medios. Rara vez pedía espacio, pero cuando lo hacía, estaba más que agradecido. Síguelo cuando te pida que te detengas y nunca más obtendrás una respuesta a otra pregunta.

Se detuvo en otra cabina, estrechó algunas manos y luego otra, pero mantuvo un ritmo rápido para que no pudiera ser arrastrado a ningún espacio donde una multitud pudiera congregarse rápidamente e impedir su progreso. Esto era lo que él llamaba un golpe y fuga, algo que quería hacer, agradecer a las empresas y personas que lo ayudaron a llegar a donde estaba, pero no pasar todo el día haciéndolo.

Se detuvo en el puesto de combustible de carreras donde, años antes, alguien de la empresa reconoció su capacidad y potencial y lo patrocinó con combustible gratis. Todo lo que se le pidió que hiciera a cambio fue mostrar la calcomanía de la compañía en sus autos y su uniforme de conducir, cerca de su rostro donde aparecería en la mayoría de las fotos.

"Sabes que algún día todo esto será eléctrico, pero nunca podrán reemplazar el sonido de un motor de carrera o el olor del combustible. Algunas de las cosas exóticas con las que me he topado a lo largo de los años huelen a mofeta, pero la tuya siempre olía dulce —ofreció.

Se dio la mano, posó para algunas fotos, les dio las gracias y luego se fue, decepcionado de que las personas que había conocido allí se hubieran jubilado o ya no estuvieran en la empresa.

Con su misión cumplida, vio las señales de salida y se dirigió a la parada de taxis y el viaje de diez minutos hasta el aeropuerto y su vuelo de regreso a Park City. Justo cuando llegaba a las puertas exteriores, escuchó que alguien gritaba su nombre. Se volvió. Se acercaron dos jóvenes excitadas. Una pidió una selfie mientras que la otra buscó algo que pudiera autografiar. Obedeció, generalmente lo hacía, pero cuando los tres sonrieron para una foto, escuchó a alguien gritar: "¿Sabes dónde puedo encontrar algo de Nitro?"

Viniendo hacia él había dos hombres vestidos con trajes grises, corbata roja en uno, azul en el otro, ambos parecían en forma y rígidos, ya sea policías o ex militares.

Los dos saludaron a Bryce y le sugirieron que tenía que tomar un avión. Bryce sonrió, agradeció a las mujeres por la selfie y dijo simplemente: "Guardaespaldas. No puedo salir de casa sin ellos".

Corbata Azul movió su brazo hacia la derecha indicando la salida. Bryce siguió al corbata roja a través de las puertas hasta un Dodge Charger blanco que esperaba. No sintió que fueran una amenaza y asumió que estaban allí para reemplazar a Gunn y Myers. También agradeció las fotos que habían tomado los espectadores cuando lo reconocieron saliendo del edificio. Si desapareci'a alguien habría al menos capturado sus rostros. Blue se sentó delante y, después de que Red abrió y cerró la puerta para su invitado, saltó al otro lado. El coche aceleró.

A medio camino del aeropuerto, el conductor tomó una salida de la I-70 y se detuvo en el estacionamiento detrás de un restaurante Cracker Barrel.

"¿Ustedes chicos me invitan a almorzar?" bromeó. "Estoy hambriento."

No habían dicho una palabra durante el viaje. Bryce siguió adelante como si esto sucediera todos los días, pero ahora era el momento de hacerlo.

"Soy Bill Brownell de la Agencia Central de Inteligencia", le dijo a Bryce mientras le mostraba sus credenciales, incluida una insignia azul y dorada con la CIA estampada en un semicírculo alrededor de un escudo. "Ese es el agente Russo y Chadwick. Queríamos conectarnos para dar seguimiento a lo sucedido en México. Leímos el archivo, hablamos con el FBI y los funcionarios mexicanos que estaban en el lugar, y lo entrevistamos a usted y a su amigo, el Sr. Madigan. Solo tenemos algunas preguntas para ti". Bryce sonrió. Durante los siguientes diez minutos revisaron las notas, le pidieron a Bryce que volviera a contar lo que había sucedido, le hicieron algunas preguntas de seguimiento y luego sugirieron que eso era todo lo que necesitaban.

"¿Qué sigue?" preguntó Bryce, esperando por encima de todo la esperanza de que realmente hubieran terminado con él. Que alguien en Langley había cerrado su expediente y podía irse.

Russo en el asiento delantero se volvió hacia Bryce. "Uno de nuestros ayudantes de escritorio, el mismo que lo etiquetó como sospechoso antes de que se reuniera por primera vez con Joan Myers y su equipo en los Emiratos Árabes Unidos, estaba revisando el caso del asesinato de Gunn-Myers. Debe ser aficionado a las carreras o algo. De todos modos, echó un vistazo a tus viajes y actividades y le pareció interesante que los rusos que supuestamente estaban tratando de sacarte a ti y a Madigan como venganza por Sochi no hayan hecho otro movimiento contigo. Todo a tu alrededor ha estado en silencio. También mencionó el hecho de que usted parece no haber realizado maniobras evasivas, cambiado su rutina de ninguna manera, mejorado su seguridad personal o de propiedad en Utah o en Europa. Todos sabemos que los pilotos de autos de carrera son personajes calmos bajo presión. Pero si los sicarios rusos me persiguieran, habría cambiado bastantes cosas de inmediato".

Bryce había estado preparado para esto. "El jockey de escritorio, y supongo que tú, están asumiendo que quienquiera que haya sido el tirador en México sabe que cometió un error, que él, o las personas que lo enviaron, son fanáticos de las carreras y me vieron aparecer vivito y coleando en Austin y luego en Brasil y de vuelta a Abu Dhabi. Si no saben que fracasó, entonces se habrían olvidado de mí".

Russo negó con la cabeza y comenzó a hablar, pero Brownell lo interrumpió.

"Tengo que decir que eon tonterías en ese tren de pensamiento. Si te hubieran matado en México, habrías estado en todos los canales de noticias del mundo, no solo en las noticias deportivas, sino en los titulares, en las noticias de última hora. Alguien involucrado en el golpe contra ti habría aprendido bastante rápido que fracasó. Bryce se encogió de hombros.

"Hola chicos, todo esto es nuevo para mí. No sé cómo funcionan realmente estas cosas. Todo lo que sé es que alguien trató de matarnos a mí y a Madigan y, para ser totalmente honesto contigo, y sin tratar de insultar a nadie, supuse que me estabas observando, que me consideraban un activo que necesitaba protección. Y como ustedes son muy buenos para no ser detectados, en realidad pensé que estaban sobre mí, cuidándome, solo sin decirlo, Mi error, supongo. No es necesario aumentar la seguridad si la CIA ya la está proporcionando, ¿verdad?

Brownell miró a Chadwick y dijo simplemente: "Aeropuerto".

En el tramo final del viaje nadie dijo una palabra. Una vez que el auto se detuvo frente a Signature Jet Service y Bryce les agradeció por el viaje, salió del auto y entró. Pero la CIA aún no había terminado con él.

"¡Bryce!" Brownell lo llamó desde el auto, haciéndole un gesto para que regresara. "Para que lo sepas, no tenemos a nadie siguiéndote o vigilando tus propiedades".

Bryce negó con la cabeza. "Excelente. Tal vez los sicarios rusos trabajen de la misma manera que ustedes. Ha pasado bastante tiempo desde que tuve contacto con alguien en la CIA. Tres carreras y ni una llamada, ni una asignación, ni un nuevo manejador, nada. Tal vez las cosas vayan más despacio en el negocio del espionaje. Tal vez me maten a tiros en la puerta de mi casa esta noche. Mírame en las noticias".

Bryce sonrió, dio media vuelta y entró. Cinco horas después, salió de una camioneta negra con chofer, ingresó el código para abrir la puerta principal y caminó hacia la entrada principal de su retiro en la montaña.

El hombre que mantenía el camino de entrada de la propiedad lo había arado más temprano ese día, pero caía una ligera nevada y había desempolvado el área de nieve. Mientras Bryce se paraba en la puerta de roble, con la cabeza de oso grizzly tallada en ella gruñéndole, pensó en sus últimas palabras con la CIA en Indianápolis. Estaba muy tranquilo ahora. Todo estaba quieto. Podía oír el viento en los árboles altos rozando el bosque. Entonces lo escuchó. Un crujido . Luego otro.

Dejó su mochila y su pequeña maleta en el suelo y se dio la vuelta, lentamente. Allí, en la colina frente a su puerta de hierro, había una alce hembra adulta. Dio otro paso, un trozo de maleza crujió bajo su peso, y miró hacia él. Dejó escapar un suspiro y le devolvió la sonrisa. Se volvió hacia la puerta y respiró hondo otra vez y dejó salir el aire.

Habían monitoreado su ritmo cardíaco cuando conducía un auto de carrera y descubrieron que mantenía un ritmo constante y uniforme de 60 a 65 latidos por minuto, en todas partes excepto en las calles de Montecarlo durante la carrera de F1 allí. Esa pista siempre lo tenía nervioso y aumentaba mucho más su ritmo cardíaco. Esta noche había saltado de nuevo. Nunca pensó en morir en un auto de carrera, solo temía equivocarse y perder una carrera o lastimarse y no poder competir. La muerte vendría más tarde en la vida, se esperanzaba. Esta noche, pensó, había llamado a la puerta.

CAPÍTULO DIECINUEVE

EL CENTRO DE Inglaterra alberga la segunda ciudad más grande de Gran Bretaña, Birmingham, la ciudad natal de William Shakespeare, Stratford-upon-Avon, y las universidades de Cambridge y Oxford. Conocida como The Midlands, también es la base de operaciones de la mayoría, si no de todos, los equipos de F1, el histórico circuito de carreras de autos de Silverstone y el Santa Pod Raceway, una pista de carreras de un cuarto de milla de largo construida sobre una antigua pista utilizada por las fuerzas estadounidenses y británicas durante la Segunda Guerra Mundial.

Como prometió, Bryce estuvo allí esta semana para organizar su fiesta anual de Navidad para todos los empleados y sus familias del complejo F1 de Werner Industries. Pero primero, tenía que asistir a una conferencia de prensa en el centro de prensa de Silverstone. Estaba previsto para las 11 de la mañana. Con la asistencia de más de 135 periodistas, fotógrafos y operadores de cámara, la noticia que dio sorprendió a casi todos, especialmente a Max Werner y Tony Bishop, que observaban desde la oficina de Werner, justo al final de la calle. Mientras el cartel blanco sobre rojo de *Últimas Noticias* se desplazaba por la parte inferior de la pantalla del televisor, se escucharon algunos aplausos desde las oficinas y talleres mecánicos de todo el edificio.

BRYCE WINTERS REGRESA A LA FÓRMULA UNO

FIRMA CONTRATO POR TRES AÑOS CON PROFORCE

ProForce era el equipo que acababa de ganar el Campeonato de Fórmula Uno con Tony Bishop al volante. La medida sorprendió inmediatamente al mundo de las carreras. Según el fichaje de Bishop por parte de Werner, la mayoría pensó que Bryce se retiraría, ganara o perdiera, al final de la temporada pasada. Ahora, con un contrato de tres años, el ex campeón de F1 estaba de regreso. Y conduciría para el equipo que acababa de ganar el título. Era la versión de carreras de las sillas musicales. Bryce había disfrutado cada segundo de dar la noticia de forma tan dramática. Después de todo, así fue como se enteró de que se había quedado sin viaje apenas dos meses antes.

⁂

Los vítores que resonaron dentro de las paredes de la sede de Werner fueron recibidos con una silla arrojada por él al televisor en respuesta. Werner estaba furioso porque su antiguo amigo se había negado a renovar su contrato sólo ahora para firmar con el mayor competidor de Werner. Peor aún, le enfurecía que alguno de sus empleados aplaudiera las noticias de Bryce, especialmente con él y su nuevo conductor sentados justo encima de su cabeza en las oficinas ejecutivas.

En cuestión de minutos, envió un correo electrónico a todos los empleados indicando que cualquiera que asistiera a la fiesta navideña de Winters (se negó a llamarla Navidad) estaría violando su contrato de confidencialidad con su empleador y sería despedido y no podría trabajar durante dos años en el industria. El correo electrónico también les recordó la fecha, hora y lugar de la fiesta navideña de Werner y su expectativa de que todos asistieran.

Bishop expresó su preocupación y le dijo a Werner que pensaba que era un error. Pero la expresión de Werner y las últimas palabras que le dirigió a Bishop antes de salir furioso de la oficina fueron claras. "Te pago para que conduzcas. No te pago para que hagas nada más".

El Toby Carvery en Stonebridge siempre fue una parada especial para Bryce cuando estaba en la zona. No había nada parecido en ningún otro lugar al que había viajado. El clásico pub británico El diseño del restaurante familiar era cálido y acogedor, pero la atracción principal era el buffet casero.

Por una tarifa razonable, los clientes podían cargar la mayor cantidad de pavo, carne de res o jamón cortado a mano junto con todos los acompañamientos (tres tipos de papas, cuatro tipos de verduras), todo asado, y luego hacer un viaje de regreso para comprar un trozo de pastel. No hizo mucho con las carnes, pero solo el relleno, las papas y las verduras lo saciarían durante una semana.

Se sentó tranquilamente en la parte trasera del restaurante, rodeado por la directora de medios de ProForce y sus asistentes. Tenían algo de planificación, mucha planificación, que hacer antes de que Bryce partiera a los EE. UU. por la mañana. Dejó de escucharlos por un momento para absorber la atmósfera, especialmente el aroma de la comida que lo hacía sentir bien. No regresaría a Inglaterra hasta la feria Autosport International en el NEC, justo al final de la calle del aeropuerto de Birmingham, hasta principios de enero. Después estaría de vacaciones hasta que comenzaran los test de pretemporada en España a mediados de febrero.

Había mucho por hacer. El molde de su aciento de carrera, se adquirirán nuevos trajes de conducción resistentes al fuego hechos a medida y se tomarán fotografías de los medios con ellos, y así sucesivamente. Su día y su noche habían sido ocupados y satisfactorios. Su única frustración fue la cancelación de su fiesta de Navidad. Había recibido suficientes llamadas y mensajes de texto de antiguos compañeros de trabajo como para que se le aplicara presión y envió un mensaje a todos diciendo que entendía.

Hizo dos cosas justo después de eso antes de ir a cenar. Primero, organizó tres autobuses para transportar a las personas desde uno de los refugios para personas sin hogar de la zona hasta el lugar de celebración para que pudieran comer hasta hartarse. Cerró el bar, pero la noche siguió muy bien y fue muy apreciado por la iglesia con la que se había puesto en contacto para que todo sucediera. En segundo lugar, dispuso que las tarjetas de regalo que habría entregado personalmente en la fiesta se enviaran por mensajería a las direcciones particulares de cada empleado de Werner. Los obsequios tenían un valor significativo y venían con una nota personal agradeciéndoles y deseándoles lo mejor. A la mañana siguiente, estaba de nuevo en un jet, sobrevolando el Atlántico, rumbo a casa.

Esta era la primera Navidad que Bryce pasaba en su casa de Park City. En los últimos años había estado sentado en un taburete junto a Jack Madigan en algún lugar de los Cayos de la Florida o parado frente a una chimenea en un albergue de esquí en Zermatt, Suiza con Max Werner. Ahora estaba en desacuerdo con ambos y, sin sugerencias ni invitación de ninguno de los dos, optó por hacerlo solo y abrazar su soledad. Reflexionó sobre todo lo que había sucedido en los últimos meses y todo lo que esperaba que pudiera suceder.

Días antes, había invitado a su casa a una docena de atletas locales y a dos entrenadores que había conocido en el centro de entrenamiento olímpico para una cena estilo buffet con especialidades sureñas de pollo frito, costillas, mazorcas de maíz, pan de maíz, al horno. frijoles, pastel de nueces y refrescos. Para mantener contentos a los entrenadores, agregó algo verde al menú en el último minuto y luego se rió cuando notó que las judías verdes no habían sido tocadas.

Sin embargo, la comida no fue gratis. Bryce había hecho un trato con ellos. "Ayúdame a decorar mi primer árbol de Navidad y pondré más comida de la que puedas imaginar". Ahora, poco más de las diez de la víspera de Navidad, el teléfono de Bryce vibró en el bolsillo de sus jeans. No reconoció el número, pero a medida que se acercaba la medianoche, Bryce descubrió lo verdaderamente solo que se sentía. Cualquier persona que llame podría servir.

"¿Bryce Winters?" Una voz desconocida dijo: "Aquí Billy Myers, el marido de Joan".

Bryce se sorprendió al escuchar el nombre e igualmente se sorprendió de que Billy, entre todas las personas, se estuviera acercando a él.

"Hola Billy. Esta debe ser una época del año muy difícil para ti. ¿Qué puedo hacer por ti?" Bryce esperó pero no escuchó respuesta. "¿Billy?"

"Estoy afuera en tu puerta principal. ¿Me permites entrar?"

Bryce se giró para mirar el monitor del iPad en una mesa auxiliar. Las cámaras de seguridad cubrieron cada centímetro del exterior de la residencia, incluso donde los focos que permanecieron encendidos desde el anochecer hasta el amanecer tenían cobertura. Las cámaras de visión nocturna vigilaban cualquier movimiento en zonas no iluminadas. A Bryce siempre le había sorprendido la cantidad de animales que deambulaban por allí. Principalmente alces, pero algún que otro puma siempre recibía especial atención.

Allí estaba Billy, de pie en la puerta de entrada, con una ligera nieve cubriendo sus hombros. Bryce se quedó mirando la imagen. *Has sido un chico malo, Bryce Winters, pensó, tal vez sea un fantasma de las Navidades pasadas que viene a recogerlo.*

Bryce consideró sus opciones y presionó el botón para abrir la puerta mientras finalizaba la llamada. Después de dar un rápido paseo por el gran salón y la cocina, Bryce se dirigió a la puerta e invitó a Myers a pasar. Los dos hombres se quedaron mirándose en silencio hasta que Bryce se ofreció a tomar el abrigo de su invitado y le ofreció una bebida.

`"Solo café si lo tienes, gracias". Myers siguió el ejemplo de Bryce hacia la cocina y se quedó en silencio asimilando todo. El plano de planta era abierto, lo que permitía una vista completa de la cocina, el comedor a la izquierda, la gran sala con el enorme árbol y la exhibición de trofeos a la derecha. . Myers sacó un taburete alto de la isla y volvió a concentrarse en su anfitrión.

"Ahí es donde ella se sentó la última vez que estuvo aquí", le dijo Bryce.

Myers parpadeó, como si las palabras le hubieran dejado sin aliento. Después de un momento, dijo en un tono suave, mirando a Bryce con ojos tristes. "¿Es aquí donde te la follaste?"

Bryce se reclinó contra el mostrador y negó con la cabeza y se detuvo para dejar que su respuesta asimilara. "Billy, teníamos una relación de trabajo y eso fue todo. Nunca la toqué". Esperó una respuesta, pero cuando no llegó ninguna, se giró, sirvió una taza de café y se la deslizó por la isla hacia su invitado.

"Bueno, ella se estaba follando a alguien. Encontré suficiente en las notas y las cosas que dejó. Mierda estúpida. Una agente de la CIA, y dejó pruebas para que el chico con el que vivía descubriera que había alguien más.

Bryce se sorprendió y le contó dónde se habían conocido y que ella sólo había ido allí para prepararlo para conocer a su nuevo jefe.

"Trabajamos para el mismo jefe. Eso fue todo. Sabes

que no puedo discutir ninguno de los detalles más que asegurarte que fue solo eso. Nada mas."

Myers bebió el café caliente y se levantó. Su postura parecía, al principio, amenazadora, pero cuando se volvió hacia el árbol en la gran sala, Bryce observó cómo los hombros del hombre caían.

"¿Sabes con quién estaba?" Preguntó Myers, todavía de espaldas a Bryce.

Los pilotos de carreras son conocidos por sus rápidos reflejos y su toma de decisiones en milisegundos. Bryce sabía lo que diría, solo esperó para dar la noticia.

"No, Billy, no lo hago. Viajó por el mundo para la CIA. Yo no era su única tarea". Myers negó con la cabeza.

"Aún no entiendo por qué te eligieron para pasar mensajes a dignatarios extranjeros. Pensé que el Departamento de Estado había hecho esa mierda". Bryce se encogió de hombros como si estuviera de acuerdo.

Myers se volvió hacia él. "Pasaba más fines de semana fuera que entre semana y pasaba más tiempo en carreras de autos que en cualquier otro lugar. Puede que no sea la herramienta más inteligente que hay, pero todas las indicaciones lo son para los corredores".

Bryce negó con la cabeza en señal de acuerdo. "Las carreras son un imán, Billy. Se alimenta de dinero, publicidad, fans, competencia y emoción, pero también envía a muchas personas solitarias a bares y camas. Si estuviera con alguien más, en cualquier otro lugar, podría haber sido en una carrera, pero no fue con nadie que yo conozca". Hizo una pausa. "Esto puede doler, pero necesitas saber esto, Billy. Hasta ese día que apareciste en el aeropuerto, ni siquiera sabía que estaba casada. Ni siquiera noté un anillo". Observó cómo Myers avanzaba hacia la gran sala, mirando el techo abovedado y luego la chimenea antes de acercarse a la pared del fondo, cubierta de trofeos de ganadores reclamados en todo Estados Unidos y en todo el mundo.

"Te creo, Bryce", comenzó Myers. "Creo que no te follaste a mi esposa, pero no estoy seguro del resto". Bueno, *rara vez la veía en las carreras*, así que eso es todo, pensó Bryce y vio esto como una oportunidad para desviar la atención, algo no deseado, de las carreras hacia otra cosa. "¿Has considerado que podría haber estado con alguien con quien trabajó en la CIA? Todo lo que hacen es tan secreto, tan obscuro. Tal vez tuvo una aventura con alguien con quien pasaba muchas horas de trabajo. Si yo fuera tú, miraría allí. Vuelve al Este, regresa a Langley y mira qué puedes encontrar allí.

Bryce caminó hacia su invitado y se paró directamente frente a él.

"O puedes darte cuenta de que tú y Joan tuvieron una buena relación por un tiempo. Y, como en la vida, pasan cosas. Puedes pasar mucho tiempo golpeándote la cabeza contra la pared e intentando atrapar a alguien y hacerle pagar por lo que hizo. Pero si se tratara de una aventura, ella habría participado voluntariamente. ¿Has considerado que podrías haber jugado un papel en eso, tal vez trabajando demasiadas horas o dando las cosas por sentado?

Myers estaba escuchando. Bryce pudo ver que había planteado bien las sugerencias. Tal vez era hora de que el viudo buscara la autoconciencia en lugar de la venganza.

"Eres un hombre inteligente", le dijo Myers. "¿Es por eso que no estás casado?" dijo con una risa.

Bryce se acercó. "La única mujer que amé murió en un accidente automovilístico, hace años, en mi casa en Vermont. Para mí, volver a enamorarme dolería muchísimo. Lidiar con esa pérdida me hizo sentir como si hubiera sufrido un violento accidente automovilístico y necesitara años para recuperarme física y emocionalmente. No, señor, no estoy interesado en que vuelva a ser golpeado". Bryce vio un cambio en los ojos de Myers.

"Sin embargo, hace que la vida sea solitaria, ¿no?" preguntó.

Bryce asintió. "Bueno, mira a tu alrededor. Un poco tranquilo, ¿no?

Los dos hombres se quedaron allí, en silencio en su dolor. Hablar de Christy había sido un puñetazo incluso después de todos estos años. La Navidad había sido su fiesta favorita y ninguno de ellos había estado muy feliz desde que ella murió. Se preguntó hacia dónde se dirigiría Myers a continuación. *Los bares de la ciudad cerrarían temprano. ¿Tenía una habitación de hotel?* ¿Iba a marcharse simplemente?

"¿Tienes algún lugar a donde ir ahora, Billy?" preguntó Bryce.

"Sí, tengo una habitación en la ciudad", respondió mientras pasaba junto a Bryce de regreso a la cocina. Se paró junto al taburete en el que se había sentado su esposa y puso la mano en el respaldo. Sin decir una palabra más, Myers caminó hacia la puerta, se quitó el abrigo de un gancho dorado ornamental que se parecía mucho a una cornamenta y se fue.

Bryce regresó al iPad y abrió la puerta principal, observando a Myers pasar por ella y luego entrar en un auto estacionado a seis metros colina abajo. Mientras el auto se alejaba, Bryce regresó a la cocina y abrió uno de los doce cajones debajo de la isla. Miró la pistola calibre Sig.45, una de las cinco que guardaba en varios lugares de la casa.

Ya había tenido suficientes visitantes no deseados a todas horas del día y de la noche; fans demasiado entusiastas, locos, y luego siempre estaban los paparazzi. Para él, la 45 era el arma ideal para enfrentarse a un alce cabreado o a un saltador de vallas con malas intenciones. Cada vez que viajaba, guardaba sus armas en la caja fuerte detrás de una pared falsa en un vestidor justo al lado del dormitorio principal. Allí, con un chaleco antibalas, gafas de visión nocturna, municiones, fajos de dinero en efectivo y otra media docena de armas de todas las formas y tamaños, "algo para cada ocasión", bromeaba.

Miró la cafetera y luego el reloj que había encima de la puerta. Se estaba haciendo tarde, pero se sirvió una taza, añadió un buen trago de Bailey's y se sentó en uno de los sofás de tela marrón frente a la chimenea. El olor del dulce licor de crema irlandesa le hizo sonreír y esperaba con ansias cada gota.

"¿Me perdí algo?" preguntó una voz ronca mientras las pisadas en el pasillo se acercaban más y más.

"No, tío Pete, aquí todo está tranquilo. Coge algo de comida. Estaba empezando a pensar que ibas a dormir toda la noche. ¿Quieres ver *Es una vida maravillosa, Ford versus Ferrari, otra vez,* o *La chaqueta metálica?*

Pete se paseó un rato por la cocina y dejó caer un cuchillo y luego una cuchara que Bryce escuchó pero ignoró. Pete se dejó caer frente a él con un enorme plato de comida y una botella de cerveza.

"No, suerte", afirmó mientras cogía un trozo de pollo sobrante y luego miraba fijamente a su sobrino. "Ese tipo se acerca a ti otra vez y estará con su esposa bajo dos metros de tierra".

CAPÍTULO VEINTE

Nueva York es verdaderamente la ciudad que nunca duerme. Tiene algo que ofrecer a cualquier hora del día o de la noche. La emoción, la electricidad generada por los turistas de todo el mundo que acuden en masa a Times Square, es un complemento perfecto para las luces de neón y los enormes carteles que promocionan desde el próximo álbum de Jennifer López hasta la ropa interior de Calvin Klein.

Bryce esperaba con ansias sus visitas allí, ver una obra de teatro en Broadway, cenar en uno de los cientos de fantásticos restaurantes, viajar en barco hasta la Estatua de la Libertad u observar a un grupo de escolares admirando al *Tyrannosaurus rex* durante una Excursión al Museo de Historia Natural. Hasta el momento, había pasado una hora en los estudios de Sirius siendo entrevistado por Howard Stern y luego abordó un taxi para visitar a Kelly Ripa en su programa de televisión en vivo antes de poder tomar un descanso y almorzar.

Sus característicos jeans azules, su abrigo deportivo gris, su camisa de vestir azul y sus zapatos Merrill le aseguraban total comodidad y buena suerte. Bryce no dedicaba mucho tiempo a comprar ropa y joyas lujosas o caras. Descartó las consultas de cualquier empresa que quisiera pagarle una cantidad ridícula de dinero por usar sus productos. Llevaba el mismo reloj TAG que su tío le había regalado años antes, después de ganar su primera carrera de NASCAR, yrechazó las ofertas de todos los relojeros de alta gama de Europa. Las giras mediáticas como ésta eran un mal necesario, pero Bryce tenía el lujo de elegir con quién pasar el tiempo. Hoy no parecía mucho trabajo y se había reído toda la mañana.

Tenía una parada más en su agenda, pero de todo lo que había en su itinerario, la siguiente en la lista sería la guinda del pastel. A pesar de sus mejores esfuerzos por no hacerlo, no se había detenido.

Tenía una parada más en su agenda, pero de todo lo que había en su itinerario, la siguiente en la lista sería la guinda del pastel. A pesar de sus mejores esfuerzos por no hacerlo, no se había detenido de pensar en ella desde que se conocieron. Cuando sus horarios finalmente se sincronizaron, él la invitó a acompañarlo para verlo grabar una aparición en el Tonight Show de NBC en el Rockefeller Center. No estaba destinado a impresionar a Kioto. Simplemente quería que ella disfrutara al máximo de su tan esperado encuentro, una primera cita memorable.

La grabación salió como esperaba. El vídeo que Jimmy Fallon reprodujo de él y Bryce corriendo en karts en uno de los centros de diversión cubiertos de la zona fue un gran éxito. Finalmente, después de reunirse en la calle 49, caminaron hasta un lugar que Bryce le había dicho a Kyoto que tenía un valor sentimental para él. Sin embargo, era diciembre y, a pesar de las temperaturas frías y las ocasionales ráfagas de viento que recorrían las calles, hablaron y rieron durante la rápida caminata hasta Sardi's.

Estaba deslumbrante con su traje gris hecho a medida, tacones y una bufanda roja y negra, y él se lo dijo. Después de tomar una mesa, explicó el significado del lugar y señaló con orgullo el lugar en la pared donde habían colocado su caricatura después de ganar el campeonato de F1. Le presentó a Joe, el barman, quien le había dicho años antes: "Quizás algún día puedas estar en una de estas paredes".

Kioto era tan hermosa e intelectualmente atractivo como lo recordaba de su vuelo a Los Ángeles unos meses antes. Se llevaron bien desde el principio y hablaron casi todo el viaje, salvo para ver una película durante la cena. Ella relató lo emocionado que había estado su padre cuando le mostró su foto. Durante la siguiente hora, Bryce aprendió más y más sobre esta intrigante mujer hasta que arrojó una bomba.

"Sabes, Bryce, realmente me gustas. Pero tratar de tener algún tipo de relación contigo sería imposible si yo vivo en Tokio y tú en Utah o Montecarlo y compites por todo el mundo".

Bryce la miró y una expresión de decepción reemplazó la sonrisa permanente que había sentido hasta ese momento. Acostarse con una belleza como ella podría haber sido todo lo que le había interesado durante su juventud. No había tenido ningún interés en enamorarse, la lujuria y mucho de eso había estado bien entonces. Pero desde aquel primer encuentro en el avión, había pensado en Kyoto, su cerebro, su belleza y su conexión más de lo que había pensado en nadie en años… desde Christy, su primer amor. Ahora esto.

"Entonces", continuó, "no es que usted haya tenido nada que ver con mi decisión, porque no la tuvo, pero he aceptado un traslado a la sede de mi empleador en Washington. Mi hermano ha trabajado allí durante años. Ahora que las cosas están cambiando en casa, la medida tiene sentido. El trabajo requerirá muchos menos viajes y ahora estaré más cerca de mi hermano. Me ayudó a elegir un condominio con vista al Potomac. ¿Tu conoces DC?

Estaba emocionado con su noticia. Si iba a haber algo entre ellos, esto podría ayudarlos, a pesar de su elección del lugar. A Bryce le encantaría haber compartido sus pensamientos sobre el área, además de la verdad sobre el servicio de inteligencia que lo tenía inclinado sobre un barril. En cambio, él aceptó.

"He estado allí muchas veces. Me encantan los monumentos y la historia. Me reuní con el presidente en la Casa Blanca y asistí a algunos eventos allí. Si te mudas a DC, puedo ser tu guía turístico si a tu hermano no le importa".

Ella sonrió pero luego frunció el ceño. "Aquí me estás mostrando un buen momento. Me mudo a Estados Unidos y reduzco los viajes y tú te vas a Europa hasta quién sabe cuándo".

Él se rió pero luego su expresión cambió. "Hoy fue un buen día, muy buen día y tenía muchas ganas de volver a verte. Enterrar a mi tío Pete en Vermont y hacerlo en la víspera de Año Nuevo fue una mierda". Hizo una pausa en su pensamiento pero luego sonrió cuando puso su mano sobre la de él. "Pasé la noche en su cabaña en el bosque y comencé a revisar sus cosas. Encontré un diario que había llevado y que se remontaba a sus días en el campo de entrenamiento en la Infantería de Marina. No tenía idea de que se hubiera quedado con uno. Empecé a leerlo pero no pude, todavía no. Después de ver caer la pelota en NY por la television sentado en su silla en la cabaña, salí y miré las estrellas. Me levanté a la mañana siguiente, me sacudí el año pasado y luego, de la nada, recibí un mensaje tuyo deseándome un Feliz Año Nuevo. Lo tomé como una señal de lo bueno que estaba por venir". Ella se inclinó hacia él y lo besó hasta que un camarero se aclaró la garganta una y otra vez para poder continuar con el servicio. Ellos rieron.

Hablaron durante otra hora. Fue durante ese tiempo que Kyoto compartió por qué había estado tan dispuesta a mudarse de Japón a Estados Unidos. Su padre llevaba algún tiempo muriendo de cáncer y finalmente falleció a principios de diciembre. Sin ningún familiar restante allí, y todos los viajes internacionales que su trabajo implicaba, ella le dijo que le había resultado difícil mantener incluso amistades casuales allí. Así como Bryce consideraba el Año Nuevo como un nuevo comienzo, ella también.

"Háblame de tu papá y de tu mamá. No has dicho mucho sobre ninguno de ellos", sugirió.

Sacudió la cabeza. "No, me lo estoy pasando muy bien contigo. Esas son dos historias tristes que guardaremos para otro momento".

Ambos se quedaron en silencio por un momento pero luego Bryce esbozó una sonrisa y miró hacia el futuro.

"Está bien, entonces te instalarás en tu nuevo alojamiento en DC y yo volaré a Inglaterra para trabajar. Estaré fuera una semana y luego no tendré que estar en ningún otro lugar excepto en el gimnasio hasta que las pruebas de pretemporada comienzan en España en febrero. Normalmente paso el rato en Montecarlo. Probablemente lo sepas, pero el gobierno exige que vivas allí un día durante seis meses para calificar como ciudadano y estar exento de impuestos".

"Y pensé que era por las playas nudistas, el casino y el Mediterráneo", bromeó.

Él sonrió. «Tal vez pueda volver aquí a escondidas, o considerarías reunirte conmigo en Barcelona para el Día de San Valentín".

Ella sonrió. "Hacemos las cosas de manera diferente en Japón. Es la mujer que le regala a su amor un chocolate o algo más en febrero. Luego, un mes después, lo llamamos Día Blanco, el amor debe devolver el sentimiento. ¿Quizás necesitemos establecer algunas reglas, como hacer lo que hacen los lugareños?

"Trato. Eso podria ser divertido." Bryce miró su reloj. Se habían sentado poco después de las seis y eran sólo una de las dos mesas que seguían ocupadas poco después de las once. "Déjame llevarte de regreso a tu hotel y luego me voy a Inglaterra".

Ella le dirigió una mirada de sorpresa.

"Veo esa mirada, jovencita. ¡No vas a entrar en estos pantalones tan fácilmente! Bromeó mientras se levantaba y extendía la mano.

Caminaron hasta su hotel, el Millennium Times Square, donde él la acompañó a su habitación en el piso 12. Se apoyaron contra las paredes del pasillo y hablaron durante otros diez minutos hasta que la puerta frente a la de ella se abrió abruptamente. Un hombre calvo, visiblemente molesto y bastante obeso, que vestía boxers y una camiseta gastada, sugirió que bajaran el volumen, entraran o se fueran a otra parte.

La pareja se rió y se disculpó. De repente la puerta del hombre se abrió de nuevo. Se había puesto una bata de hotel y tenía su teléfono consigo. Descubierto, Bryce permaneció junto al hombre mientras Kyoto les tomaba tres fotos juntos como viejos amigos. Una vez que el fan le estrechó la mano y le dijo buenas noches, Bryce tomó la de ella y la atrajo hacia él, la besó una vez y luego le hizo una leve reverencia. Su primera cita ya había terminado. Ambos siempre recordarán esta velada como algo muy especial.

Bryce salió a la calle 44 y se dirigió hacia el oeste. No había ido muy lejos cuando una voz llegó muy cerca detrás de él.

"¡Dame tu dinero, hijo de puta!"

Bryce se giró para ver una figura imponente. El hombre medía al menos 1.85 mts, pesaba 150 kilos y estaba envuelto en una variedad de suéteres, abrigos y pantalones rotos. Un sucio gorro de lana de los NY Jets estaba calado hasta las cejas.

Bryce hizo lo que Pete le había enseñado décadas atrás. *Mira las manos. Comprueba la postura.* Sin armas visibles. Y este personaje tenía los pies planos, ningún pie echado hacia atrás para soportar un puñetazo o lanzar un ataque.

Bryce dio un paso atrás con el pie derecho y tomó su billetera. "Mira, amigo, los tiempos son difíciles. Te daré veinte por algo de comida. Entonces te irás y no habrá más problemas". Lo último que quería después de una velada tan extraordinaria era terminarla enviando a algún pobre patán al hospital.

"¡Dije que lo entregues!" rugió el hombre. "Todo ello. ¡Ahora!" Se abalanzó sobre Bryce.

Bryce lo esquivó. "¿Es eso lo que quieres? Hace frío esta noche. ¿Quieres un viaje gratis a una cálida cama de hospital? Puedo decirte que la losa de la morgue está más fría que aquí. Toma los veinte y…

El asaltante se abalanzó sobre él. Bryce se alejó. Ahora su tono conciliador cambió. "Sabes, pensándolo bien, me importa una mierda si estás sin hogar, loco o sin trabajo. No hay excusa para molestar a la gente aquí en la calle. El problema es que si llamo a la policía, volverás a hacerle esto a otra persona. Y si te dejo ir, lo mismo, asustarás o lastimarás a alguien menos capaz de cuidar de sí mismo.

La expresión del hombre mostró que Bryce lo había confundido.

"No te quedes ahí parado". Bryce le hizo un gesto. "Ven a mí una vez más para que pueda terminar con esto y volver al lugar al que me dirigía".

La hora y el frío invernal habían hecho de esta esquina estuviera tranquila con muy poco tráfico de coches y peatones. Puede que esta ciudad nunca durmiera, pero Bryce y su compañero estaban muy solos en ese momento. Bryce miró a ambos lados de la calle y luego hacia los edificios en busca de cámaras de seguridad. Bien. Ni uno solo.

"No volveré a preguntar. Dame tu dinero."

Pero Bryce quería que el bastardo lanzara el primer golpe en caso de que hubiera testigos o cámaras que no hubiera visto. "Vamos, idiota. Sé el agresor una vez más y tendré que defenderme. ¡Quieres que venga a tomarlo, pedazo de mierda! Bryce hizo una pausa y le sonrió a su atacante. "Siempre quise decir esta frase de la película, así que ahí va, Yippee-ki-yay, hijo de puta".

El incidente terminó con una estocada del atacante y un buen puñetazo en la garganta lanzado por su víctima. El gran atracador cayó en seco. Bryce era tan bueno en el combate cuerpo a cuerpo como al volante, gracias a Pete y a los dos entrenadores de la CIA que le enseñaron en sesiones privadas en el extranjero.

Temprano a la mañana siguiente, Bryce se despertó de un sueño profundo y sonrió ante el mensaje de texto que acababa de llegar.

¿AÚN EN LA CIUDAD? ¿HAMBRIENTO?
¿NECESITO CAFÉ?

¿TIENES TIEMPO PARA DESAYUNAR?

PUEDO ESTAR EN EL RESTAURANTE
DE TU HOTEL EN 30 MINUTOS

LMK. kilovatios

Él sonrió y tomó una de las duchas más rápidas posibles. Cuando se abrió la puerta del ascensor, allí estaba ella, con una gran sonrisa y otro traje hecho a medida, este de color marrón oscuro con una bufanda amarilla. Por el contrario, sus vaqueros azules, camisa de vestir con botones, chaqueta deportiva y zapatos para caminar eran un procedimiento operativo estándar en los días de viajes de larga distancia y, de hecho, cada dos días, siempre que fuera posible.

Durante el desayuno continuaron donde lo habían

dejado, como si nada más que un sueño reparador hubiera sucedido desde que se dieron las buenas noches. Cuando Bryce pidió el auto que lo llevaría a JFK para tomar su vuelo a Heathrow, esperaron juntos en el vestíbulo hasta que el SUV negro se detuvo y un conductor familiar al que pedía cuando estaba en la ciudad entró para recoger su equipaje. Otro beso, seguido de un largo abrazo, y luego se fue… hasta su siguiente cita.

CAPÍTULO VEINTIUNO

La sede de la CIA en Langley, Virginia, ha ganado reconocimiento en los últimos años, y su pared de mármol con estrellas rinde homenaje a las vidas perdidas al servicio de su país, retratadas en programas de televisión y películas. Encargada de inteligencia extranjera y restringida a realizar operaciones clandestinas fuera de los Estados Unidos, la CIA es el hogar de técnicos, investigadores, traductores de idiomas extranjeros, personal administrativo, burócratas y agentes también conocidos como espías. Se sabe que algunas de estas personas dedicadas guardan rencor y buscan venganza. Para estos pocos, la justicia no era sólo un edificio en DC que llevaba el nombre de Bobby Kennedy. Para ellos, esa era su misión.

Los agentes Brownell, Russo y Chadwick creían que su supervisor Gunn y su amigo Myers habían sido atacados y asesinados en México. Estaban decididos a vengarse. Tuvieron el tiempo que habían querido con Bryce Winters en Indianápolis y salieron queriendo su cabeza. Mientras esperaban que se nombrara al reemplazo de Gunn, decidieron en qué se concentrarían. Sentados alrededor de una pequeña mesa blanca en una pequeña sala de reuniones blanca en la sede central, el trío discutió sus opciones.

"Cuando estaba siguiendo a Winters en esa feria comercial", dijo Brownell, "pasó mucho tiempo con algunos tipos de combustible para carreras. Me pregunto si hay algo que podamos poner en su combustible para hacerlo estallar, ¿hacer que parezca una falla mecánica o un complot de un competidor?

"Tal vez algo de Nitro. Puedo consultar con nuestros químicos", sugirió Russo. "O podríamos contaminar su combustible y descalificarlo varias veces; Quitarle algunas victorias al tipo y tildarlo de tramposo".

"Demasiada gente involucrada en esas opciones y demasiados daños colaterales", dijo Brownell. "¿Por qué no simplemente dispararle cuando esté en la pista, tal vez en Sochi? Pónganselo a las bandas en guerra bajo las cuales encendimos un fuego, bajo las cuales *Winters* encendió un fuego".

Chadwick asintió. "Tal vez. Una cosa es segura: algo se está gestando entre Winters y Madigan. No estoy seguro de qué es, pero puedo ir a visitar a Madigan y ver si podemos explotarlo y convertirlo. Ponerlos uno contra el otro".

"Eso es: Madigan es un informático. Olvídate de la idea del combustible: haz que sabotee el auto", sugirió Russo.

"Tal vez haya otra manera. Su amigo Werner, lo hemos estado observando desde hace dos años. No ha hecho nada bueno con los iraníes y los rusos. ¿Qué pasa si enviamos a Winters a sacarlo y luego enviamos a la policía a atraparlo con el arma homicida en las manos? Matar dos pájaros sin disparar un solo tiro".

Los tres hablaron durante otros veinte minutos y acordaron un plan de acción. Brownell profundizaría en Werner, y Chadwick y Russo irían a Charlotte a visitar a Madigan. Sin embargo, tendrían que trabajar rápido, ya que desde el piso superior había llegado la noticia de que el reemplazo de Gunn ocuparía su puesto dentro de diez días y no había garantías de que él o ella compartirían su entusiasmo por poner fin a Bryce Winters.

CAPÍTULO VEINTIDÓS

En el circuito de carreras de Catalunya, en las afueras de Barcelona, el coche de seguridad plateado, un elegante cupé Mercedes AMG, rugió en la recta delantera. Era el día de prensa, veinticuatro horas antes de que cualquiera de los coches de F1 diera la primera vuelta de las pruebas de pretemporada. Mientras Bryce le daba al auto todo lo que podía sin girar, el conductor de su lado se agarró con fuerza y se rió nerviosamente para camuflar su pánico. Había desafiado al piloto de F1 a asustarlo muchísimo, y Bryce estaba haciendo eso y algo más.

Las fuerzas G de las curvas amplias, la aceleración, el frenado brusco, luego la siguiente curva que llega muy rápido, y luego otra, y luego otra. Vivir al límite era lo que a Bryce le encantaba hacer, al menos en la pista. Pero no tenía idea de que estaba matando lentamente al hombre que viajaba con él.

Mientras llevaba el coche de vuelta a la calle de boxes, miró a su derecha y levantó la mano para darle un saludo al VIP. Sorprendido por lo que vio, Bryce hizo un giro errático y se detuvo frente al Medical Car plateado y los dos médicos que estaban apoyados en sus guardabarros. La cabeza del hombre estaba gacha y su rostro era de un color azul oscuro, en marcado contraste con el blanco brillante de su casco abierto.

Les tomó sólo unos segundos reaccionar a los gestos de Bryce, sacar al hombre de su asiento y tumbarlo sobre el concreto. El equipo administró RCP y utilizó su desfibrilador cardíaco portátil mientras Bryce estaba listo para ayudar si era necesario. Por la expresión del médico de atención primaria, Bryce supo que el viaje había sido el último del hombre.

Periodistas y camarógrafos se habían congregado en el lugar, sorprendidos por el movimiento inesperado del conductor estadounidense. Bryce había ignorado sus preguntas mientras observaba al personal médico hacer su trabajo y hablaba brevemente con el conductor del coche de seguridad expresando preocupación por el hombre. Una vez que colocaron el cuerpo en una camilla y lo subieron a la ambulancia, se volvió hacia la multitud. Todos gritaban preguntas, todas ellas difundidas en vivo y en todo el mundo.

Primero, explicó que no conocía al hombre. Dijo que él era sólo uno de los muchos VIP programados para una vuelta rápida, un viaje emocionante, por el circuito. Luego ofreció sus condolencias a la familia del hombre y dijo a la prensa que no tenía nada más que decir. Los periodistas continuaron haciendo preguntas mientras se dirigía al área de hospitalidad de su equipo, pero luego se contuvo y se alejó de la nueva pintura de Werner y rápidamente corrigió el rumbo para su nuevo equipo. Sólo dos periodistas persistentes continuaron persiguiéndolo. Uno llamó su atención, ralentizándolo a un ritmo rápido.

"Dijiste que no conoces al hombre que murió mientras viajaba contigo", dijo. "¿No sabías que lo consideraban un enemigo del Estado, alguien que desafiaba el gobierno? También era un ex presidiario que traficaba con cocaína en España y Portugal".

Bryce siguió caminando pero la miró. "No, seguro que no".

Ella persistió. "Este hombre tenía amigos poderosos y enemigos poderosos. ¿Te preocupa en absoluto que algunos te consideren culpable de su muerte?"

Bryce negó con la cabeza. "Señora, la emoción lo mató. Era un hombre grande; tal vez tenía problemas cardíacos. Quizás deberían colocar señales de advertencia como lo hacen en las montañas rusas. Eso es todo lo que tengo que decir al respecto".

Él le sugirió que necesitaba algo de beber y tiempo para descomprimirse. En ese momento, una de las personas de relaciones públicas del nuevo equipo había interceptado a Bryce y lo había escoltado a las habitaciones privadas que habían preparado para él en el segundo nivel del transporte de hospitalidad. Una vez dentro, se bebió una botella entera de una bebida deportiva de naranja y se sentó a observar de sus nuevas inmediaciones.

Allí en la pared estaban las tres fotos que lo seguían a dondequiera que fuera. Fotografías de su padre Paul, su tío Pete y su primera y única novia Christy. Los tres ya no estaban. Miró la foto de Daytona, de él junto a Max Werner en el carril de la victoria. Bryce negó con la cabeza.

Su relación con Werner había llegado a su fin y se sentía muy solo allí en España.

Un golpe en la puerta lo trajo de vuelta al aquí y ahora. Sus dos guardaespaldas, auriculares y chaquetas livianas para ocultar sus armas estaban de servicio ahora que él estaba en su suite. Una miembro del equipo de relaciones públicas, una linda morena con acento sudafricano, llamó a la puerta y luego asomó la cabeza y le informó que un representante del consulado americano en Barcelona estaba allí para verlo.

"¿Viste sus credenciales? No es otro periodista, ¿estás segura? preguntó. Ella asintió afirmativamente. "Hazme un favor, descubre cómo diablos terminé conduciendo con un maldito narcotraficante. ¿Nadie examina a estas personas?

Ella sonrió, hizo el gesto del dinero con la mano derecha y luego dio un paso atrás e indicó al diplomático que entrara. Un hombre de mediana edad de apariencia sencilla, con entradas grises, anteojos, traje azul sencillo y corbata a rayas, pero con un broche de solapa con la bandera estadounidense en su lugar. *Apuesto a que alguien sólo quiere una foto*, pensó Bryce. El hombre presentó su identificación, estrechó la mano de Bryce y luego miró al empleado con una expresión que le indicó que podía irse. Miró a Matt, quien asintió y cerró la puerta detrás de ella.

"Gracias por pasar. No puedo pensar en…" comenzó Bryce, pero fue interrumpido a mitad de la frase por un gesto con la mano de su invitado. Observó cómo el hombre ponía la cerradura de la puerta y sacó un objeto del bolsillo de su abrigo, colocándolo sobre la mesa frente a ellos. Era una pequeña caja negra cuadrada, que medía quizás

4cm por lado. Una pequeña luz roja en la parte superior comenzó a brillar confirmando que estaba funcionando.

"No hay problema, señor Winters. En realidad, no estoy en el consulado". El hombre buscó dentro del bolsillo de su chaqueta y presentó otra forma de identificación. Jason Ryan, CIA.

"Me preguntaba cuándo volvería a tener noticias suyas", dijo Bryce, haciendo un gesto para que su invitado no invitado tomara asiento. "Este no es mi primer rodeo. He visto esos bloqueadores antes. Pero necesitas darme más antes de seguir hablando. No te conozco".

"Ciertamente. Solías informar ante Glen Gunn y tu responsable era Joan Myers, cuyo nombre en clave era Nitro; - tú eliges. Ambos fueron asesinados en México. De vuelta en la tienda, todos estábamos esperando a ver quién los reemplazaría y qué decidirían hacer contigo".

Bryce dejó escapar un suspiro. Había tenido la esperanza de que de algún modo la burocracia de Washington pudiera perderlo en medio de la confusión y olvidarse de él, pero esta visita acabó con ese sueño.

"¿A quién vi por última vez y dónde fue?" -Preguntó Bryce.

"Los tres mosqueteros, así los llamamos en Langley. Los conociste en Indianápolis en diciembre. En lo que a mí respecta, son de la vieja escuela, arrastradores de nudillos, pero resultan útiles cuando se receta ese tipo de medicamento (fuera de los Estados Unidos, por supuesto). Lo que les falta en capacidades de sigilo lo compensan con esfuerzo. Eran bastante cercanos a Myers, así que, para ser sincero, me sorprende que no tuvieran a nadie contigo o al menos te maltrataran. Algunas personas no piensan que eso sucede, que no es tan fácil hacer desaparecer a alguien. Pero sucede todos los días. A veces es un accidente automovilístico, a veces, como hoy, parece un ataque cardíaco".

Bryce miró dos veces a su invitado.

"Sí, lo hicimos: usted y la CIA. Hemos tenido los ojos puestos en ese gordo bastardo desde hace algún tiempo. Cuando vimos que estaba en la lista de invitados para su viaje, le pedimos a alguien que le echara algo extra en su jugo de naranja esta mañana en el desayuno de los medios. Luego lo sacaste y lo asustaste hasta la muerte. Su corazón ya estaba al límite. Nosotros lo afinamos y tú le diste los últimos toques. El forense dictaminará que se trata de un ataque cardíaco con factores contribuyentes como la obesidad y la presión arterial alta. El caso se cerrará antes que el ataúd. Mucho más creativo que simplemente destapar a un animal ruso en un baño, ¿no crees?

"Pero me has puesto en riesgo. Un periodista sugirió que debería preocuparme, que alguien pudiera tener una causa conmigo ya que estaba conduciendo cuando sufrió un derrame cerebral".

"Dudo que estés en peligro, excepto quizás por los mosqueteros. Se sabe que de vez en cuando se salen del libro. Una vez que estés de regreso en Estados Unidos, el nuevo jefe quiere conocerte, cuanto antes, mejor. Hasta entonces, seré tu opción. Ahora cuéntame sobre Jack Madigan. Entiendo que ustedes dos están en desacuerdo. Ha sido un buen recurso por lo que he leído en el expediente. Entiendo que estar en otro equipo y quedarse con Werner hace que trabajar juntos sea mucho menos conveniente. Pero podemos trabajar con ello si ustedes dos pueden. ¿Es la relación reparable?

Bryce se encogió de hombros. "Creo que el tiempo puede curar esas heridas, pero habría que preguntárselo. No me habla".

Ryan miró alrededor de las habitaciones que serían la mini suite de Bryce, su santuario durante los siguientes tres años cuando la Fórmula Uno corría en Europa. Luego su atención se centró en las tres fotografías en la pared. Se acercó a ellos y los miró fijamente.

"¿No te llamó después de la muerte de tu tío?"

Bryce negó con la cabeza. "Escucha, sabes lo que realmente empezó esto, ¿no?"

Fue el turno de su invitado de negar con la cabeza.

"Nunca maté a nadie", comenzó Bryce. "El tío Pete era un gran tipo, exmilitar, me crió como a un hijo y me enseñó muchísimo, pero también tenía sus defectos. Era nómada, iba y venía a su antojo. Demonios, la mitad de eso fue culpa mía, ya que depositaba cincuenta mil dólares en su cuenta bancaria cada año y le conseguí una credencial de acceso total para que pudiera asistir a las carreras cuando quisiera. También tenía temperamento y tolerancia cero. No estoy hablando ni un gramo de tolerancia, para los imbéciles. Jack y yo limpiamos su basura cuatro veces y alguien nos grabó tirando cadáveres. Nunca matamos a nadie, al menos no hasta que su empleador, mi propio gobierno, nos chantajeó para que lo hiciéramos".

Ryan se limitó a escuchar pero no respondió. Bryce estaba mintiendo y se dio cuenta de que podría ser mejor conduciendo que actuando. El tipo sentado frente a él era un profesional, y Bryce no quería dar ninguna indicación de que pudiera haber algo sucio sobre él del que no sabían nada. Nada que buscar, como la muerte en el circuito de Nueva York todos esos años antes.

"No había manera de que pudiera dejar que Pete fuera a la cárcel, especialmente en algunos de los países donde perdió los estribos".

"Está bien, si todo eso es cierto y ahora está muerto, supongo que eso realmente sucedió y no se esconde en alguna isla que compraste en alguna parte, ¿por qué no simplemente te niegas a ayudarnos más?"

Bryce sintió que su temperamento empezaba a aumentar. "No insultes mi inteligencia. Ustedes me han tenido agarrado de las pelotas durante años. Tienes vídeos incriminatorios míos y de Jack. Aparte de pedir que me dejen libre, no tengo mucha influencia. Estamos casi empatados en ese aspecto".

Su invitado sonrió. "Bingo. No puedo contarte todo lo que hemos discutido sobre ti, pero sí puedo decirte esto: si te hubieras retirado al final de la temporada pasada probablemente se habrían olvidado de ti. Cuando se anunció su nuevo contrato, la agencia volvió a revisar el calendario de carreras y discutir las operaciones".

Bryce permaneció sentado en silencio por un momento. "Simplemente no puedes inventar esta mierda". Cogió una botella de agua y le arrojó una, rápido y sin previo aviso, a su invitado y luego tomó otra para él.

"Aclaremos una cosa, campeón. Estoy aquí haciendo mi trabajo, pero no creas que no te meteré en el culo lo siguiente que me arrojes si vuelves a mostrar una pizca de agresión hacia mí".

Bryce se rió y miró su reloj.

"Es una cita." Se miraron el uno al otro, evaluando las cosas.

"Entonces, seguiré el juego. Supongo que por ahora tengo que hacerlo, como el patriota que soy. Pero sólo mientras me informe de por qué es necesario terminar a alguien. Para que conste, Pete está muerto y enterrado. Además, para que conste, he estado tomando notas de todas las cosas que la CIA, me obligó a hacer. Si me pasa algo fuera de la pista, los medios internacionales se enterarán".

"Estás viendo demasiada televisión. Eso es un engaño. Recuerde, también tenemos un expediente sobre usted".

"Siento que estamos jugando al ajedrez, así que aquí está mi jaque mate. La próxima vez que esté en la Casa Blanca posando con el presidente y un trofeo de campeonato, quizá tenga que mencionar este pequeño acuerdo en el que me han encerrado".

"Te dejaré compartir esos pensamientos con el nuevo jefe una vez que se conozcan. Puedes dirigir tu hostilidad hacia ella también si lo deseas, pero por lo que me han dicho, ella tiene algo mejor en mente para ti. Por ahora, tenemos que hablar de Max Werner. Hemos interceptado suficientes conversaciones para saber que estás limpio. Pero Werner es otra historia. Quizás podamos reunirnos en Barcelona antes de tu vuelo y pueda compartir alguna información que te pueda interesar".

"¿Estás bromeando?"

"¿Acerca de Werner?"

Otro golpe en la puerta los interrumpió y Bryce habló con alguien sin dejarlos entrar.

"Es hora de volver al trabajo. Estoy seguro de que

volveré a tener noticias tuyas. Ustedes siempre parecen saber cómo encontrarme".

El hombre sonrió, le entregó a Bryce su tarjeta y le aseguró que se pondría en contacto. Bryce se tomó un minuto para revisar su cabello en un espejo y luego volvió a mirar la tarjeta del hombre y sacudió la cabeza con frustración antes de deslizarla en su clip para billetes.

Bryce siguió al miembro del personal por los escalones circulares y luego hacia la calle de boxes para reanudar las actividades VIP y del Día de los Medios. A lo lejos vio a Max Werner dando una entrevista y meneaba la cabeza mientras caminaba. *¿En qué te has metido ahora?*

CAPÍTULO VEINTICUATRO

Winchester, Virginia Occidental. Conducir coches de carreras puede ser estimulante, pero también puede asustar a una persona. Cuando las cosas van mal, pueden acabar con la vida en un abrir y cerrar de ojos. Hoy, con los fuertes vientos de finales del invierno todavía soplando y unos fríos 10°C fuera del vehículo, Bryce se sentó al volante de un animal completamente diferente al que estaba acostumbrado. A lo largo de los años había demostrado que podía conducir cualquier cosa, pero esto le había hecho competir por su dinero.

Más tarde, sentado en una pequeña aula preparada para ver videos de capacitación e instructores, se recostó y pensó en el día mientras tomaba un café caliente. La academia de conducción estaba ubicada junto al circuito histórico en Summit Point Raceway. Aquí, se especializaron en capacitar a profesionales de los servicios de protección y aplicación de la ley federales, estatales y locales. Aprender a conducir de manera inteligente y rápida, llegar a un incidente o sacar a un protegido de uno fue un desafío. Aprender a hacerlo al volante de un tanque con neumáticos fue aún más difícil.

Bryce siempre había querido intentarlo y había sugerido la actividad de hoy como cobertura para la reunión que pronto tendría lugar. Había viajado en este tipo de vehículos muchas veces antes, particularmente en países donde el secuestro de personas VIP es algo habitual. Su celebridad hizo que la academia aprovechara la oportunidad: las fotos de él detrás del volante empaparían sus redes sociales. Con miembros del Departamento de Estado de EE. UU. allí para recibir capacitación, todo encaja muy bien. Entonces escuchó lo que normalmente lo habría intrigado, un par de zapatos de tacón alto haciendo ruido en el pasillo.

El sonido se acercaba cada vez más y esperaba ver quién los conducía. Cuando la mujer entró en la habitación, su sensación de intriga se desvaneció.

"Escuché que te tomó un tiempo acostumbrarte al peso de un SUV blindado de 18,000 kilos en el campo. ¿Te divertiste? preguntó con una sonrisa incómoda mientras se acercaba a él. Ella irradiaba confianza, pero su celebridad la hizo creersela. Lo había visto antes.

Bryce se puso de pie, extendió la mano y se presentó. La mujer le estrechó la mano, le pasó su tarjeta y se sentó frente a él en la mesa. *Esto es todo un negocio, sin escote, nada*, pensó. *Apuesto que no es una espia de campo.*

"Sandra Jennings, Agencia Central de Inteligencia", leyó y se detuvo cuando escuchó otro par de pasos acercándose. Cuando Jason Ryan entró en la habitación, asintió con la cabeza hacia Bryce y cerró la puerta detrás de él. Sacó la pequeña caja negra que había usado en España y después de intercambiar bromas muy, muy brevemente, su reunión se puso manos a la obra.

"Entonces, ¿cómo te fue allí?" -Preguntó Ryan.

"Estas malditas cosas pesan casi el doble que un SUV normal de tamaño completo, pero después de sentarme un poco, aprendí a moverme bastante rápido. Mientras estábamos tomando un montón de fotos, les pregunté si podía llevar una de las limusinas del presidente a dar un paseo en algún momento, pero simplemente se rieron".

"Bryce, primero que nada quiero agradecerte por tu servicio a la agencia y al país", afirmó Jennings. "Sé que se siente comprometido, chantajeado por así decirlo, para realizar parte del trabajo que mis predecesores le pidieron que hiciera. Pero eso cambiará conmigo, te lo aseguro".

Bryce se sintió alentado pero mantuvo su optimismo bajo control. Jennings era claramente una mujer seria, probablemente de carrera, y mantuvo su apariencia y vestimenta puramente profesionales. Cabello canoso, rasgos cincelados, en forma y elegante, pero con traje y zapatos azules básicos. Sólo un toque de maquillaje, su lápiz labial rojo a juego con las rayas de su broche de solapa. Sin anillos. "Eso significa que no habrá más despidos .Bien. Gracias por la cita para jugar. Ahora, ¿puedo largarme de aquí?

Jennings frunció el ceño y sacudió la cabeza lentamente. No. "En realidad, esperaba que pudiéramos olvidar los métodos que utilizó la agencia para asegurar sus servicios e intentar dejar eso atrás. Lo que quiero hacer, lo que espero lograr hoy aquí, es que usted se ofrezca como *voluntario* para continuar trabajando con nosotros. Pones tu vida en juego en la pista y haces un gran trabajo representando a tu país mientras lo haces. Quiero solicitar su ayuda continua para eliminar a algunos actores muy malos y ayudar a alterar sus empresas y el orden natural del inframundo".

Él la miró fijamente. *Esto fue increíble*, pensó.

"Déjame entenderlo. ¿Quieres quitarme los grilletes pero hacer que siga poniendo mi vida en riesgo? Mi nombre no es Bond y no conduzco un Aston Martin. Con todo respeto, ¿estás loco?

"No, Bryce, no lo soy. Te observé desde lejos y revisé cada página de tu expediente, una y otra vez. Eres un héroe americano y un patriota. Eres muy bueno en lo que haces: un operador realmente genial bajo presión, y tu estatus de celebridad te acerca a la gente y te invita a lugares donde nos costaría poner un agente o permitir que cualquier otro activo penetrara sin sospechas. Cada vez que sabías por qué queríamos eliminar un objetivo, lo hacías con concentración y aparentemente sin remordimientos".

Bryce los miró a ambos sin decir una palabra y se levantó para servirse otro café. Se detuvo en la ventana, miró a través de las persianas y observó a sus compañeros de clase afuera continuar posando para fotografías grupales frente a los vehículos que acababan de dominar. Había disfrutado de la camaradería; le recordó los equipos de carreras de los que había formado parte a lo largo de los años. Regresó a su asiento y los miró a los dos, sacudiendo la cabeza.

"No es algo que normalmente admitiría, no es algo de lo que esté necesariamente orgulloso: *matar*, claro está. Pero he considerado esto como un servicio a mi país. Nunca tuve la inclinación de unirme al ejército. Admiro a quienes han servido así como admiro a todos los hombres y mujeres que están afuera. Pero lo único que quería hacer era correr. Luego vinieron ustedes y me doblegaron a lo grande. Me gusta servir, pero no me gusta serobligado, no bajo presión".

Jennings se encogió de hombros y sonrió inocentemente. Le recordó a Bryce que ella no estaba a cargo en ese momento y que solo estaba interesada en servir a su país y quería que Bryce continuara haciéndolo, a través de una relación más cooperativa y colaborativa.

"Sabes, nunca antes había conocido a un piloto de carreras y mucho menos a un campeón mundial", comenzó. "¿Conoce a Matt Christopher?" Bryce negó con la cabeza.

"Excelente investigador. Sólo trabaja en el extranjero y me han dicho que conoce a mucha gente con la que compites. Quizás algún día ustedes dos deberían conocerse". Bryce volvió a negar con la cabeza. "No cambies de tema". Ella sonrió.

"Recuerda, Bryce, te pusiste en una posición en la que te agachaste, por así decirlo, cuando a ti y a Madigan los sorprendieron limpiando después de tu propio trabajo sucio, arrojando cadáveres en la oscuridad. Mis predecesores te aprovecharon, sí. Encontraron a alguien capaz y muchos sintieron que usted parecía cómodo matando y se aprovechó de la situación".

Bryce se inclinó hacia adelante. Explicó que había estado matando desde muy joven, primero cazando conejos y luego pasando a ciervos, todo bajo la tutela de su tío Pete. No le gustaba especialmente tener que destriparlos y desollarlos, pero le habían enseñado que eso era lo que hacías para vivir, si era necesario. Y también aprendió a mostrar respeto por el animal al que le había quitado la vida. Era una forma de vida en el bosque, era lo que tenían que hacer en esos callejones, y ese parecía ser el caso también con la CIA: hacer lo que había que hacer.

¿Te dijo Ryan que Pete ya estaba muerto y que sólo estábamos limpiando lo que había dejado? Jack y yo no matamos a ninguno de esos imbéciles. Ella negó con la cabeza.

"Eso no cambia dónde nos encontramos hoy, Bryce. Estoy mirando hacia adelante, no hacia atrás".

"Entonces, ¿está dispuesto, es capaz de otorgarme un perdón presidencial por todos los crímenes pasados y futuros?" preguntó.

Jennings miró a Ryan y sonrió. *Le tengo.*

"Eso es totalmente posible con algunas condiciones. Además, aunque tu tío parece haberte entrenado muy bien, felicitaciones al viejo por eso, me gustaría que la CIA te entrenara más para que puedas convertirte en un activo aún más valioso y capaz en el extranjero".

"¿Escuela de espías?" bromeó.

Ella no se rió. "Instrucción privada".

Bryce sonrió. Había disfrutado la actividad de hoy y Nitro le había enseñado un par de cosas en el campo. Pero esto le interesó. Si podían quitarle el arma de la sien entonces podría aceptarlo, por un tiempo.

"Necesito pensar en esto", comenzó. "Tengo que mirar mucho por los espejos a más de 200 millas por hora. No estoy seguro de querer buscar a alguien que venga tras de mí, buscando venganza por algo que me pediste que hiciera". El pauso. "¿Cómo puedes evitar que eso suceda?"

"Siendo inteligente: usted hace su parte y nosotros la nuestra", afirmó. "¿Solo has hecho – cuánto – cuatro terminaciones para nosotros? No preguntamos muy a menudo. Entras y sales como en una de tus paradas en boxes, pero no dejas marcas de derrape, ni pistas ni pruebas de que estuviste involucrado. Eres bueno en lo que haces, muy bueno. Si alguna vez te ves comprometido, te pondremos un equipo de protección".

Jennings se levantó para tomar un café y continuó la conversación, de espaldas a los hombres.

"Ya estás acostumbrado a que la seguridad te siga. A los terroristas les encantaría agarrarte o sacarte para avergonzar a nuestro país. Ahora estás protegido, pero podemos mejorarlo".

"¿Por vida? ¿Qué pasa si llega demasiado tarde? ¿Qué pasa con nuestro nuevo acuerdo si lo acepto? Te retiras o las cosas cambian en la cima y yo consigo un nuevo contacto y nuestro acuerdo queda bajo escrutinio. No puedo permitir eso. Necesito todo esto por escrito".

Jennings dijo que trabajaría en un documento ultrasecreto para él. Revisó la agenda de Bryce para los próximos meses y luego miró a Ryan. "¿Algún cambio en el estado de Madigan?"

Ryan asintió. "Sí, me reuní con él en España después de hablar con Bryce. Me dijo que quería tiempo para procesar lo que le había sucedido a Joan Myers".

"¿Y eso qué tiene que ver con su relación con el señor Winters aquí? No entiendo. Refresca mi memoria por favor". Ryan miró a Bryce, quien simplemente le devolvió la mirada.

"Madigan cree que Pete Winters estuvo detrás de su

muerte en México, que el tío de Bryce fue el francotirador que eliminó a los agentes Gunn y Myers".

"¿Por qué diablos habría pensado eso?" exigió.

"Porque lo hizo", afirmó Bryce.

CAPÍTULO VEINTICINCO

WASHINGTON D.C. SIEMPRE había intrigado a Bryce. Cuando era mucho más joven, lo había visitado muchas veces como turista. Había tanta historia allí, tanto poder en esos tres edificios: el Capitolio, la Corte Suprema y la Casa Blanca. En uno de sus primeros viajes, su tío lo había llevado al Cuartel de la Marina, para presentar sus respetos a los caídos en Arlington y recorrer el Pentágono y muchos otros lugares.

Bryce había planeado este viaje pensando en alguien especial. Después de la reunión con la CIA, condujo noventa kilometros al este hasta Washington y se registró en el histórico hotel Willard. En 1861, en medio de temores por la seguridad de Lincoln, el detective Alan Pinkerton llevó al presidente electo a Washington antes de lo previsto, según algunos relatos disfrazados. Se alojó en el Salón 6 en el segundo piso de The Willard y Lincoln residiría allí con su familia hasta su toma de posesión el 4 de marzo de 1861. Cuatro años después, a sólo cinco minutos a pie de allí, Lincoln fue asesinado en el Teatro Ford. En el camino hacia DC, Bryce había pensado en

Lincoln y luego en John F. Kennedy, ambos baleados en la cabeza por alguien con una agenda.

Para esa noche, Bryce había reservado la suite George Washington ubicada en el décimo piso. Se había alojado allí la noche que el presidente lo honró con una cena en la Casa Blanca y recordaba la habitación por sus vistas de la ciudad, incluidos el Monumento a Washington y el Monumento a Jefferson.

"Bueno, esto es impresionante", exclamó Kyoto mientras caminaba por la sala para ver el comedor completo y la vista desde su ventana.

"Ese vestido es lo que impresiona. Las banderas rojas en las carreras significan que tienes que parar, pero te ves increíble."

"Gracias", dijo mientras continuaba su recorrido. "Veo que la chaqueta deportiva y los jeans siguen siendo tu opción preferida. No duermes con eso, ¿verdad? ella bromeó.

"De ninguna manera. Me pongo un pijama de Superman con una capa que oculta la Puerta escondida en la parte de atrás".

Ella siguió el juego. "Es curioso escuchar eso. Me han llamado kriptonita varias veces. Esta noche podría ponerse realmente interesante". Pasó junto a él y entró en el dormitorio principal en el lado opuesto de la suite. "Lindo. ¿Es esto lo que haces con todas las damas que entretienes?

Él se rió y la guió de regreso a la sala de estar, donde descorchó una botella de champán y sirvió dos copas.

"No", dijo y le entregó una copa. "Te dije en Nueva York que no entretenía mucho. Tengo que tener cuidado con las mujeres, con todas las personas a las que dejo entrar en mi vida. Necesito evitar demandas frívolas, cargos de paternidad, chantajes y todas las demás tonterías que conlleva el territorio. Me ha resultado más fácil evitar ser demasiado amigable con las mujeres. Si no dejas entrar a tu habitación de hotel a alguien que acabas de conocer en una fiesta, es bastante difícil decir que algo sucedió allí".

Kyoto fue a tomar un sorbo de su bebida, pero él protestó. "No hasta que brindemos", insistió. "Hacia el futuro", dijo mientras levantaba su copa y chocaba la de ella.

"Estás diciendo que desde que estoy en tu habitación te has vuelto vulnerable", bromeó.

Él sonrió. "No tan rápido, señorita. Tengo una reserva para cenar y tenemos que ponernos en marcha. Bebió el champán y se dirigió hacia la puerta. Se giró y vio a su invitado todavía de pie junto al lujoso sofá dorado, vaso en mano, mirándolo con una mirada inquisitiva.

"Vamos, tengo habitación para pasar la noche. Estará aquí si quieres volver a tomar una copa o ver mi pijama". Ella sonrió y lo siguió hasta la puerta.

Bryce estaba encantado de descubrir que Kyoto estaba preparado para casi cualquier cosa. Días después, después de que él la llevara a dar un paseo realmente rápido en un auto de rally por los bosques de Vermont, ella estaba dispuesta a tomar una copa. Finalmente se había vuelto a sentir cómodo corriendo a alta velocidad a través de circuitos bordeados de árboles, gracias a la introducción de parabrisas balísticos que evitaban que las ramas de los árboles, o cualquier otra cosa, chocaran y penetraran al piloto o copiloto.

El fuego es el peor temor de un piloto de carreras. Pero cuando Bryce vio un ciervo joven empalado en una rama afilada, años antes de correr, nunca olvidó esa imagen de advertencia.

Después de que el auto fue cargado nuevamente en el camión, Bryce le llevó su bebida a Kyoto y agradeció al equipo invitándolos a todos a una hora feliz en un bar local. Sin embargo, se quedó con Heineken 0.0 porque había más conducción por hacer. Quería mostrarle que él era mucho más que coches veloces y jets privados. Unas horas más tarde, con Bryce ahora profundamente dormido en el sofá de la cabaña de montaña de Pete, se despertó sobresaltado cuando Kyoto lo empujó.

"Bryce", comenzó en voz baja. "He estado leyendo el diario de tu tío. Dijiste que estaba bien. Pero me encontré con algo que creo que debes leer por ti mismo".

Él la miró, el parpadeo anaranjado de la luz de la chimenea hizo que sus ojos brillaran, pero su expresión era triste, casi asustada, y se sentó una vez que su mente se aclaró. "¿Qué pasa? ¿No puedes simplemente decírmelo?"

Ella sacudió la cabeza y le entregó el diario. Todavía se estaban conociendo y ese era un lado que Bryce no había visto antes. Su expresión le preocupaba. En lugar de sumergirse de lleno, se levantó y preparó café, volvió a llenar su copa de vino, revisó su teléfono y luego volvió a sentarse. Le hizo un gesto para que se sentara con él, pero ella había regresado a la mecedora cerca del fuego y volvió a negar con la cabeza. Le dio la vuelta al diario y comenzó.

*Maldita sea esa mujer. Paul siempre escogía a la peor
de ellas. Incluso en la escuela secundaria, no importa
cuánto traté de convencerlo de que una o aquella
era más guapa, más agradable o tenía más potencial
para hacer algo con sus vidas, él siempre elegía mal. Y
siempre le costó. Después de retirarme de la Infantería
de Marina, Paul me dejó quedarme en su casa hasta
que me arreglara. Ella estaba allí. Encontré un trabajo
bastante fácil y compré la antigua casa de Johnson
cerca de donde crecimos. Caminar directo al bosque, en
silencio, justo lo que quería y necesitaba después de todo
lo que había hecho en el Cuerpo.*

Bryce se tomó un momento de su lectura y le dio a Kyoto
una mirada inquisitiva. Ella le hizo un gesto para que
siguiera adelante.

*Liz era bastante bonita, era una cocinera decente
y le gustaba una casa bien cuidada, pero tenía mal
genio, especialmente cuando bebía. No podía entender
por qué Paul soportaba sus tonterías, el abuso verbal,
la bebida y que saliera con sus amigos en el Casey's Bar.
Nunca salió nada bueno de ese lugar a altas horas de
la noche. Nada. Finalmente, me mudé a mis nuevas
viviendas. No había terminado toda la pintura y el
trabajo que necesitaba, y quedaba por hacer, pero no
podía soportar escuchar a esos dos hasta altas horas de
la noche, todas las noches. Entonces me mudé.*

*Me sentí mal por Paul. Su mente nunca había
estado bien después de dispararle a ese niño. Los policías*

tienen que hacer muchas cosas difíciles, pero cuando
el cañón de un arma surge de la oscuridad hacia ti, es
hora de eliminar la amenaza. Seguro que lo hizo con su
revólver reglamentario. Él siempre sabía disparar una
pistola, incluso mejor que yo.

Ese punk siempre había sido una mierda en mis
libros, y en los de casi todos, pero todavía era un niño
a los quince años. Lo habían detenido más veces de las
que nadie podía recordar. Creo que el departamento
incluso dejó de registrarlo. Había intimidado a otros
niños, más pequeños o tímidos, en la escuela, lo habían
pillado irrumpiendo en casas, robado un coche y algo
más. El padre del niño era alcalde, por el amor de
Dios. Eso hizo que mantener al niño tras las rejas,
donde pertenecía, fuera aún más difícil.

Entonces, una noche, apuntó con un arma a Paul.
Paul respondió y nos hizo un favor a todos, en lo que
a mí respecta. El chico se dirigía a crímenes peores.
Pero Paul fue despedido de la policía. Entre perder
el trabajo que amaba y quitar esa vida, se estrelló.
Afortunadamente, pudo recibir pagos por incapacidad.

Pero algo se rompió en él y esa perra simplemente
no podía dejarlo en paz. Ella lo regañaba, lo
toqueteaba, y una noche, cuando pasé a ver cómo
estaba, encontré a Liz profundamente dormida en su
cama con un camionero que había recogido en el bar.
No podían meterse en su coche¡ cama; ella tuvo las
agallas o la mayor falta de respeto hacia su marido, mi
único hermano, para humillarlo de esa manera. Paul
simplemente se quedó sentado mirándome mientras yo

contemplaba su habitación y el desastre que esos dos habían hecho.

Entré a la habitación de Bryce para ver cómo estaba. Estaba profundamente dormido. Le cubrí los hombros con la manta y recuerdo sonreírle. No sabía una mierda sobre niños pequeños, diablos, solo tenía cuatro años, pero amaba muchísimo a este pequeño. Cerré la puerta de su habitación detrás de mí y luego me perdí. Nunca se lo dije a nadie excepto a escribirlo aquí. Saqué al conductor de la cama, con el culo desnudo, y lo lancé a través de la puerta mosquitera. Volvió a atacar, pero le di una paliza. Esta vez fue lo suficientemente inteligente como para tomar las pertenencias que tiré por la puerta detrás de él. Se alejó con el rabo entre las piernas. En cuanto a Liz, ya había terminado con ella, incluso si Paul no. La casa era suya y ella ya no era bienvenida allí.

Bryce se detuvo de nuevo. Esta vez no miró a Kioto. Se limitó a mirar fijamente el fuego y luego continuó leyendo.

La agarré por el pelo. Nunca antes había puesto una mano sobre una mujer, y nunca lo he hecho desde entonces. Pero ella me llevó más allá de mis límites. Hoy me arrepiento de lo que hice, pero esa noche no pude evitarlo. Ella se defendió y lanzó un puñetazo que falló. Le grité que dejara de hacerlo. La fiesta había terminado y ella iba a seguir a ese imbécil hasta la puerta. Cuando llegamos a la sala, ella comenzó a gritarle a Paul. "¡Detenlo, haz que se detenga!" Pero él se limitó a mirarla con desprecio y lágrimas en los ojos.

Una parte de mi corazón se rompió allí mismo por él, pero la otra parte siguió con rabia. Le dije que se callara. Dijo que te jodan o algo así y luego cambió sus súplicas por insultos. "No tendría que follarme a nadie más, Paul, si pudieras ordenarte y actuar como un hombre". Los insultos siguieron y siguieron. Ella estaba contraatacando como un gato montés. Ella se abalanzó sobre mí, me arañó, me mordió dos veces y luego la vi escupirle a Paul, justo en su cara. Eso fue todo. Ella se volvió hacia mí y la golpeé tan fuerte como pude. Nunca había golpeado a nadie, en ningún lugar, jamás de esa manera. Ella voló hacia atrás y aterrizó justo en su regazo. La miré recostada sobre él. Tenía los ojos abiertos, la boca abierta y todo lo demás también.

Miré a Paul y él la miró. No dijo una palabra. Él simplemente empujó su cuerpo lejos de él y al suelo. Podía escuchar a Bryce llorar en su habitación, pero me quedé allí mirando a Paul y a su esposa muerta. Acababa de matar a la madre de ese niño.

Bryce sacudió la cabeza con incredulidad. Miró alrededor de la cabaña, el lugar donde él y su tío Pete habían compartido tantas experiencias juntos. Pete había sido el padre suplente de Paul y lo había hecho muy bien hasta ahora.

Kyoto comenzó a hablar pero se calmó mientras el continuaba leyendo.

Revisé el cuerpo para confirmar lo que ya sabía. Cerré la puerta principal, tomé una sábana sucia de la cama, la envolví en ella y luego deslicé su cuerpo de regreso a su habitación y cerré la puerta detrás de mí al salir. Paul simplemente se sentó allí. No había dicho una palabra. Lo miré a los ojos y murmuró algo que no escuché. Me acerqué y me incliné. Sacudió la cabeza y luego susurró: "Gracias".

Ambos lloramos. La pesadilla de Lizzie casi había terminado. Había un niño pequeño que necesitaba atención. Pero mientras el camionero se hubiera subido a su camión y se hubiera ido de la ciudad sin presentar una denuncia, estaríamos bien. Podría enterrarla en el bosque y nadie, excepto quienquiera que hubiera estado follando en el bar, la extrañaría jamás. Bryce era demasiado joven. Él nunca recordaría nada sobre ella. Eso es bueno.

Bryce cerró lentamente el diario y se levantó. Caminó hasta la chimenea y se paró frente a ella, con el diario colgando de su mano. Kyoto permaneció en silencio, observando. Se volvió hacia ella y dejó escapar un profundo suspiro de alivio.

"Bueno, eso fue diferente".

"¿Te dijeron que se fue con un camionero?" ella preguntó.

"Sí." Bryce entró en el área de la cocina y miró por la ventana hacia la oscuridad. Permaneció allí durante unos minutos mientras Kyoto se sentaba en silencio, esperando.

Finalmente, se volvió hacia ella, sintiendo una profunda tristeza en su interior. "Sé que es tarde pero ¿te apetece salir a tomar unas cervezas?" preguntó.

Ella asintió. "Por supuesto, pero esta vez conduzco yo."

CAPÍTULO VEINTISEIS

Melbourne, Australia, fue el lugar de la primera carrera de la nueva temporada y después de una muy buena sesión de pruebas en España, Bryce se mostró optimista sobre el Año Nuevo y el nuevo viaje. Tener que asistir a reuniones de equipo e informes con su nuevo compañero de equipo, Dickie Jones, era insoportable al principio, considerando que Bryce quería darle una paliza al tipo por sacarlo de la pista mientras él y Bishop habían peleado por el campeonato. El director del equipo, Mick Roberts, otro británico, no había presionado demasiado para que compartieran una pipa de la paz todavía. Les había dicho que dejaría que el tiempo siguiera su curso y los animó a enterrar sus diferencias. A Bryce le pareció gracioso ese comentario y se rió, para su consternación, cuando escuchó esas palabras.

Sin embargo, quiso la suerte que un accidente en la primera vuelta de la carrera terminara con su día y significara que el vuelo de 15.000 kms desde los EE. UU. fuera un desperdicio, a menos que incluyera el trabajo que la CIA había planeado para él allí. Todas las piezas habían encajado según lo planeado y el viaje en jet privado de Melbourne a Sydney terminó antes de que su anfitrión pudiera abrir otra botella de champán. "Ahoga tus penas o celebra la vida, tú eliges, mi nuevo amigo", había dicho Alistair Marshall con el acento de su tierra natal. Marshall era multimillonario, muy parecido a Max Werner. Apasionado por todo pero especialmente por la joven belleza de veintitantos que llevaba en el brazo como un reloj caro.

Marshall tenía sus manos en casi todos los campos de negocios de Australia, desde la construcción de rascacielos y complejos turísticos exclusivos frente a la playa hasta la propiedad de redes de noticias por cable y medios impresos en todo el mundo. Esta noche, sin embargo, estaba concentrado en impresionar a su nueva amiga y en acostarse con la mujer que había conocido durante unas vacaciones en Tailandia apenas unas semanas antes.

"Ven con nosotros", le había dicho a Bryce. "Pasa unos días con nosotros en Bondi Beach y concede algunas entrevistas. Beberemos, comeremos, tomaremos el sol y quién sabe qué problemas nos podemos encontrar. Y lo buscaremos, te lo puedo asegurar", bromeó.

Mientras tanto, en Langley, Sandra Jennings tenía otros planes.

❧

"Habla un buen juego. Tiene la personalidad y el carisma para ser un excelente agente encubierto", dijo a sus superiores en su reunión informativa a puerta cerrada el lunes por la mañana. "Siempre y cuando mantenga su celebridad y continúe viajando por el mundo".

Durante su primer encuentro en la escuela de manejo, después de que ella lo convenció de que tenía otras intenciones, Bryce le descubrió su alma. Si bien buscar atención es lo que quieren muchos conductores y patrocinadores de carreras, Bryce no se había metido en las carreras por la fama. Le gustaba la competencia, prosperaba con ella y descubrió que podía ganar mucho dinero usando su talento al volante. Si el costo era posar para fotografías, hacer entrevistas y viajar sin descanso, que así fuera. La muerte no era una consideración, al menos no la suya. En la CIA, sí era.

"¿Qué tan segura estás de que él participó en los ataques a Gunn y Myers?" preguntó uno de sus superiores.

"Cien por ciento", respondió ella con confianza. "El agente Chadwick visitó a Jack Madigan. Informó que hizo falta poca influencia para lograr que Madigan revelara lo que sabía sobre Baja. Se ofreció a decir que había estado teniendo una aventura con el agente Myers y que Winters había llevado a su tío, un ex francotirador de la Marina, entre otras cosas, a México para eliminar a Gunn y Myers. Madigan dijo que Bryce estaba resentido con ambos por obligarlo a eliminar personas, incluso si sus objetivos eran malos actores. Le dijo a Chadwick que pensaba que en realidad, el plan era bastante inteligente y decía que era una represalia por el ataque en Sochi. Si no hubiera tenido una relación con el agente Myers, la habría respaldado plenamente. También le dijo a Chadwick que Winters, Bryce, no sabía sobre la aventura y afirmó que no la habría matado si lo hubiera sabido".

Jennings observó cómo los tres superiores sentados frente a ella se quedaron en silencio, perdidos en sus pensamientos. La austera sala de reuniones, con la única decoración una fotografía del presidente en una pared y la insignia de la CIA en la opuesta, era un lugar donde se tomaban decisiones sobre quitar vidas, no sobre el mobiliario o la decoración.

"¿Alguna información corroborativa de otras fuentes?" preguntó una mujer.

Jennings negó con la cabeza.

"Tal vez Madigan esté inventando esto, por alguna razón, para que emprendamos una acción contra Winters", sugirió otro. Jennings asintió. "¿Eso significa que estás de acuerdo con esa afirmación o no estás seguro?"

"Es una conjetura en este momento. No hay otra evidencia que indique que eso fue lo que sucedió. Pete Winters está muerto; No podemos interrogarlo. De hecho, me gustaría confrontar a Winters con la declaración de Madigan, pero la gran pregunta es: ¿y si él dice que es verdad?

"¿Viste el cuerpo de Pete Winters? ¿Madigan? ¿Alguien lo hizo? ¿Estás seguro de que está muerto? presionó la mujer.

"No, no tengo. Me dijeron que Madigan no ha hablado con Winters desde la última carrera en Abu Dhabi. Le dijo a Chadwick que se enfrentó a Pete Winters allí y que le habían disparado con una pistola Taser, lo habían atado y lo había dejado en un yate. Bryce lo encontró y lo soltó, pero eso fue lo último para ellos, excepto que Madigan le dijo a Bryce, según Chadwick, que estaba buscando a Pete. " Voy a encontrar a Pete Winters y matarlo". No sólo como venganza por Myers sino por agredirlo", informó. "Madigan solía ser el hombre corporal de Bryce, su amigo más cercano, consultor tecnológico del equipo de carreras y, entiéndelo, un guardabosques del ejército retirado".

Jennings había estado observando la expresión de la tercera persona sentada a la mesa. El hombre estaba sentado entre los otros dos haciendo el interrogatorio, pero no había pronunciado una palabra hasta ahora.

"Entonces, déjame resumir esto. Pusimos a un famoso piloto de carreras, un activo, bajo control, lo chantajeamos para que hiciera terminaciones en el extranjero, ordenó matar a dos agentes de la CIA, y ahora estamos hablando de qué hacer con ese maldito bastardo. ¿He descrito esta situación correctamente? dijo con severidad.

Jennings asintió.

"Está bien, bueno, déjame decirte algunas palabras", afirmó con el fuerte acento sureño que había traído desde Georgia del Sur. "Bryce Winters es un héroe nacional, por el amor de Dios. Es un embajador de buena voluntad. Demonios, cenó con el presidente en la Casa Blanca e incluso llevó al jefe a dar una vuelta. Creo que fue en Road Atlanta o en algún lugar del norte. No sé qué hijo de puta de esta agencia tuvo la estúpida idea de joder a este hombre, pero no estuvo bien pensado.

Jennings permaneció sentada en silencio hasta que vio que las cejas del hombre se alzaban para indicar que estaba esperando algún tipo de respuesta.

"No fui parte del equipo que organizó esto ni estuve involucrada en su ejecución, señor", comenzó. "O se han jubilado o ya están muertos. Pero sí veo valor en trabajar con Winters. Y habría deshonrado al país si lo que él y Madigan hubieran estado haciendo quedó expuesto. Una preocupación siempre ha sido que si encontrábamos las cintas, otros podrían haberlas encontrado también".

Continuó relatando los detalles de la reunión que tuvo con Bryce en la escuela de manejo, su respuesta al nuevo tono y la misión más suave y no letal que había sugerido para la persona australiana de interés que él buscaba ahora.

"Bueno, jovencita", inclinándose hacia adelante cuando comenzó. "Confirma que Pete Winters está muerto. Hasta nuevo aviso, siga usando a Bryce Winters en comportamientos no letales con los que él esté de acuerdo o, mejor aún, se ofrezca como voluntario. Ese hombre es un embajador de marca muy popular para nuestro país en todo el mundo. Es un maldito tesoro nacional en lo que respecta a este viejo . Merece ser protegido. Úselo sabiamente y con cautela".

"Sí, señor", dijo.

"Una vez que se retire, probablemente lo encontrarán en una pendiente después de esquiar fuerte, muy fuerte, contra un árbol en alguna parte. Hasta entonces, no dejen que le pase nada ni permitan que nada empañe el bien que está haciendo por Estados Unidos".

Jennings asintió.

"¿Y si no esquía?" preguntó, medio en broma.

"Bueno, acabo de leer un artículo sobre los pumas en Utah. Quizás haya 1500 grandes felinos por ahí. Pueden llegar a pesar noventa kilos, pueden acercarse sigilosamente a las personas o comer algo que encuentran que ya está muerto. Estoy seguro de que hay algo en el manual de la CIA que funcionará". El hombre cerró la carpeta frente a él y luego la miró.

"Sandra", continuó. "Aparte de Chadwick y Madigan,

¿quién más sabe que Pete Winters supuestamente mató a dos de nuestros agentes, supuestamente bajo la dirección de Bryce Winters?"

"Estoy seguro de que Chadwick compartió su información con otros miembros de su equipo, los agentes Brownell y Russo. Aparte de esos pocos, solo nosotros".

"Bien. Mantenlo así", indicó. "Una última cosa. Voy a trasladar a los tres mosqueteros, como algunos han llegado a considerarlos aquí (creo que son títeres pero necesarios), a otra división con instrucciones explícitas de que ahora estamos en este caso y que deben retirarse. Conozco a esos chicos. Han resultado útiles de vez en cuando, pero he oído a través de mis fuentes que han estado husmeando en el equipo de carreras. Están tramando algo. Yo los conozco. Se les dirá que esperen el momento oportuno y se les pedirá que ejecuten la acción justificable, sólo cuando lo considere apropiado".

Jennings asintió y se disculpó. Ella entendió la directiva completamente. Bryce sería silenciado, en el momento por determinar.

CAPÍTULO VEINTISIETE

La playa Bondi de Sídney es una hermosa extensión de arena frente al Océano Pacífico al norte y al este, y al Mar de Tasmania y Nueva Zelanda al sureste. Es un destino popular para los lugareños, los turistas y, ocasionalmente, el gran tiburón blanco. El complejo de cinco estrellas que Alistair Marshall había construido allí era igualmente popular entre las celebridades y cualquiera que deseara ser visto en su círculo.

El anfitrión de Bryce le había instalado una suite en el nivel superior del hotel. Después de la cena y las bebidas que se prolongaron hasta bien entrada la noche, Bryce agradeció a su nuevo amigo su hospitalidad destinada a ayudarlo a olvidar el mal final de la carrera y relajarse por unos días.

A las diez de la mañana siguiente, un persistente golpe en la puerta interrumpió su profundo sueño. Abrió la puerta listo para abalanzarse sobre el causante, pero lo que vio le hizo sonreír.

"¡Achara!" dijo con sorpresa. La última novia de Marshall, una joven belleza asiática que había seguido a su sugar daddy hasta aquí desde Bangkok, estaba igualmente sorprendida.

"¿Te olvidaste?" ella bromeó. "Se supone que debemos desayunar juntos y luego te llevaré a hacer paracaidismo y luego a tomar una cerveza en la playa. ¿Tu ya me olvidaste?"

Los pensamientos de Bryce se dirigieron inmediatamente a Kioto. Siempre había apreciado y sentido cariño por la belleza exquisita y natural de las mujeres asiáticas. Por primera vez en mucho tiempo había dejado que su corazón comenzara a abrirse y dejar entrar a alguien. Kyoto era deslumbrante e inteligente, pero no estaban apegados. Achara, parada allí con su largo cabello negro y sedoso, su cuerpo bronceado y en forma, y un diminuto bikini amarillo que asomaba a través de una cubierta transparente, fue un golpe de gracia. Y ella *le estaba mirando de esa "forma"*.

Bryce sonrió. Eso fue todo lo que pudo hasta que tomó café y se dio una ducha. Le maravilló el conocimiento que tenía la CIA de cómo se desarrollaría todo esto. Marshall usaría su dinero y sus mujeres, de las cuales tenía muchas, para recompensar a su nuevo amigo y mantenerlo cerca el tiempo suficiente para presumirlo, tomar muchas fotografías y presumir ante sus amigos. Bryce tendría trabajo que hacer, lo cual le llevaría unos días. Pero, por ahora, simplemente siguió mientras Achara tomaba su mano y lo llevaba a la ducha.

Durante los dos días siguientes, Bryce asimiló todo lo que la zona y Achara tenían para ofrecer. Como su anfitrión había viajado repentinamente a Singapur, Bryce pudo colocar los micrófonos que la CIA le había dado en casi todas partes, excepto en la oficina del hombre en el último piso de uno de los edificios más altos de Sydney. No podría entrar allí sin una buena razón, por lo que planeaba esperar el regreso de Marshall y, tal vez, una invitación para visitar su oficina en el centro antes de permitir que Bryce le invitara a una cena de agradecimiento. Luego pasaría a la siguiente carrera en Bahréin.

Bryce no podía sugerir que le gustaría ver la oficina, ya que eso podría levantar sospechas. Pero por lo que sabía de su anfitrión, le gustaría que Bryce viniera a verla. Después de todo, Marshall también coleccionó trofeos, no de carreras y sin contar a las damas. Era un cazador de caza mayor y, según se rumoreaba, había montado una cabeza de león sobre su escritorio, de la que estaba muy orgulloso.

Para Bryce tenía sentido pasar al menos varios días en el resort. Si hubiera colocado los micrófonos y se hubiera ido abruptamente, eso podría haberle dicho a Marshall quién había colocado los dispositivos si éstos, o el fruto de su vigilancia, hubieran sido revelados poco después. Once en total en total, todos indetectables a la inspección electrónica, habían sido colocados. Unos pocos más y Bryce estaría en un avión con destino al Golfo Pérsico.

Tan pronto como supo que Marshall regresaría el miércoles por la mañana, extendió la invitación a cenar a través de Achara. Para su sorpresa, tuvo un encuentro en el ascensor de regreso a su suite después del desayuno junto a la piscina.

"Once pajaritos cantan muy bien. Sólo unos cuantos más, por favor, si puede", dijo un hombre vestido con uniforme del departamento de mantenimiento. Bajó en el siguiente piso sin decir una palabra más.

Con el sol poniéndose en el horizonte, Bryce llamó a la puerta de Achara: la Suite Marshall. Extendió el brazo para acompañarla hasta el coche que esperaba abajo y llevarlos en el corto trayecto hasta la oficina del hombretón. En el ascensor, su pequeña charla duró poco.

"Entonces, te vas a Bahréin por la mañana", dijo, "extrañaré hablar contigo,- entre otras cosas".

Él le sonrió. «Te ves hermosa esta noche, te ves increíble vestida de azul, y yo también te extrañaré». El hizo una pausa. "Pero me gano la vida conduciendo coches de carreras. Son parte de mí y me hacen sentir vivo. No puedo esperar a volver a subirme al auto".

Ella se rió.

"Y pensé que *Yo* te hacía sentir vivo. Tendremos que esforzarnos más la próxima vez", dijo mientras tomaba su mano y la apretaba. Cuando las puertas del ascensor se abrieron para permitir que otros subieran, ella se soltó y el viaje continuó.

El León era impresionante, al igual que el resto de la oficina de Marshall. Las cabezas de animales que no eran del todo reyes de nada llenaban la habitación. Ahora simplemente acumularon polvo. Los trofeos de rugby que había adquirido como propietario de un equipo campeón se alineaban en estantes de caoba.

Bryce no le veía sentido a matar animales sólo para que los ricos tuvieran algo de qué alardear. En otros círculos había sugerido que los cazadores de caza mayor deberían buscar a sus presas como lo hacían en los viejos tiempos, para hacer las cosas más desafiantes, con una lanza o un arco.

Mientras inspeccionaba los trofeos del hombre, pensó en la última vez que él y Pete habían estado juntos en África, no hacía mucho. De hecho, Pete había atrapado al búfalo de agua que había estado persiguiendo durante años. Habían tostado el animal y su cabeza cuando lo exhibió en su cabaña. La diferencia entre los dos cazadores era simple; Pete se aseguró de que la carne de la matanza fuera a la aldea local. Bryce no estaba seguro de qué pasó con el resto del magnífico león, pero asumió que lo dejaron en la tierra y se convirtió en parte del círculo de la vida allí.

En su casa en Vermont, Bryce había matado para comer antes de poder permitirse comprar carne en cualquier cantidad en una tienda. La caza de trofeos (al menos de este tipo) no le sirvió de nada, pero fingió su entusiasmo, no queriendo ofender a su anfitrión y terminar la noche antes de tiempo. Para él, matar tenía que tener sentido y todavía tenía trabajo por hacer.

La vista que Marshall tenía desde su oficina del Puente de Sydney, la conocida Ópera y el horizonte de la ciudad era muy impresionante. Cuando Bryce entró por primera vez al espacio, se sorprendió por el movimiento repentino de un hombre con un traje azul oscuro hecho a medida que se acercó a él con una varita, muy parecida a las que se usan en los controles de los aeropuertos. Este instrumento parecía más pequeño y más sofisticado.

"No es necesario, Julius", gritó Marshall. "Él es un amigo". Mientras hablaba de Singapur, Achara sirvió una bebida para ambos hombres; whisky con hielo para Alistair y una Carlton Draught, una cerveza popular y la nueva favorita de Bryce, al menos en Australia. Cuando ella comenzó a prepárese una copa, un cosmopolitan, gritó Marshall de nuevo. "No es necesario, querida", dijo, su tono se suavizó con cada palabra. "Nuestro invitado y yo tenemos asuntos que discutir, así que pasa la noche para ti, ".

Marshall luego la llevó hasta la puerta. Se giró para decirle a Bryce que había disfrutado conocerlo y, unos segundos más tarde, su cabello negro y sedoso y su figura apretada desaparecieron de la vista cuando la puerta se cerró detrás de ella.

Marshall se volvió hacia su invitado. Bryce sintió un cambio inmediato en su comportamiento. Sentado junto a Bryce en un enorme sofá cubierto de pieles, algo tal vez de las llanuras de África, Marshall se inclinó. Su aliento era a whisky, pero sus ojos eran los de un cazador que observa a su presa.

"Entonces, ¿qué estás haciendo realmente aquí, Bryce Winters?" preguntó sin quitar los ojos de los de su invitado.

"¿Significado?" Bryce respondió. "Cena, pensé que íbamos a cenar. Mira, me lo he pasado muy bien aquí esta semana. Su hospitalidad ha sido excepcional y Achara ha sido…

Marshall había levantado la mano para que Bryce se detuviera. "Escucha, amigo, puedo cazar. Puedo olfatear un gato tan grande como ese que está en la pared. Más importante aún, al menos por ahora, puedo olfatear tonterías. Y tu estás paleando muchas de ellas".

Se inclinó más cerca, obligando a Bryce a alejarse y considerar levantarse para irse. "Me buscaste en la pista, lo vi. Veo esa mirada todo el tiempo, gente que quiere acercarse a mí. Eso sucede cuando eres jodidamente rico".

Bryce ladeó la cabeza. "¿En realidad? Me pareció ver la

misma mirada en tus ojos. Veo eso todo el tiempo de fans, acosadores, mujeres buscando alguien que les dé buena vida, o simplemente un paseo. Luego están los corredores, los agentes inmobiliarios, lo que sea, y en todos los países. Gente que dice que quiere pagarme para promocionar de todo, desde desodorante hasta pañales, por el amor de Dios. ¿Qué era esa mirada en *tus* ojos, Marshall? ¿Por qué estoy realmente aquí?

La mirada fija continuó. Marshall se acercó un centímetro más, olfateó unas cuantas veces y luego se echó a reír. "Entonces, ¿no te conectaste para pedirme que te patrocinara a ti o al equipo?" preguntó.

"¿Y no quieres que haga comerciales para tu resort de playa?" Respondió Bryce, continuando con la risa, más por alivio que por otra cosa. Los dos se levantaron, prepararon otra ronda de bebidas y miraron nuevamente el horizonte, el sol ya se había puesto por completo.

"¿Aún me invitas a cenar?" Marshall preguntó con una sonrisa.

"Por supuesto, Alistair, es lo que realmente me gustaría hacer para mostrar mi agradecimiento. Tienes mi permiso para publicar algunas de mis fotos en el resort, las que le pediste a Achara que tomara". Se rieron de nuevo.

"Está bien, tómate esa cerveza mientras voy a usar la habitación de los chicos. Es una mierda envejecer, no hay nada que te motive, te lo aseguro". Marshall desapareció por el pasillo hacia lo que Bryce supuso que era un baño.

Esta era su oportunidad, su única oportunidad, y se movía por la oficina del hombre con la velocidad de un equipo de boxes perfectamente afinado. Un dispositivo por aquí, otro por allá, hasta que poner cuatro. Estaba de nuevo junto a la ventana, con un vaso de cerveza vacío en la mano, cuando Marshall reapareció. Bryce se preguntó si tendría la oportunidad de despedirse de Achara correctamente, pero si no, ella sería un mejor recuerdo que el desastre de las carreras que se produjo al comienzo de esta aventura.

CAPÍTULO VEINTIOCHO

La historia cuenta que la pasión de Su Alteza Real el Príncipe Salman bin Hamad Al Khalifa, Príncipe Heredero, Comandante Supremo Adjunto y Primer Viceprimer Ministro por los deportes de motor le permitió tener una visión para elevar el perfil del Reino de Bahrain a nivel internacional. El Príncipe Heredero también quería traer la Fórmula Uno a la isla. En un encuentro casual con el ex campeón mundial de Fórmula Uno Sir Jackie Stewart en un vuelo del Concorde, muy parecido al encuentro cuando Bryce conoció a Max Werner, se plantaron las semillas de esta idea.

Años más tarde, el sueño del Príncipe Heredero se hizo realidad. Pero para Bryce, Bahréin fue un desastre y terminó prematuramente bajo las luces y el calor nocturno de Bahréin. En la primera vuelta del evento, Bryce partió desde la pole con Tony Bishop a su lado en la salida. Dickie Jones estaba detrás de Bryce en tercer lugar y, mientras el pelotón corría lo más fuerte y rápido posible en la primera curva, los tres autos se enredaron y arrastraron fuera del asfalto hacia la grava. El auto de Bryce terminó volcado, pero pudo salir antes de que llegara la ayuda.

Cuando vio a Bishop quitarse el casco y reírse del vuelco, su temperamento se puso rojo y fue tras él. Dos golpes ultrarrápidos en la cara y Bishop cayó con fuerza con Bryce saltando sobre él y gritando todas las malas palabras que había escuchado. Lo que empeoró las cosas fue que Jones intentó ayudar a Bishop quitándole a Bryce de él.

Bryce y Bishop estaban cerca en habilidades de conducción y coraje, pero cuando se trataba de pelear a puñetazos, no había competencia. Cuando Jones logró alejar a Bryce, cometió el error de gritar lo que Bryce pensó que era: "Quítate de encima", y eso fue suficiente. Bryce se giró y apuntó a Jones con un puñetazo en la nariz. Dos caídos, coche de seguridad en la pista, coche médico para atender a los heridos y los propietarios de los equipos y responsables de la serie exigiendo una reunión inmediata de todos los participantes tras la conclusión de la carrera.

Cuando el director ejecutivo de la asociación declaró con acento español: "Bueno, más de cuatrocientas millones de personas acaban de ver a dos estadounidenses peleándose a puñetazos. Déjame recordarte que esto no es lucha libre, este no *es tu Salvaje Oeste,* esto son carreras profesionales. Y ustedes tres están en libertad condicional con efecto inmediato. Una infracción más y será una suspensión de una carrera. ¡Si vas a pelear, hazlo en algún callejón oscuro! Bryce se rió ante el comentario, pero se calmó cuando captó la mirada del español.

Max Werner no había viajado a Bahréin, ni tampoco el propietario de ProForce, Ameer Kazaan. Pero los mensajes de texto de ambos a sus conductores les hicieron saber que no estaban nada contentos.

Bryce todavía estaba furioso con Bishop y Jones.

Fue directamente al aeropuerto, abordó su chárter y voló directamente a Niza. Pronto estaría en su casa de verano con vistas al Mediterráneo. Había hecho calor en Bahrein y, como resultado del mal resultado y de la lucha, se había sentido mal durante todo el camino a casa, pero finalmente se recuperó con docenas de vueltas en las aguas más frescas de su piscina cubierta. Más tarde ese mismo día, llamaría a Kazaan para hablar sobre el retiro anticipado y la pelea subsiguiente.

"No fue mucha pelea, amigo", le dijo Kazaan. "Le pateaste el trasero engreído. Bien hecho. Se lo merecía." Kazaan se había calmado después de ver cómo sus dos coches chocaban en la carrera. Pero todavía estaba enojado por el hecho de que Bishop dejara el equipo y se uniera al de Werner fuera de temporada sin siquiera intentar negociar una extensión de contrato. "Ahora, Dickie y tú, en el futuro, ese es otro tema. Ustedes dos deben llevarse bien por el bien del equipo, de nuestros patrocinadores y fanáticos". Una vez que escuchó lo que Jones había dicho durante la pelea y recordó cómo Jones probablemente le había costado el campeonato a Bryce el año pasado, Kazaan cedió. "Hablaré con el chico Dickie. Siempre ha sido nuestro número dos, primero con Bishop y ahora contigo. Si quiere salir del equipo, si no te apoya al 110%, puedo pensar en una docena de nombres que morirían por tener una oportunidad en su asiento. Le devolveré el dinero a su padre y, por lo que a mí me importa, los dos podrán sentarse en casa y mirar las carreras por televisión."

CAPÍTULO VEINTINUEVE

En el vuelo hacia el oeste sobre el Atlántico, Bryce consideró su existencia como un guerrero de la carretera: las personas que viajan por su territorio, el país o el mundo, están acostumbradas a hoteles, coches de alquiler y restaurantes. Para algunos puede parecer emocionante no estar pegado a un escritorio o a una línea de montaje, pero para otros es estrictamente el costo de hacer negocios o el estilo de vida elegido. Los corredores, las estrellas de rock y los vendedores ambulantes lo saben bien. Luego están los bares y la soledad que todo ello conlleva. Para muchos, la idea de una comida casera es tan rara que hace que esa ocasión sea muy especial. Para Bryce, este vuelo de 5.700 millas en sí no fue gran cosa. Lo que le esperaba al otro lado de la línea era mucho más que una comida casera. Eran aguas desconocidas. Bryce había aceptado una invitación a cenar y regresaría a los Estados Unidos y, para su sorpresa, al escenario de un crimen cometido por la Casa Blanca.

Kyoto finalmente se había instalado en su nuevo hogar en Washington, DC. Para ella, poder contemplar el Potomac la hacía sentir cerca en casa. Había crecido en un ambiente amoroso con vista a un río y a una gran ciudad, y eso le brindaba comodidad y tranquilidad. Estaba muy emocionada de ver a Bryce. El no había estado en su nueva dirección incluso después de todos estos meses de citas a larga distancia. Aun así, se sentía cómoda con la forma en que habían ido las cosas entre ellos. Tenía su carrera; ella tenía la suya y todavía se estaba adaptando no sólo a su nuevo hogar sino también al nuevo trabajo que la había traído desde Japón. Por suerte para ella, tenía a su hermano cerca. Él le había enviado información sobre la oferta de trabajo e hizo todo lo posible para convencerla de que se mudara a DC. Él también se sentía solo. Trabajaba muchas horas en un trabajo del que no podía contarle a nadie, incluida ella.

⋙

"Esto es increíble", exclamó Bryce mientras entraba al extenso condominio. "¿Pero el Watergate?"

Kyoto se rió mientras se abrazaban fuerte por un momento. Ella dio un paso atrás y sonrió, tirando de su mano para llevarlo a dar un paseo.

Estaba deslumbrante: cabello recogido, camiseta blanca, jeans ajustados y descalza sobre la lujosa alfombra gris. Todo funcionó para él. La historia recuerda el Hotel Watergate por su papel en el fin de la presidencia de Nixon, allá por el verano de 1972. Casi cincuenta años después, la generación de Bryce y Kyoto sólo estaba familiarizada con el nombre, no con la historia detrás de él.

Cuando Bryce se enteró por primera vez de su nueva dirección, recordó algunos detalles sobre el lugar de las tareas escolares, leyó sobre los escándalos y la renuncia de Nixon, el hombre avergonzado por haber violado la ley. Entre otras cosas, su campaña de reelección había puesto a trabajar a ex espías y mediadores de la CIA y otros servicios de inteligencia. Habían irrumpido en las oficinas del Partido Nacional Demócrata ubicadas en el complejo Watergate para obtener información sobre la competencia. Con el tiempo, más y más información incriminatoria, incluidas cintas de audio del propio presidente, llevarían su reinado a un final embarazoso.

Y ahora trabajo para la CIA, pensó mientras seguía Kioto. *De hecho, me pregunto cuánto se ha espiado en las carreras para tratar de obtener una ventaja robando información sobre la competencia.*

Primero, lo llevó hasta el grupo de ventanas que revelaban una vista del río y las orillas cubiertas de árboles en el lado de Virginia. Las habitaciones estaban llenas de muebles nuevos y accesorios, algunos todavía en cajas o envueltos en plástico de burbujas. Pero la enorme TV de pantalla plana estaba montada frente a un acogedor y gran sofá de cuero marrón.

Bryce se rió para sí mismo, recordando cuánto tiempo le había llevado establecer su dirección en Montecarlo. Una vez instalados el televisor y el sofá, perdió las ganas de montar una segunda casa y se lanzó a correr, una y otra vez. De repente, sus sentidos lo alertaron. Olió algo maravilloso y siguió su olfato directamente hasta la cocina.

"¿Iba a mostrarte el dormitorio pero estás aquí?" ella bromeó.

Se giró y le sonrió mientras miraba debajo de algunas tapas y luego abrió el horno para inspeccionar el plato principal. Ella le dio una palmada en la muñeca y lo empujó lejos del área de preparación de comida, pero luego volvió a abrazarlo. Bryce pensó en bajar los controles de la estufa y retrasar un poco la cena, pero un golpe en la puerta detuvo su plan de repente.

"*¿Compañía?*" preguntó con curiosidad. Él regresó a la cocina mientras ella se dirigía a la puerta. Bryce abrió el vino que había traído y luego notó que había tres puestos en la mesa.

Podía escuchar a Kyoto hablando con alguien en el pasillo y se giró cuando la escuchó decir: "Bryce, quiero que conozcas a mi hermano, -Jon".

Estaba radiante, de pie junto a un joven que podría haber sido su gemelo. Bryce dejó el vino y dio un paso adelante para estrecharle la mano. Se rió de la expresión de Jon; su boca y sus ojos se abrieron por la sorpresa. Bryce había visto esa mirada un millón de veces cuando la gente lo reconoció. Rodeó a Jon con sus brazos. Dos hermanos habian criado a Bryce; Ninguno de los dos dijo nunca "te amo" ni expresó verbalmente sus sentimientos el uno por el otro con mucha frecuencia. Pero *eran* abrazadores.

Curiosamente, Jon no parecía dispuesto a devolverle el abrazo. Bryce podía sentir los brazos del otro hombre colgando a sus costados. Bryce dio un paso atrás para ver su rostro. La mirada en los ojos de Jon no era de asombro. Fue miedo.

"Llamando de tierra para Jon", bromeó Kyoto, empujando a su hermano en el costado.

"Recuerdo la foto que nos enviaste a mí y a mi padre",

dijo finalmente, con la voz tensa. "Tú y Bryce Winters, el piloto de Fórmula Uno". Retrocedió un pie. "N-no sabía que realmente lo conocías".

Ella se rió, al igual que Bryce, quien luego volvió a concentrarse en el vino. Quizás el alcohol lo relaje. Después de brindar, Kyoto insistió en que Jon y Bryce se sentaran juntos en la sala mientras ella terminaba de preparar la comida. Cuando los revisó unos minutos más tarde, se rió cuando los vio absortos en un partido de fútbol de la primera división de Inglaterra en la televisión.

"Es bueno ver que ustedes dos tienen algo más en común que solo yo", dijo. "La cena en cinco minutos. Y no será frente al televisor en mi nuevo sofá".

❧

"¡Ese es el maldito Bryce Winters meando en tu baño!" Jon le susurró al oído a su hermana mientras ella servía el último trozo de puré de papas en un plato para servir.

Ella simplemente le sonrió. "Hace años que no me siento así por nadie", respondió en un tono susurrado y siguió trabajando.

¡Qué carajo! Jon pensó con frustración mientras intentaba procesar lo que estaba sucediendo. Su hermana no tenía idea en qué se había metido. El hecho de que se hubiera enamorado del hombre que Jon había identificado como un asesino internacional era algo que sólo sucedía en las películas. Esto no era posible; El mundo no podría ser tan pequeño. *No con mi hermana.*

Cuando Bryce regresó a la cocina, Jon estaba al borde del pánico dentro suyo. Se disculpó y se encerró en el baño para intentar procesar qué diablos estaba pasando y qué hacer al respecto. Sabía que no podía contarle a Kyoto lo que había aprendido del hombre del que se estaba enamorando. Probablemente eso le costaría su trabajo. Tal vez incluso resulte en prisión. Peor aún, si le revelaba lo que sabía a su hermana y destruía su relación con Bryce, el piloto de carreras podría devolverle el dinero tirando su cuerpo a un contenedor de basura en DC. ¡Esto erauna locura!

Qué carajo, se dijo de nuevo. Soy sólo un analista; Esto es mucho más alto que mi nivel salarial. Un golpe en la puerta lo hizo retroceder. Era su hermana. "La cena se está enfriando, deja de jugar ahí y únete a nosotros. No muerde".

Quizás fueron las tres copas de vino las que le ayudaron a relajarse. Normalmente uno era su límite. El fútbol, los sitios y la historia de la ciudad en la que ahora trabajaban dos de los tres, y la comida consummda durante la cena de pavo que venía con todas las guarniciones.

"No es Acción de Gracias", había brindado Kioto antes. "Pero tengo mucho que agradecer". Miró a Jon y luego a Bryce mientras tomaba su mano entre las suyas.

Jon le devolvió una sonrisa alentadora, pero sabía que, de una forma u otra, tenía que alejarla de este hombre. Bryce Winters y Jack Madigan habían sido señalados como asesinos y asignados a una misión encubierta tras otra. De ninguna manera podría permitir que su hermana siguiera viendo y durmiendo con Winters. Pero tan pronto como terminaron de comer y se dirigieron a la sala de estar, el pavo y el vino empezaron a pasar factura. La habitación pareció dar vueltas. Se sentía bastante confundido por la situación y ahora el alcohol le estaba pasando factura.

Decidió que sería necesario esperar para encontrar una solución. Ya había terminado. Cerró los ojos y se reclinó en el cojín del sofá.

Recordó haber sentido a su hermana ponerle una manta encima en el sofá. Debió haber apagado la televisión y las luces. Cuando se despertó temprano a la mañana siguiente, con la cabeza casi despejada, Bryce ya se había ido.

Podía escuchar a Kyoto en el dormitorio, apresurándose a vestirse. Sirvió un café de la cafetera que ella había preparado, tratando de pensar qué decirle. Cuando finalmente la escuchó entrar a la cocina, se volvió hacia ella, con las palabras preparadas para romperle el corazón.

Ella le dedicó una enorme sonrisa y su corazón se hundió. Esa sonrisa no era para él. Ella estaba enamorada y él sabía que estaban jodidos.

Arlington, Virginia. Cuando se trataba de asesinos profesionales, ya fuera una agencia gubernamental, el ejército o un profesional independiente empleado por un criminal rico, Bryce había aprendido que, en el mejor de los casos, eran un grupo ecléctico. En el caso de los "tres mosqueteros", como los apodaban en la CIA, eran profesionales y, aunque nunca estuvieron dispuestos a ser etiquetados como asesinos, se sabía que hacían lo que fuera necesario, lo que fuera *necesario*, para cumplir una misión o proteger a la nación. Estados Unidos. En el caso de sus órdenes con respecto a Bryce Winters, estaban en conflicto. Después de recibir instrucciones específicas de su nueva superiora, Sandra Jennings, se sentaron en la cabina trasera de un bar en Arlington y miraron fijamente al espacio. Cuando su camarero les trajo otra ronda de cerveza y tragos, y las bebieron en poco tiempo.

"No podemos tocar a el gilipollas ahora, no mientras ella esté en la cosa", dijo Russo mientras Chadwick y Brownell asentían. "Ninguna de las direcciones que queríamos tomar era práctica o violaba órdenes, excepto una. Dado que Madigan aceptó esto mucho antes de que recibiéramos el memorándum, en lo que a mí respecta, todo está en juego. Simplemente no le diremos que lo cancele". Dijo Chadwick, pidiendo otra ronda más.

"Debe mantenerse una negación plausible", afirmó enfáticamente Chadwick. "No voy a renunciar a mi pensión ni a mi libertad por esto". Esperaron hasta que el camarero retiró la cristalería vacía antes de continuar.

"Entonces, ¿estamos de acuerdo?" dijo Brownell. "Una vez que Madigan haga su movimiento, terminará tan muerto como Bryce Winters".

CAPÍTULO TREINTA

Veinticuatro horas después de su cena en Watergate y luego de una reunión en la sede del equipo en Midlands, Bryce ingresó el código de alarma y giró la llave para ingresar a su condominio en la ladera de una colina con vista al Mediterráneo en Monte Carlo. Era tarde. El clima en Inglaterra había retrasado la salida de su chárter privado a Niza. Las llaves cayeron sobre la bandeja sobre la mesa junto a la puerta, y las balijas debajo. Caminó hasta la cocina, ajustó el termostato a 24 grados más acogedores, tomó una cerveza de la barra y luego pasó unos minutos simplemente admirando su hogar lejos del hogar.

Había contratado a un diseñador de interiores para imitar lo que le encantaba de la isla griega de Santorini. Las paredes estaban pintadas de un tono blanco pálido, los suelos de baldosas en su mayoría azules y dorados, y los muebles blancos y brillantes por todas partes. A la luz del día, si alguien no lo supiera, fácilmente podría creer que estaba sobre el agua en Grecia, hasta que mirara los yates a motor y a vela en el puerto deportivo de abajo. El palacio presidencial de Mónaco está escondido en la colina más alejada a la derecha.

Había dormido en el avión, así que no estaba listo para dar por terminada la noche, todavía no. Bryce pasó unos buenos diez minutos en el largo pasillo que conducía directamente desde la puerta de entrada al patio con vistas al mar.

Montecarlo estaba lejos de Vermont y aún más de Park City, pero las fotos que había colgado en el pasillo hacían que todo pareciera un poco más cercano. Había fotografías grandes montadas por su fotógrafo de vida silvestre favorito, Tom Mangelsen. Grizzlies de Montana y Alaska y un león muy parecido a los que había visto en África, más sanos y felices que los que había visto en los zoológicos. En la pared opuesta a los depredadores había montado un balón de fútbol y Fotografías de deportes de motor realizada por Mark Rebilas de Phoenix. Nunca había conocido a ninguno de los dos, pero admiraba mucho su trabajo.

Después de unos días de descanso, andar en bicicleta y caminar, descansar, pasar tiempo en el gimnasio y luego descansar más, reiprogramar la alarma y abordar otro avión. Este se dirigió a Shanghai. Pero llegó un mensaje de texto que le lanzó una bola curva. Era de Jack Madigan.

TIENES PLANES PARA LA CENA?

CAPÍTULO TREINTA Y UNO

EL AVIÓN BOMBARDIER 8000 de Ameer Kazaan era una belleza de color blanco perla con una franja roja y azul que se hacía más gruesa a medida que se extendía desde el morro hasta la cola. Bryce no había volado en este, pero se emocionó cuando lo vio detenerse en la pista de la terminal privada del aeropuerto de Niza. Con asientos cómodos, sillas tipo capitán de cuero color canela, detalles más oscuros que contrastaban y alfombras lujosas, las habitaciones para dieciocho personas eran espaciosas y cómodas.

La cabina estaba medio vacía hasta que subieron a bordo Bryce y el nuevo asesor técnico del equipo, Jack Madigan. La mayor parte del equipo se dirigía desde Midlands en el Reino Unido a China en vuelos comerciales, vía Frankfurt o Estambul. El ingeniero jefe de Bryce, Freddie Burns, y su equipo de cuatro hombres pudieron volar en privado como parte de su contrato con Kazaan. Y siempre habría un asiento libre para su conductor estrella. Dickie Jones, el compañero de equipo de Bryce, estaba en algún lugar de Europa a esa hora, en un vuelo comercial pero al frente en primera clase.

Después de intercambiar saludos y algunas bromas, Bryce y Madigan dejaron a los ingenieros en la reunión en la que habían estado y se dirigieron a la parte trasera de la cabina para continuar la cena de la noche anterior.

∾

Madigan no había hablado con Bryce en meses. Pero, después de haber estado tan unidos durante tantos años, el tiempo que habían pasado separados le recordó a Bryce lo mucho que amaba y extrañaba a su querido amigo. La cena de la noche anterior consistió en pizza, entregada para que pudieran hablar sin la interrupción de los fanáticos emocionados que esperaban una foto, un autógrafo o, en raras ocasiones, acercar una silla y unirse a la fiesta.

El equipo de seguridad de la F1 no lo seguía en casa a menos que hubiera una amenaza específica. Pero si hubiera salido, dos expertos en seguridad altamente calificados, haciéndose pasar por una pareja joven de vacaciones, habrían seguido cada uno de sus movimientos. Ellos y una docena más trabajaban en turnos en la policía local, eran militares retirados, o ambos, y brindaban protección cuando Bryce o muchos de los otros conductores que Vivian en la ladera de Monaco los llamaban . Su seguridad no era barata, pero era necesaria.

Mientras esperaban que llegara la comida, los dos se recuperaron como amigos perdidos hace mucho tiempo y continuaron donde lo habían dejado casi cinco meses antes. El temperamento de Madigan se había enfriado, pero empezó a resurgir mientras peleaban por el último trozo de pizza de pepperoni.

"Todo esto podría haber salido muy mal", le había dicho Jack y luego desenterró los resentimientos que había expresado en México y más tarde en Abu Dhabi. Después de apartar la caja vacía, Bryce cedió y dejó que su invitado se quedara con la última tajada.

Madigan empujó su silla hacia atrás y arrojó la comida al otro lado de la habitación. ¡La amaba, maldita sea, y tú me la quitaste! él gritó. "Tampoco me cuentes ninguna tontería de Pete, Bryce. Dejó un mensaje de voz en mi teléfono dos días después de la última carrera y se disculpó, si quieres llamarlo así. Escucha", dijo mientras reproducía la grabación que había conservado de las últimas palabras que escuchó del asesino.

"Hola Jack", comenzaba el mensaje, "realmente lamento haber arruinado tu vida amorosa. Realmente lo estoy. Pero recuerda, ella estaba engañando a su marido, entonces, ¿qué te dice eso? ¿Que eras tan especial que ella lo dejaría por ti, solo para dejarte preguntándote si ella también estaba jugando al escondite con algún otro pene que se balanceaba por ahí? A largo plazo, estarás mejor sin ella. Sigue adelante. No culpes a Bryce por esto. Él no sabía que sentías algo por ella. Pensó que estabas resentido con ella por chantajearte, tanto como Él hizo. De todos modos, lamento haber usado el Taser contigo. Necesitaba poder hacer lo que creía que era correcto si alguno de esos imbéciles decidía joder a nuestro chico."

Madigan miró a Bryce, quien escuchaba cada palabra mientras continuaba la grabación.

"Escuchen, muchachos, saquen sus traseros de debajo

de la bota de la CIA que tienen en el cuello. Estoy aquí en África ahora. Acabo de dejarle una nota a Bryce, pero te lo diré. Me estoy muriendo y me iré antes de Navidad. Lo siento, les arruiné las cosas a ambos. Nunca tuve la intención de que ninguno de ustedes quedara atrapado en mi mierda. Búscate una mujer guapa en Charlotte una vez que hayas terminado el camino. Hay muchas de ellas por ahí buscando un buen hombre. Y tú lo eres, aunque a veces seas un capullo.'

Escucharon a Pete comenzar a reír mientras pronunciaba esas últimas palabras y respondieron de la misma manera, Madigan vio una lágrima brotar de los ojos de Bryce. Observó cómo Bryce se levantaba de la mesa para tomar dos cervezas más de la nevera.

"Lo diré de nuevo, Jack, y lo digo en serio con todo mi corazón. Lo siento. Si lo hubiera sabido, Pete no habría estado en Baja". Regresó a la mesa y se sentó, sacando una moneda de un euro de su bolsillo. Miró a su amigo hasta que vio un cambio, muy leve, en la expresión de Madigan.

"¿La tiro para ver quién limpia eso?" Bryce dijo con una sonrisa que Madigan luego reflejó.

Habiendo perdido la apuesta, Madigan limpió la pizza que había estrellado contra la puerta corrediza de vidrio. Luego se sentaron y contaron historias de sus primeros días en las carreras. Madigan anunció que había vendido su modesta casa en Carolina del Norte, ya que durante todos estos años solo había sido un lugar para hacer paradas en boxes.

"Estaba pensando en comprar un lugar en algún lugar de Mountain West, tal vez en Utah, cerca de la pista de Salt Lake. He oído que pronto abrirán allí una escuela de conducción. Pensé que podría conseguir un trabajo allí si están contratando". Vio que el rostro de Bryce desarrollaba una sonrisa de oreja a oreja.

"Oh, sí, una última cosa. Me uní al equipo esta mañana. Firmé los documentos y volé hasta aquí para decirte que estaré contigo mientras sigas persiguiendo ese segundo título".

La sonrisa de Bryce era exactamente lo que Madigan esperaba.

"Ah, y una última cosa más. La CIA quiere que te mate".

CAPÍTULO TREINTA Y DOS

La carrera en China transcurrió perfectamente. Aunque Bryce seguía mirando por encima del hombro, no escuchó nada de la CIA, ni de Lee ni del MSS. Hizo lo que Lee le había pedido en París, se portó bien en su país y se fue sin intentar eliminar a nadie. Afortunadamente, la agencia no le había pedido que hiciera nada ni atacara a nadie allí, pero ella no lo habría sabido.

La siguiente carrera tuvo lugar en Bakú, Azerbaiyán, un circuito urbano frente a las costas del Mar Caspio. Al norte estaba Rusia, al sur Irán. Pensó con seguridad que la CIA tendría un trabajo para él, el área estaba justo en el centro entre dos de los adversarios más peligrosos de Estados Unidos. Bryce no había escuchado una palabra, aunque pensó que había visto el rostro de Jason Ryan aparecer entre una multitud de espectadores, pero había desaparecido cuando Bryce lo miró dos veces. Dos semanas más tarde, la categoría estaba de regreso en España en el mismo circuito donde las pruebas de pretemporada habían iniciado el calendario de carreras. Bryce tampoco había oído nada de sus encargados antes de Catalunya, pero recordando al hombre al que había ayudado a matar con el auto de seguridad, y temiendo las repercusiones de cualquiera de las conexiones familiares o comerciales del hombre, Bryce mantuvo su agenda de apariciones ligera y la La seguridad a su alrededor es mucho mayor. Mientras se separaban en el aeropuerto para tomar vuelos de regreso a Inglaterra y Mónaco, Burns y Bryce bromearon diciendo que Madigan había sido un amuleto de la suerte muy necesario. Con victorias consecutivas y un segundo lugar, la búsqueda de otro Campeonato Mundial de F1 para el equipo y para Bryce ahora parecía posible.

El calendario seguía avanzando y el próximo evento, uno que siempre le había resultado más desafiante, se llevaría a cabo a poca distancia, hacia el nivel del mar desde su hogar europeo. Una victoria en el Gran Premio de Mónaco era el premio más prestigioso y codiciado para cualquier piloto, sólo superado por el título de la serie. Bryce estaba encantada de que Kyoto hubiera aceptado hacer su primer viaje a Montecarlo. Estaba deseando mostrarle la ciudad. También sería la primera carrera a la que asistiría en persona; ella siempre había rechazado las invitaciones de su padre para unirse a él en Japón. La carrera en sí fue una de las experiencias más intensas en las que jamás había competido y no podía esperar a que llegara el fin de semana.

◈

Kioto también estaba emocionado. Su primer viaje a Montecarlo, una carrera de F1 y, finalmente, un vistazo a la casa que conservaba este amigo suyo del jet-set. Para sorprenderlo, ella llegó un día antes. Después de un corto viaje desde el aeropuerto de Niza hasta su dirección, ella se paró en el vestíbulo de su condominio revisándose el maquillaje y esperando que él contestara su teléfono. A pesar del desfase horario debido al largo vuelo nocturno desde DC, estaba llena de anticipación. El café y el cálido y brillante sol la habían recargado, por ahora.

Estaba decepcionada de que Bryce no hubiera contestado todavía; *tal vez esté en la ducha*, pensó, *es temprano*. Siguió escuchando algo extraño resonando en el aire y finalmente le preguntó al conserje de la recepción qué era eso.

"Fórmula Uno", le dijo con una respuesta engreída, como si ella ya debería saberlo, "hoy están practicando".

Ella dijo algo en respuesta, poniendo a trabajar su primer idioma, el japonés, maldiciéndose por no saber que él estaría corriendo esa mañana y diciéndole al conserje que se metiera su presunción en un lugar muy oscuro. Volviendo al inglés, ella le dijo quién era ella, a quién iba a ver y le preguntó qué podría sugerirle que hiciera. Le dirigió una mirada al hombre, una versión francesa alta y delgada de Herman Munster pero con un bigote fino como un lápiz. Hablaba en serio, se le acababan de desinflar los neumáticos y no estaba de humor para actitudes.

"Debe comprender, señorita", comenzó, "este es el fin de semana de carreras. Todo el mundo dirá este tipo de cosas, pero de todos modos no puedo reconocer ni negar que el Sr. Winters reside aquí. Está prohibido". Ella lo fulminó con la mirada pero luego respiró hondo y se calmó. Está bien, *está corriendo. Necesito darme una ducha.*

"Apuesto a que no hay una habitación de hotel disponible en un radio de cincuenta millas de aquí", dijo.

El hombre miró su bolso y notó que el billete de avión todavía estaba atado al asa; NCE.

"Habría habitaciones en Niza, seguramente en el aeropuerto, pero no en la playa, ni en los hoteles de cinco estrellas", le dijo.

En ese momento, su teléfono vibró y ella sonrió, alejándose de Munster y acercándose a la ventana del vestíbulo para observar a los transeúntes. Se rió cuando escuchó a Bryce preguntar si todavía vendría y le dijo dónde estaba. Volar para ofrecerle una gran sorpresa había salido mal.

Después de unos minutos de ponerse al día, se giró y miró al conserje, esta vez mostrando su propia expresión engreída mientras le entregaba su teléfono. Minutos más tarde, después de que ella ingresó el código de contraseña de cinco números de Bryce para desactivar la alarma, el botones giró la llave y condujo a Kyoto al condominio de Winters. Tras recibir propina y disculparse, cerró la puerta tras él.

Caminó por el pasillo, aminorando el paso para examinar su colección de fotografías y luego se dirigió al balcón y a la sobrecarga sensorial que la esperaba allí. Abrió la puerta corrediza de cristal y el aroma de las flores del balcón la invadió. El sol estaba alto en un cielo azul sin nubes. Oyó el sonido de los coches de carreras muy abajo corriendo por las estrechas calles de la ciudad y pasando junto a docenas de magníficos yates atracados en el puerto deportivo. Era espectacular.

Bryce le había dicho que estaba completamente reservado entre las sesiones de práctica, los compromisos con los medios y los patrocinadores, y una reunión de pilotos a la que tenía que asistir. Le sugirió que se sintiera como en casa, que durmiera un poco y que él estaría allí a las cuatro como muy tarde. La ducha y más café la despertaron y se sentó de nuevo en el balcón, pero pronto se sorprendió de lo caliente que se había puesto el sol. Regresó al sofá donde Bryce y Madigan habían hecho las paces no hace mucho.

Después de un minuto de mirar la habitación, amando la brillante decoración de Santorini de la que Bryce le había hablado, se inclinó hacia adelante y ojeó los libros y revistas que él había dejado en la mesa de café de vidrio transparente. Había libros de bolsillo de Dan Brown, Jack Carr, Mark Greaney, un ejemplar de la revista Autosport y una tapa dura de My Greatest Defeat de Will Buxton. Sonrió ante lo que había encontrado hasta el momento (buen chico, buen gusto, buen lugar), pero luego cogió un libro de bolsillo que la asustó.

El título del libro era The Mechanic's Tale de Steve Matchett. La foto de portada era de un hombre, un miembro del equipo de boxes, completamente envuelto en llamas. Lo dejó caer y sacudió la cabeza con miedo.

❧

Correr por las calles de cualquier ciudad puede ser desgarrador, pero conducir a gran velocidad entre enormes barreras de hormigón duras como una roca requiere una concentración y suerte excepcionales para ganar en Montecarlo.

"Imagínese conducir por una zona de construcción, de un solo carril, con barreras de cemento a ambos lados. Ahora hazlo a tres veces la velocidad permitida, a través de curvas cerradas y algún que otro salto , con alguien cerca de ti, persiguiéndote y empujándote durante todo el camino". Así lo describió Bryce a los medios internacionales reunidos para la conferencia de prensa posterior a la carrera.

En las horas previas, ganó su primer Gran Premio de Mónaco, su primera pole allí, lideró cada vuelta y posó con su nueva chica. La realeza, el príncipe soberano, engalanó las ceremonias del podio. Cuando la atención se desvió de la carrera y de la belleza asiática que había besado ante las cámaras, el tono de Bryce cambió ligeramente.

"Ella es una querida amiga. Su padre, que falleció recientemente, era un gran admirador en Japón, y eso es todo lo que diré. Ahora volvamos a la historia de la carrera".

Después de una ducha rápida y un cambio de ropa, Bryce, Kyoto, Kazaan, Burns y un tambaleante Madigan cruzaron la pista hacia las fiestas y celebraciones en yate tras yate, organizadas por millonario tras multimillonario, estrellas de cine y deportes.

"Primero Madigan y ahora esta encantadora dama". Dijo un ebrio Burns mientras levantaba otra copa de champán para brindar por los dos y por el éxito del fin de semana. "Ambos nos han traído suerte".

Bryce no podría estar más feliz, pero sabiendo que Kyoto tenía que irse temprano a la mañana siguiente, dio por terminada la noche. La pareja regresó a su condominio para hacer lo que hacen los amantes.

En el coche se burló de ella. "Olvídate del trabajo, reporta que estás enfermo, quédate la semana", rogó. Ella lo pensó, al menos eso es lo que Bryce asumió cuando vio que su atención se dirigía hacia otra parte.

"No puedo hacerlo", dijo mientras se volvía hacia él. "Tengo un trabajo que hacer. Pero estaré allí en Montreal". Él sonrió cuando ella dijo algo, tal vez una broma, en francés. Siempre había encontrado ese lenguaje sexy, pero venir de los labios de esta hermosa mujer japonesa lo hacía aún mejor.

CAPÍTULO TREINTA Y TRES

Los veranos en Burlington, Vermont, contrastaban marcadamente con los vibrantes colores del otoño y los inviernos allí, con las temperaturas frías cayendo sobre la tierra y el lago Champlain congelado que separaba el estado de Nueva York. En verano todo era verde; el lago estaba templado y lleno de veleros y motos acuáticas. La región estaba ahora repleta de turistas, campistas y viajeros.

En esta semana de junio, muchos pronto se dirigirían al norte, recorriendo los noventa kilómetros hasta Montreal y la siguiente parada del calendario de Fórmula Uno. Bryce voló comercialmente a Boston desde Niza vía París y luego alquiló un automóvil para cruzar Nueva Inglaterra. Para alguien que arriesga su vida al volante y lo amaba, un viaje panorámico a una velocidad significativamente más baja a través de New Hampshire y hacia la región en la que había crecido era puro placer.

En el camino se detuvo en Montpelier, la capital de Vermont, para saludar al Gobernador, quien solía correr autos en las mismas pistas: Thunder Road, Lee, Stafford y muchas otras. Después de posar para fotografías con la policía estatal de Vermont en la casa estatal, se dirigió nuevamente hacia el norte, hacia el único lugar que tenía que visitar antes de cruzar la frontera hacia Canadá.

Los cementerios son lugares difíciles. Son recordatorios de lo que se ha perdido y de lo que está por venir. Para los pilotos de carreras, son crudos recordatorios de lo que podría ocurrir muy prematuramente. Para Bryce, visitar la tumba de su padre, y ahora la de Pete, siempre fue triste. Anhelaba lo que podría haber sido, pero siempre los dejaba atrás con una sonrisa, eligiendo pensar en los momentos más felices que en los días en que paleaba tierra para cubrir sus ataúdes.

Los hermanos estaban juntos de nuevo, para siempre. Bryce se rió al imaginarse a los dos haciendo pasar un mal rato a los porteros del cielo mientras revisaban sus credenciales, exigiendo que los dejaran entrar. Luego dirigió su atención a Christy. Caminó la corta distancia hasta su lápida y miró fijamente la fecha. Habían pasado casi diez años desde que murió en ese horrible accidente. Casi diez años desde que sintió el dolor que nunca lo abandonaría. Había sufrido accidentes muy duros a lo largo de los años, pero amaba las carreras más que nada. Tanto es así que el riesgo de dolor y sufrimiento no lograban impedirle regresar.

"Diez años es mucho tiempo", le susurró. No había amado a nadie desde ella, pero ahora su corazón y su mente se habían curado lo suficiente como para finalmente dejar entrar a alguien más. *Tengo que dejarte ir Christy,* le dijo sin decir una palabra. *No es justo para ella que siga extrañándote y sufriendo por lo que pasó. Nunca te olvidaré, pero hoy será mi último adiós.*

Se paró junto a su tumba, pensando en ella durante unos minutos más. Pero sintió que había alguien cerca y, temiendo que lo hubieran reconocido, regresó a su auto antes de que tuvieran tiempo de acercarse a él.

CAPÍTULO TREINTA Y CUATRO

El plato que voló por la cocina y se hizo pedazos contra el fregadero fue lo último que arrojó Kyoto antes de que su hermano Jon la rodeara con sus brazos para desactivar su arrebato.

"¿Por qué no me lo dijiste?" le había gritado, más por el corazón roto que por la rabia mental que había sentido unos minutos antes.

Se aferró a ella hasta que pudo sentir la tensión liberarse a través de sus lágrimas. Jon la guió hasta una silla junto a la mesa de la cocina y apartó el último plato que quedaba de su alcance.

Ella suspiró. "He terminado. Ya terminé con los platos, ya terminé con el amor, ya terminé", le dijo.

Había querido contárselo antes a su hermana, su única hermana, pero no había podido hacerlo hasta que vio la carrera. Había visto la F1, tal como lo había hecho con su padre, mientras crecía y heredó la pasión de su padre por ella. Cuando vio a Bryce Winters de pie en la sala de su hermana hace poco tiempo, se sintió emocionado pero en conflicto. La alegría que había visto en los ojos de su hermana mientras estaba de pie junto a su nuevo novio, tomándole la mano, lo había puesto en mal estado.

"Quería decirte. Sabía que debería hacerlo", había dicho. "Pero eso habría puesto en peligro mi autorización de seguridad e incluso mi trabajo". Se inclinó y susurró, como si alguien pudiera oírlo. "Hay algunos hombres serios en la CIA y operadores aún más serios trabajando como contratistas para ellos. No quiero enojar a nadie afiliado a Langley. Punto."

Ella lo miró, con los ojos todavía rojos por las lágrimas. "Entonces, ¿por qué ahora? ¡Qué carajo! Me dices que el chico del que me estaba enamorando es un asesino. ¿Tienes que conservar tu trabajo por un tiempo, pero me dejaste en la cama con un tipo que mata gente? ¿Ese trabajo es más importante que yo para ti?

Pasaron la siguiente hora repasando una y otra vez todo lo que él le había contado, todo lo que sabía sobre Bryce, Madigan y sus escapadas. Le habló de Baja, de cómo dos agentes de la CIA habían sido asesinados en lo que algunos sospechaban que era una represalia por el golpe de Bryce en Sochi. Otros sintieron que había orquestado algo en un intento de liberarse de la CIA.

"¿Estás diciendo que no sólo mata a criminales y enemigos de Estados Unidos, sino que también elimina a agentes de la CIA? ¿Ha matado a agentes de la CIA? ella gritó.

"No hay pruebas de que haya eliminado a su manejador y a su jefe, pero eso es lo que cree el equipo con el que trabajaron o al menos eso es lo que he oído".

"¿Estás en riesgo? ¿Estamos en riesgo nosotros?" —preguntó, y su ira se convirtió en pánico.

Intentó calmarla pero vio cómo la mente de su hermana daba vueltas. Se especializó en Derecho Internacional y es brillante en ello. *Ella ya descubrirá algo*, se dijo. El esperó.

"Ahora que tu cara ha sido plasmada en todo el mundo besando a un asesino, ¿cómo crees que te afectará esto? ¿Lo volverás a ver alguna vez o no? dijo mientras colocaba un vaso alto de vodka, sin hielo, frente a ella.

Respiró unas cuantas veces y miró fijamente a su hermano. Ella no dijo una palabra más, se sentó en silencio y bebió el alcohol sin inmutarse. Sus ojos parpadearon mientras sacudía su cabeza y tosió en respuesta al gusto del licor. Observó cómo su expresión cambiaba de ira y frustración a una sonrisa.

"Quién sabe, tal vez pueda conseguir un contrato con Revlon o uno con Chanel", bromeó mientras se secaba las pocas lágrimas que le quedaban. Entonces Kyoto se levantó y caminó hacia la barra, se sirvió otro vodka y regresó a la mesa.

Jon protestó. "¿No crees que uno fue suficiente?"

Ella volvió a sonreír. "No, este es por ti. ¡Ahora bájatelo o te patearé el trasero por no decírmelo!

Hizo una mueca pero se tragó el vodka. Nunca había podido beber licor fuerte en nada más que un vaso de brindis.

Ella estaba contenta. "Me alegra ver que todavía no puedes beber; uno de nosotros necesita mantener la calma mientras solucionamos esto".

"¿Qué hay que ordenar?" preguntó, apartando el vaso y levantándose para buscar algo en la cocina para quitar el sabor.

"Bueno, desde un punto de vista legal, has violado tu autorización de la CIA. Eso nos pone a ambos en riesgo por parte de la CIA, no sólo a Bryce. También tengo que decirle que hemos terminado y no lo entenderá".

Jon la miró y sacudió la cabeza lentamente. "Esto no puede estar pasando. Ha desarrollado una relación, de trabajo, con su nueva manejadora Sandra Jennings. Si quisiera, podría pedirle que te investigue y tal vez incluso nos vigile si cree que la ruptura es una tontería. Quitó la tapa de una lata de patatas fritas que había encontrado en un armario y empezó a comerlas.

Cogió la lata y la apartó para poder compartirla.

«¿Puedes obtener protección del trabajo?» preguntó.

"Sí, claro", dijo con tono sarcástico. "Me acabo de mudar aquí desde Japón, ni siquiera me he instalado del todo todavía, y mi novio está matando gente para la CIA. Necesito romper con él y de alguna manera asegurarme de que tanto mi tonto analista de la CIA, mi hermano que debería haberlo sabido mejor, como no terminemos flotando en el Potomac". Ella rió. "¿Es así como ves que eso se desarrolla en mi trabajo?"

"¿Nunca le dijiste a Bryce dónde trabajabas?"

"No. Lo único que dije fue que acepté un nuevo trabajo practicando derecho internacional en una gran firma con sede en Washington. Cosas aburridas que te harían dormir y mucho menos emocionantes que conducir autos de carreras alrededor del mundo".

Permanecieron sentados en silencio durante un rato. Y entonces Kyoto agarró su teléfono y habló durante un minuto.

"¿Qué hiciste?" -Preguntó Jon.

"Dos cosas. Pedí una pizza y luego cancelé mi vuelo a Montreal".

"¿Vas a decirle que no irás?"

"No estoy seguro. Primero, tengo que vomitar y deshacerme del vodka. Necesito tener la cabeza despejada. Entonces podremos hablar mientras comemos. Podemos resolver esto. Sé que podemos".

Jon sonrió. Su hermana siempre había sabido qué hacer en caso de apuro. "¿Qué puedo hacer?" preguntó.

"Limpiar los platos, eso es lo mínimo que puedes hacer por no decírmelo", ordenó.

Él se ocupó de la tarea mientras ella se arreglaba. Cuando regresó a la cocina, se había cambiado su traje azul oscuro por una camiseta y pantalones cortos blancos, y su largo y sedoso cabello negro recogido con una cinta.

"¿Qué opinas de que me transfiera a la CIA?" preguntó ella, su tono serio. Jon pensó dos veces al pensarlo. "Eso es gracioso", dijo.

"Sólo iba a preguntar sobre una transferencia a trabajar contigo".

CAPÍTULO TREINTA Y CINCO

Sandra Jennings nunca había estado en Montreal, pero había volado allí para reunirse con sus homólogos del CSIS,- el Servicio de Inteligencia de Seguridad de Canadá-. Sus oficinas para la provincia de Quebec estaban ubicadas en un anodino edificio sin ascensor en la parte baja de la ciudad, a tiro de piedra del río San Lorenzo. Quería matar dos pájaros de un tiro, reunirse con ellos y luego pasar un rato con Bryce para hablar sobre una persona de interés. Estaría compitiendo en Alemania dentro de seis semanas y había alguien de quien debía ocuparse allí. Sabía que sería un tema delicado y lo estaba esperando en su suite en el Sheraton Center del centro.

"¿Cómo diablos llegaste aquí?" preguntó, sorprendido de encontrar a alguien más que una empleada ordenando su habitación.

Ella sonrió y le dirigió una mirada que le recordó que era una espía de la CIA. Afortunadamente, la encontró sentada junto a la ventana de su habitación después de cerrar la puerta detrás de él. El equipo de seguridad de la F1 estaria presente durante todo el evento. Si hubieran escuchado su conversacion, habrían estado detrás de él en segundos.

Jennings le dijo a Bryce que solo estaría allí por un corto tiempo para abordar el tema de su próxima asignación y luego se iría. Cuando notó que su teléfono lo distraía, le preguntó si todo estaba bien.

"Sí, sí, -simplemente no puedo comunicarme con alguien. Tengo una amiga que viene a la carrera y no responde a mis llamadas ni a mis mensajes de texto".

"¿Ella es Kioto Watanabe?" ella preguntó.

Su expresión de asombro delataba sorpresa e ira. "¿Espiándome?"

"Solo te cuido, Bryce. Te dije cuando nos conocimos en la escuela de manejo que quería trabajar contigo. Usted aceptó los términos nuevos y más amigables de nuestro acuerdo. No vamos a poner micrófonos en tu dormitorio. Simplemente asegurándote de que las personas con las que estás no estén allí con agendas siniestras. ¿No te gustaría que investiguemos a las modelos rusas atractivas con las que sales en el extranjero para asegurarnos de que no haya ninguna posibilidad de compromiso allí?

Él lo consiguió. Sacudió la cabeza y dejó su teléfono. Caminó hasta la ventana y miró hacia San José, una basílica católica con una de las cúpulas más grandes del mundo, situada en lo alto de Mount Royal con vistas a la ciudad. No era católico ni una persona de ninguna fe, pero podía apreciar su arquitectura.

"Lo entiendo", dijo. No estaba seguro de qué tan buenas eran sus habilidades de actuación ese día. Le preocupaba que Kyoto no hubiera aparecido todavía, que la CIA se hubiera presentado en su habitación sin previo aviso y sin invitación, y que no podía entender lo que Susan Lee había dicho en París. Recordó las palabras que ella le había escrito en una suite de hotel mucho más extravagante unos meses antes.

¿POR QUÉ LA CIA TIENE UN MICROFONO EN TU TELÉFONO?

Lee no había ofrecido ninguna prueba en ese momento, pero desde entonces Bryce no había corrido ningún riesgo. Cualquier cosa que no quisiera que la CIA supiera, no la discutía, ni enviaba mensajes de texto ni correos electrónicos con su teléfono en ningún lugar cercano. Comenzó a depender de teléfonos descartables, que podía usar y desechar. Cuando Jennings comenzó a diseñar la siguiente tarea, Bryce se encontró mirando primero las lámparas de la habitación, luego la pantalla plana y finalmente el teléfono en la mesa de noche. *¿Me pregunto si habrán puesto micrófonos en el lugar?*

"Bryce, puedo ver que estás distraído. Créame: la verificación de antecedentes en Kioto fue SOP, -procedimiento operativo estándar, - y ella está tan limpia como una silbato, a pesar de que chocamos con su empleador de vez en cuando".

Bryce se concentró. "¿Su empleador? ¿Cómo es eso?"

"El Departamento de Estado no siempre está de acuerdo sobre lo que hacemos o cómo lo hacemos, pero en general nos llevamos bien. ¿No sería divertido si algún día ustedes dos se sentaran juntos en una sesión informativa?

¿Estado? Ella nunca dijo exactamente para quién trabajaba y nunca le pregunté -qué tonto.

"Está bien, cuéntame más sobre Alemania". Una hora más tarde, después de una discusión que pareció tocar todas las emociones de Bryce, aceptó la tarea. Al menos eso fue lo que le dijo a Jennings.

"Creemos que eres el único que puede acercarse tanto a él sin activar seguridad adicional, hacerlo correr o dejar un rastro sospechoso. Lo que hemos planeado será humano. Pero te puedo asegurar que si no ejecutas esto correctamente, alguien más lo hará, y será de una manera mucho más complicada".

"Pero tiene un hijo", respondió Bryce, la regla que juró que nunca rompería.

"Haciéndolo de esta manera, al menos podrá decir adiós. Si alguien más lo hace, ella no lo hará. Piénsalo de esa manera, Bryce", sugirió. "Sé que eso te importa". El asintió. Cualquier cosa para dejar atrás esta reunión; asi centrarse en dónde podría estar Kioto. Procesaría lo que acordó más tarde.

Finalmente, llegó un mensaje de texto que lo detuvo en seco.

NO VOY. ESA FOTO DEL HOMBRE EN FUEGO QUE ENCONTRÉ EN TU CONDOMINIO ME RECORDÓ LO PELIGROSA QUE ES TU VIDA. NO QUIERO ENAMORARME DE NADIE QUE CORRA RIESGOS ASÍ. OJALA ME HUBIERA DADO CUENTA DE ESO ANTES EN LUGAR DE ENTRAR EN ESTO.

POR FAVOR NO ME LLAMES NI PERSIGAS. NO PUEDO HACER ESTO. ADIOS-.

CAPÍTULO TREINTA Y SEIS

BERCHTESGADEN ES UNA pequeña ciudad en el sureste de Alemania, cerca de la frontera con Austria.

Los Alpes alemanes, con persistentes mechones de nieve invernal que duran hasta bien entrada la primavera, rodean la pequeña ciudad a orillas del tranquilo lago Konigsee. La familia de Max Werner vivió aquí durante décadas una extensa casa de estilo alpino.

Un destino turístico ubicado en lo alto de una montaña que fue visitado durante la Segunda Guerra Mundial por Adolfo Hitler, continuó atrayendo visitantes de todo el mundo setenta y cinco años después del suicidio del dictador en Berlín. Werner nunca había visitado la cima de la montaña, el llamado Nido del Águila, y prefería, como la mayoría de los alemanes, dejar atrás esa vergonzosa historia y mirar sólo hacia el futuro.

Bryce pasó unos minutos hablando con el guardaespaldas que vigilaba la puerta principal; se conocían desde hacía años. Mientras Bryce conducía a través de la fina capa de grava hacia Werner Estate, tenía emociones encontradas sobre la reunión que estaba a punto de tener lugar. Esperaba compartir algunas risas, gritar unas cuantas veces, dar un pequeño paseo por el camino de los recuerdos y luego matar a alguien para la CIA.

Werner saludó a Bryce en la puerta principal con una sonrisa y condujo a su invitado a través de la espaciosa sala y el comedor. Vigas de madera expuestas formaban el techo, llegando hasta la pared de vidrio que revelaba una magnífica vista del lago.

"Es espectacular, Max", dijo Bryce mientras estaba junto a su amigo y exjefe del que estaba separado. "Gracias por invitarme."

Werner murmuró lo que Bryce creía que era "por supuesto" y luego siguió a su anfitrión a través de una puerta que coincidía con la entrada principal y conducía a una oficina grande y bellamente decorada. Mientras Bryce tomaba asiento frente al escritorio de Werner, continuó admirando la arquitectura y el espacio. La vista del lago se mantuvo en toda la parte trasera de la casa.

"¿Mila no está aquí hoy?" Bryce le preguntó a la hija de Werner, que ahora tiene nueve años. Había conocido al único hijo de Werner cinco años antes durante un fin de semana de esquí en Zermatt, y los dos llegaron a considerar su relación como la de tío favorito y única sobrina.

"No, ella *nunca* viene aquí. Su madre no lo permitiría. Me sorprende que no recuerdes la historia. Aquí es donde su madre me encontró con otra mujer. A partir de ese día, este lugar estuvo prohibido".

Bryce *había* recordado que Mila no estaría allí, pero tenía intención de continuar con la farsa.

"Entonces, pediste reunirnos. ¿De que querias hablar?"

"Tengo un problema. Uno de los ingenieros de carrera

me dijo que el gato que le regalé a Mila por su cumpleaños murió, así que le traje un regalo. Maldita sea."

"Eso fue muy amable de tu parte, pero no necesario. Vuelo a Munich por la mañana. Puedo llevárselo si quieres".

Bryce levantó el pulgar, se levantó de la silla de cuero color burdeos y caminó hacia la pared a la que Werner se enfrentaba todos los días. Bryce admiró las docenas de fotografías montadas de los éxitos de Werner en NASCAR, Indy Car y Fórmula Uno, y notó una cosa que todas tenían en común: el rostro de Bryce estaba en cada una de ellas.

"Lo hicimos bien juntos, ¿no?" dijo Werner. "Pero para nosotros dos, Canadá y Francia fueron un desastre total, ¿no te parece?"

De hecho, la carrera de Montreal había sido una pesadilla para ambos; Bryce calificó mal y luego se estrelló en la primera vuelta cuando giró bruscamente para evitar un auto que giraba y chocó a otros dos. Uno de esos coches pertenecía a Werner. Luego, una semana después, en el histórico Circuito Paul Ricard en Francia, los problemas de motor que plagaron al equipo de Bryce al comienzo de la temporada volvieron para atormentarlos y los obligaron a retirarse anticipadamente. Los pilotos de Werner, Bishop y el novato español Renaldo Patrice, habían luchado por el liderazgo. A falta de dos vueltas, a pesar de las órdenes del equipo de comportarse, se estrellaron y permitieron que una prometedora estrella rusa, Nikita Pushkin, se llevara la victoria y avanzara mucho más arriba en la lucha por los puntos.

"Bryce, ha pasado mucho tiempo desde que nos conocimos en Nueva York. Hemos logrado mucho juntos, muchísimo. Pero tengo que decir que has cambiado y eso me preocupa", dijo Werner mientras lo observaba examinar la colección en la pared.

"Lo sé, Max. Solía reírme todo el tiempo, contar chistes, divertirme con el equipo, pero con el tiempo las cosas se me han desgastado. Me han arrancado la diversión y la risa". Sin volverse hacia su anfitrión, le contó un incidente que había tenido lugar más de un año antes en una ciudad, y luego en otra, y luego en otra.

"¿Me estás diciendo que tu tío mató a esos hombres y que tú y Jack Madigan ayudaron a deshacerse de los cuerpos? ¿Estás loco?"

Bryce se volvió hacia él. "No, Max, y lo que viene después sonará aún más loco". Luego relató que la CIA había descubierto de alguna manera grabaciones de vídeo de Bryce y Madigan haciendo el trabajo de limpieza y cómo se acercaron a ellos con una oferta que no pudieron rechazar. "Todo fue demasiado simple. Dijeron que como no parecíamos tener problema en mancharnos las manos con un poco de sangre, tal vez deberíamos ayudarlos de vez en cuando".

Werner se levantó de detrás de su escritorio y cruzó la habitación hacia Bryce.

"¿Por qué no me dijiste sobre esto cuando sucedió? Podríamos haber llamado a los abogados y arreglarlo. Sabes cuán extensas son mis conexiones en todo el mundo. Podríamos haberte sacado de este lío".

Bryce miró a Werner y sacudió la cabeza. Continuó diciéndole que el trato debía aceptarse en ese momento, en ese yate en Abu Dhabi. Cualquier retraso y las autoridades de los EE. UU. y de los tres países donde Pete Winters había matado a personas notificarían a las autoridades de inmediato.

"Tenía tres cosas en las que concentrarme esa noche. Mantenerme fuera de prisión, mantener mi trasero en tus autos de carrera y mantener el nombre de Werner fuera de un posible escándalo global". Oyó que el aire abandonaba los pulmones de Werner cuando el hombre se dejó caer en una silla a su lado.

"No sé qué decir, Bryce. Ojalá me lo hubieras dicho".

Bryce se encogió de hombros y miró hacia otro lado. "El acuerdo se consideró ultrasecreto. Se firmaron documentos y se colocaron pruebas incriminatorias sobre nuestras cabezas.

"Dios mío", gimió Werner.

"Lo que no sabían, lo que no les dije hasta después de la muerte de Pete, fue que él había sido el asesino. Quería protegerlo. Él era mi sangre, el único pariente consanguíneo que me quedaba. Convencí a Jack para que aceptara el trato, trabajara conmigo y saliera adelante. Puse un millón de euros en su cuenta para agradecerle y mantener la boca cerrada. La única salida que teníamos era que me retirara de la conducción. Si ya no desempeñaba el papel, haciendo todo el asunto del acceso a las celebridades, acercándome a los jugadores poderosos de lo que sus agentes jamás podrían hacerlo, el trato se rescindía y Jack y yo éramos libres de irnos. Lo teníamos por escrito".

Werner estaba sentado escuchando en silencio, mirando por encima de su escritorio hacia el lago y el paisaje montañoso al otro lado.

"¿Me estás diciendo que la CIA te ha convertido en un sicario? Eso es increíble. No puedo creerlo".

Bryce le dio una mirada que decía "créelo".

Werner se levantó y caminó hacia el pequeño pero bien abastecido bar en la esquina de la oficina. Se sirvió un whisky y se volvió hacia Bryce, haciendo un gesto con la botella. Bryce negó con la cabeza y observó cómo Werner hacía su doble y luego regresaba a la silla de su escritorio. La hizo girar para mirar hacia el agua. Los dos hombres no dijeron una palabra más durante lo que a Bryce le parecieron cinco minutos. Entonces Werner se dio la vuelta, con el vaso vacío y los ojos rojos de emoción.

"Es por eso que no firmaste el nuevo acuerdo, ¿no?", exclamó, sacudiendo la cabeza con lo que Bryce interpretó como arrepentimiento.

"Sí. Es. No podría decirte por qué no quería extender el trato. Quería ganar el título, pensé *que íbamos a ganar la maldita cosa*, y podría tener una ventaja sobre Andretti y terminar con la CIA". Miró a Werner. "Y luego te armaste los pantalones y firmaste con ese imbécil. Esos dos idiotas se unieron y me costaron, *nos* costaron, el campeonato. Todo lo que pude ver fue rojo. Algo a lo que ya me he acostumbrado, supongo. Firmé con ProForce".

"¡Mierda!" Gritó Werner mientras arrojaba su vaso al otro lado de la habitación. Miró por la ventana. "Soy un multimillonario con contactos y contratos en todo el mundo. Algunas de estas personas y organizaciones pueden tener reputaciones cuestionables, pero su dinero es bueno, muy bueno, y sus conexiones en el gobierno me han ayudado a llegar a donde estoy hoy. Y financió tus carreras, Bryce. Podría comunicarme con ellos, algunos en particular, que podrían ayudar. Dado que ahora estás operando en un mundo oscuro, tal vez podamos usar algunos otros que nadan allí para quitarte de encima a la CIA".

Bryce dijo: "Ese es el problema, Max. Tu nombre apareció la última vez que estuve con mi manejador. Me dijeron que estabas nadando en esas aguas oscuras y que ahora eras el centro de su atención". Bryce observó cómo la expresión de Werner cambiaba abruptamente. Los ojos del alemán se enfocaron, se relajaron y se reenfocaron. Pudo ver cómo su respiración cambiaba. Werner era un personaje genial, pero esto lo había inquietado.

Finalmente, la mirada del multimillonario volvió a centrarse en su invitado.

"¿Qué me estás diciendo? ¿Que te han enviado a matarme? Eso es absurdo. ¿Qué lograría eso para ellos? Nichts – ¡nada!"

Bryce le dio a su amigo una sonrisa triste. "No, Max, no me han enviado aquí para matarte. Eso sería verdaderamente absurdo. He venido aquí para advertirte. Es posible que alguien más venga a buscarte. Bryce se acercó a la amplia ventana que daba al lago. "Tal vez alguna noche, cuando estés aquí trabajando hasta tarde, un disparo desde un barco atraviese esta ventana y tu cabeza. Así es como juegan este tipo de cosas. Utilizarán su tecnología y sus conexiones con el hampa para plantar las semillas que Irán, China o los rusos (entidades con las que desearían que no hubieras estado trabajando) te sacaron por alguna razón. Quizás un acuerdo incumplido, un precio elevado, un pedido no cumplido. Lo que sea."

Werner parecía asustado. Se movió hacia un lado de

la ventana y corrió las pesadas cortinas color burdeos para cerrar la vista y ocultar su objetivo. Bryce sugirió a Werner que se sirviera otra copa y considerara volar a alguna isla realmente pequeña donde lo olvidarían. Tal vez.

"Al diablo con eso", afirmó Werner mientras golpeaba su vaso ahora vacío sobre su escritorio. "No huyo de nada ni de nadie, Bryce. Tú lo sabes. Desarrollaré un plan de acción e iré a la guerra si es necesario. Dos pueden jugar a este maldito juego. Dime el verdadero nombre de tu supervisor y comenzaremos con él y dejaremos una cabeza en una caja para su jefe.

Bryce negó con la cabeza. "Max, piensa en Mila. Es mejor verla cuando puedas que que ella no vea nada más de ti que una lápida. Puedo asegurarle que lo eliminarán si continúa en el negocio. Yo no, pero ellos sí".

"Que se jodan", afirmó Werner con valentía. "No puedo correr. No correré".

"Se acabó, amigo mío. Por favor, sigue mi consejo", dijo Bryce mientras se acercaba a Werner. "¿Qué va a ser?"

"Que se jodan", afirmó de nuevo.

Bryce vio la determinación en los ojos y las palabras de Werner. Sacudió la cabeza con pesar y luego miró su reloj. "Acompáñame hasta el auto. Quiero darte el regalo de Mila. Puedes dárselo mañana como dijiste".

Cuando los dos hombres cruzaron la puerta principal y salieron a la grava, se detuvieron y se miraron el uno al otro.

"Max, pase lo que pase, nunca podré agradecerte lo suficiente por todo lo que has hecho por mí. Me has dado una oportunidad que nunca podré pagar". Se quedaron quietos y luego se abrazaron, con lágrimas formándose en sus ojos.

"Esto se siente como un adiós", dijo Werner mientras reprimía la emoción y daba un paso atrás, forzando una sonrisa.

"Sólo hasta la próxima, amigo mío. Ahora aquí", dijo, abriendo la puerta del lado del pasajero de su BMW azul oscuro alquilado. Le entregó a Werner una caja envuelta en regalo, papel morado y un lazo (los colores favoritos de Mila, según recordaba).

"Bryce, hay agujeros en esa maldita cosa. ¿De verdad le compraste otro gato? Bryce sonrió.

"Dale mi amor", dijo y luego caminó hacia el lado del conductor, subió, se abrochó el cinturón y se fue, saludando a Werner desde el interior del auto mientras se acercaba a la puerta.

Bryce pasó unos minutos más hablando de nuevo con el guardia y luego se fue, dirigiéndose al aeropuerto, a media hora en coche de Salzburgo. Regresaría para relajarse en Montecarlo durante dos días antes de la carrera en Spielberg en el Red Bull Ring. Mientras conducía se imaginaba lo que estaba pasando en la finca Werner. Conocía bien al hombre, muy bien. Se lo imaginó llevando la caja a su oficina, abriéndola para inspeccionar al recién llegado y, poco después, muriendo tranquilamente en su silla.

Al principio le había parecido ciencia ficción. La CIA había hecho un buen trabajo seleccionando a un gatito en particular del lote, uno negro que tenía bastante temperamento y arañaba, se aferraba y luchaba con cualquier mano que se le acercara. La toxina que pintaron en las uñas del gatito solo permanecería activa durante tres horas y luego quedaría inútil en el aire. Una vez que se aseguró de que el método había tenido éxito muchas veces antes, lo aceptó de mala gana.

Bryce se imaginó a Werner maldiciendo pero colocando con cuidado al gato nuevamente en la caja o tal vez dándole un tazón de leche en la cocina antes de regresar a su oficina. el necesitaría estar haciendo llamadas, muchas llamadas, para lidiar con lo que Bryce acababa de decirle. Sin embargo, en treinta minutos, la toxina indetectable se habría aprovechado de la arritmia con la que Werner había tenido que lidiar toda su vida y lo habría matado sin dolor ni previo aviso. Su cabeza caería sobre su escritorio y alguien descubriría su cuerpo ese mismo día.

Al menos eso es lo que le había dicho la CIA. Ese era el trato que había hecho con ellos. Ningún disparo en la cabeza de un extraño en un barco. Como resultado, no hay ataúd cerrado. Mila al menos tendría la oportunidad de verle la cara por última vez y despedirse. El gato encontraría un hogar y Bryce estaría solo. Volvió sus pensamientos a Mila y se imaginó sus lágrimas. Consideró llamar a Max pero no pudo. Luego sus pensamientos se dirigieron a Kioto.

Se imaginó las lágrimas que ella había derramado cuando él le rompió el corazón. Había tratado de explicar que las carreras eran mucho más seguras en estos días: que el reabastecimiento de combustible durante las paradas en boxes se había eliminado en la F1 y que no tenía intención de correr para siempre. Pero ella nunca respondió a sus llamadas, mensajes de texto y correos electrónicos, así que finalmente él también la dejó ir. Con el tiempo, transformó la emoción por su pérdida de tristeza a ira, su manera de afrontar la situación. *Ella ni siquiera me dIó la oportunidad de hablarlo, así que que se joda,* pensó mientras conducía hacia Salzburgo.

Momentos después, obligó a que los pensamientos sobre ella se alejaran de su mente. Admiró la impresionante fortaleza de Hohensalzburg, una estructura parecida a un castillo construida en 1085 que se encontraba en lo alto del punto más alto de la ciudad. Amaba la región y se había imaginado llevar Kioto allí algún día. Pero ahora esos sueños se habían ido. Cuando se detuvo en el lugar de devolución del auto de alquiler, apagó el auto y se detuvo, despidiendo al asistente que se había acercado para ofrecerle ayuda o solicitar un autógrafo. Bryce simplemente se sentó allí y miró a través del parabrisas, perdido en sus pensamientos. Miró por el espejo retrovisor y se quedó mirando a sus propios ojos. ¿Qué acababa de hacer? ¿En qué se había convertido? Después de un minuto, tomó su teléfono y abrió la lista de contactos de Max. Su mirada volvió al espejo. Cuando corría, Bryce tenía hielo en las venas, no temía a nada y estaba decidido a derrotar a sus oponentes. Aquí y ahora, él era sólo un hombre triste que amaba a su tío Pete y se había visto obligado a convertirse en un asesino para protegerlo. Ahora acababa de poner fin a la vida de alguien a quien amaba. Luego pensó en los crímenes que, según la CIA, Max había cometido y que pusieron a Estados Unidos en peligro. *Que se joda,* susurró mientras se limpiaba una lágrima que había comenzado a bajar por su mejilla derecha. Volvió a guardar el teléfono en el bolsillo de su chaqueta y minutos después, después de encargarse de algunos autógrafos y sonreír para una docena de selfies, se subió a su jet para el corto vuelo a su oasis con vistas al Mediterráneo.

Su padre, su tío, su novia y ahora el hombre que le había dado todo lo que necesitaba para ganar, se habían ido.

CAPÍTULO TREINTA Y SIETE

El Red Bull Ring de Spielberg, cerca de Viena, era una de las pistas favoritas de Bryce. Le encantaba el circuito, las vistas de las montañas que formaban el horizonte y la atmósfera bávara que esperaba cada año. Esta vez, las cosas serían muy diferentes en la comunidad de carreras.

Muchos allí recibieron con sorpresa la noticia de la muerte de Max Werner. Parecía fuerte y en buena forma, y la noticia de un ataque cardíaco debido a una enfermedad congénita sorprendió a muchos. El director del equipo Werner encuestó a los ingenieros y al personal de apoyo que se dirigían a Austria y a los que trabajaban desde su sede en el centro de Inglaterra. Todos estuvieron de acuerdo en que debían seguir y correr.

Nunca hubo dudas con Bishop o Patrice: estaban compitiendo por un campeonato mundial. Independientemente de que se preocuparan o no por el dueño de su auto, ahora fallecido, ambos proclamaron en las redes sociales que dedicarían el resto de la temporada a la memoria de Werner. La junta directiva de Werner se reunió en Munich el día después de su muerte y acordó continuar operando el equipo de carreras y cumplir con los requisitos y garantizar los derechos de los patrocinios del equipo, que eran muy lucrativos. Cómo podrían cambiar las cosas para el Año Nuevo podría esperar hasta después de la carrera de final de temporada en Abu Dhabi. Entonces, todos correrían en Spielberg y luego se reunirían nuevamente en Munich el martes después de la carrera para celebrar la vida de Werner y enterrarlo en la ciudad donde nació.

El clima cooperó y proporcionó el escenario perfecto para el duelo de fin de semana entre Bryce y Bishop. Habían establecido un récord en la clasificación sólo para que el rival lo rompiera en la siguiente vuelta y luego mejoraron ese récord, una y otra vez. Arrancando en la pole, Bryce estaba sentado en el auto, el brillante sol bloqueado ligeramente por el dispositivo de halo sobre su cabeza. Sacudió la cabeza ante la idea: un halo sobre el hombre que acababa de matar a otro. Bryce había dicho muchas cosas buenas sobre su difunto amigo y exjefe cuando se dirigió a los medios el día de la instalación, pero todo eso quedó atrás. Ahora era el momento de correr y lo hizo.

Luchó contra Bishop, quien finalmente se abandonó debido a una falla en el motor, y luego mantuvo a raya a su propio compañero de equipo Dickie Jones para ganar el evento. En lo más alto del podio mientras sostenía el trofeo en alto y con lágrimas en los ojos, Bryce dedicó la victoria a Max Werner.

Desde Viena, Bryce voló directamente a Munich, donde intentó visitar a Mila y a su madre para expresarles su pésame antes del funeral, pero habían ido a la casa de su padre, en Lucerna, Suiza. Se habían dejado instrucciones a su personal de que querían total privacidad. Respetó los deseos de la familia y se preparó para la agonía de lo que estaba por venir.

La dedicación, la camaradería y la pasión de la comunidad de carreras lo convierten en un grupo muy unido. El hecho de que la gente muera haciendo lo que aman, en lo que realmente son buenos, hace que el deporte del motor sea una hermandad –una familia– de hombres y mujeres. Cuando ocurre una pérdida, la comunidad responde y en Crailsheim, Alemania, el lugar de nacimiento de Max Werner, *todos* vinieron a presentar sus respetos. Werner pudo haber sido un hombre de negocios despiadado, un infractor del derecho internacional y un marido infiel, pero esta comunidad muy unida no había visto nada de eso. Para la gente que tocaba en las carreras, era un buen hombre querido y respetado por casi todos.

La Johanneskirche - Iglesia de San Juan, una iglesia clásica alemana construida entre 1398 y 1440, y la única estructura en el centro de la ciudad que ha sobrevivido ilesa a la Segunda Guerra Mundial, estaba llena hasta el tope. Bryce tomó asiento en el segundo banco desde el frente, saludando a los demás asistentes mientras todos esperaban que comenzara el servicio. Luego se quedó sentado en silencio, sumido en sus pensamientos. Miró hacia el alto techo arqueado y pensó por un momento en su casa en Estados Unidos, la de Park City con un arco muy parecido a este, pero no tan grandioso ni tan oscuro. Su corazón se rompió cuando vio a la pequeña Mila entrar a la iglesia por la entrada del otro lado, encabezada por su madre y sus abuelos maternos. Se contuvo y casi se quedó boquiabierto cuando la vio llevando el regalo que había dejado al cuidado de su padre. Hace una semana la CIA había utilizado al animal para eliminar un problema. Hoy le trajo consuelo. Se sentó en silencio mientras el ministro leía las Escrituras y tres miembros de la familia se dirigían a la asamblea y hablaban de tiempos más felices.

Cuando Mila finalmente notó a Bryce sentado tan lejos, lo llamó en un momento muy tranquilo y su madre la dejó bajar para cruzar junto al ataúd de su padre y sentarse con su tío favorito: - el tío Bryce. Fue un momento conmovedor que nadie pasó desapercibido. Se sabía que Bryce se mostraba tranquilo bajo presión, pero necesitó todo su ser para mantenerse unido mientras la sostenía en su regazo. El gatito pareció recordarlo y ronroneó. Esto era una tortura y no podía esperar a que terminara.

Después del servicio, un grupo mucho más pequeño de invitados, solo familiares directos, siguió la procesión hasta las afueras de la ciudad, donde Werner sería enterrado entre sus padres y la sangre que se remontaba hasta la propia iglesia de la ciudad.

Mientras Bryce observaba el coche fúnebre Mercedes negro encabezar una procesión de cuatro limusinas negras desde la iglesia, se quedó solo. Nunca se había sentido más solo que en ese momento.

La policía local acordonó la zona y mantuvo alejados del lugar a los medios de comunicación, a los aficionados a las carreras y a los curiosos. También faltaba Jack Madigan. Si bien normalmente acompañaba a Bryce a eventos como este, Madigan no había asistido al funeral y seguía alimentando la mala voluntad que había desarrollado hacia Werner por la forma en que había reemplazado a

Bryce en el equipo. Los cielos se oscurecieron en varios tonos de gris cuando Bryce se giró para caminar hacia su auto. Alguien lo llamó con un inconfundible acento ruso.

"Parece que la muerte lo persigue a todas partes, señor Winters. Un conocido mío murió en un evento al que usted asistió el año pasado en Sochi. Ahora, otro muere justo después de que lo visitaste en su casa. Espero que no traigas mala suerte, como el gato negro que dejaste atrás". El hombre hizo una pausa y miró fijamente a Bryce. Quizás estaba buscando algo, cualquier cosa de Bryce, que indicara que todo esto era mucho más que una simple coincidencia.

Bryce puso su cara de piloto y no le dio nada a cambio. En cambio, miró a su alrededor para ver cuántas personas podría haber traído el hombre con él. Pero la multitud había seguido disminuyendo y Bryce decidió que el acercamiento del hombre en una plaza abierta tal vez no resultara amenazador.

"No estoy seguro de lo que quieres decir con Sochi. Pero sí, fui el último en ver a Max antes de su infarto. Él y yo teníamos mucho de qué hablar. Estoy muy feliz de haber tenido la oportunidad de pasar tiempo con él. Me gustaría creer que él sentía lo mismo". Bryce hizo una pausa. "¿Cómo conociste a Max?"

El hombre se acercó. El humo del cigarrillo en su aliento llevó a Bryce a pensar en Sochi y en el detective de policía que olía como a cenicero. Bryce dio un paso

atrás. No asumió una postura de lucha, no entendía esa vibra, pero tampoco quería estar lo suficientemente cerca como para que un cuchillo lo atravesara.

"Todos tenemos portadas, Bryce Winters. Eres un

piloto de carreras, entre otras cosas", dijo el hombre mientras le guiñaba un ojo. "Soy un comerciante internacional, con base en San Petersburgo, entre otras cosas. Solía trabajar con el FSB en Moscú, el servicio de inteligencia de nuestro país". El hombre hizo una pausa y Bryce observó mientras él ahora tomaba su turno para mirar más allá de Bryce para ver quién podría estar mirando. Tosió, con una tos ronca, y luego metió la mano en el bolsillo, sacó una pastilla para la tos del envoltorio y se la echó a la boca. Esperó, estudiando a Bryce.

"Escucha, tengo que ponerme en marcha. ¿Querías ir al grano como decimos en Estados Unidos o vas a seguir bailando? Llegar al punto. Soy un niño grande. Puedo soportarlo." -Los dos hombres se miraron a los ojos. Cualquiera que estuviera mirando habría pensado que era hora de que alguien interviniera.

"Si", comenzó el hombre. "Este año tenga cuidado en Sochi, señor Winters. No soy una amenaza para ti, pero puedo decirte que alguien ha corrido la voz a través de los círculos oscuros por los que muchos de nosotros transitamos de que de alguna manera estuviste involucrado en el asesinato de Gregori Ivanova allí. Personalmente, no me gustaba el hombre. Era un animal, pero tenía amigos y socios comerciales. No sólo están enojados porque lo mataron. Se enfurecieron porque lo dejaron en un cubiculo y luego en un ataúd que tenía que estar cerrado. Me cuidaría en Rusia o traería a algunos de tus amigos de la CIA como compañía. Podría ser un momento interesante".

Bryce sonrió. "Parece que tú y los chicos de Rusia habéis estado viendo demasiada televisión. ¿No tengo idea de qué está hablando, señor…?

"Misha Chernyenko", dijo el hombre mientras inclinaba la cabeza y extendía la mano para estrecharle la mano.

Bryce retrasó su respuesta pero extendió su mano justo cuando el hombre decidía poner fin al incómodo momento y comenzaba a retirar la suya. "No estoy seguro de lo que acaba de pasar aquí, Misha, pero gracias por avisarme sobre Sochi".

Chernyenko sonrió. "Es bueno tener amigos, ¿no le parece, señor Winters? Viajes seguros." Dicho esto, el hombre se dio vuelta y se fue.

La lluvia que las nubes habían advertido que vendría ahora estaba comenzando mientras Bryce se quedó solo en la plaza por un momento, repitiendo en su cabeza lo que acababa de ocurrir. Cuando la tormenta se intensificó, se apresuró a subir a su coche de alquiler y emprendió el viaje de regreso a Munich. Pasaría la noche en el centro, en algún lugar cerca de Marienplatz, la plaza central de la ciudad. Conocía a la gente que regentaba la famosa Hofbrauhaus, a sólo unos minutos a pie de allí, y tendría asegurada una jarra de cerveza que nunca se vaciaría y un plato interminable de asado al estilo bávaro y tortas de patata. Tenía mucho en qué pensar mientras conducía los 200 kms hasta su parada para pasar la noche, pero en la autopista, ese viaje sería muy rápido.

"¿Qué diablos acaba de pasar allí y qué significa?" Era lo único que tenía en mente. ¿Debería informar a Jennings? Si lo que el hombre acababa de decirle era cierto, Bryce ya no tenía idea de en quién podía confiar.

CAPÍTULO TREINTA Y OCHO

Parte del atractivo internacional de las carreras de Fórmula Uno, fuera de la pista, es la variedad de experiencias que uno encuentra a lo largo del año. Las ciudades, las culturas, los idiomas, son todos diferentes y especiales a su manera. Las configuraciones de la pista y, en consecuencia, las configuraciones de los coches también difieren de una carrera a otra. La única constante es el garaje del equipo.

De pista en pista, desde Australia hasta Abu Dhabi y todos los lugares intermedios, el equipo reconstruyó el área del garaje, los cubículos de apoyo y las salas de reuniones para que resultaran familiares y fáciles de instalarse en ellas, especialmente cuando se enfrentaban al recurrente desfase horario que a menudo padecían. Es muy parecido a una herramienta que vuelve al mismo lugar en el mismo cajón cada vez.

Las fiestas, los compromisos de los patrocinadores, las sesiones de prensa y todo lo demás eran el costo de hacer negocios para un piloto y un equipo exitoso. Para Bryce, eran las últimas cosas que le interesaban. Había caído en un estado de ánimo que los más cercanos a él sospechaban que se debía a la muerte de Werner.

Al menos esa era la teoría que Jack Madigan le había insinuado al equipo. "Puede parecer distraído o preocupado", les dijo a Burns y Kazaan. "Perdió a dos personas que eran muy cercanas a él: el tío que lo crió y ahora su mentor Max. Estará bien. Sólo dale algo de tiempo".

Silverstone fue la primera parada tras el funeral en Alemania. Bryce redujo al máximo su tiempo frente a fans y fotógrafos. Estaba feliz de que la CIA no lo llamara a Él porque si hubiera tenido noticias de Jennings en esta época, podría haber ido a comprar un gatito, o tal vez un puma, también para ella. Terminó tercero en la carrera y forzó una sonrisa desde el lugar más bajo del podio.

Hockenheim fue la siguiente parada del circuito, la pista ubicada entre Frankfurt y Munich y lo suficientemente cerca de Crailsheim como para que Bryce estuviera distraído todo el fin de semana en Alemania. Luego se dirigió a la carrera cerca de Budapest, en Hungría, donde superó los compromisos lo mejor que pudo y siguió adelante.

Hubo unas largas vacaciones de verano que eran tradicionales para la F1, por lo que con el tiempo libre optó por regresar a África, donde podría concentrarse en hacer algo bueno: salvar rinocerontes y elefantes. Tenía una rabia latente en su interior que necesitaba concentrarse en otra parte, o se lo comería vivo. Había matado gente y ahora salía a proteger a los animales del sacrificio. *¿Quién diablos soy yo para tomar estas decisiones, para decidir quién vive y quién muere?* Se lo había preguntado una y otra vez.

Consideró la carrera que había elegido y finalmente estuvo de acuerdo con Kyoto. Era injusto por su parte invitar a alguien a una relación, sabiendo que podría quemarse o destrozarse en un accidente de carrera.

Afortunadamente, cuando hizo un inventario de cómo se habían desempeñado él y el equipo antes del descanso, lo había hecho bien. Después de pasar un mes persiguiendo cazadores furtivos en busca de sus propios trofeos ilegales, Bryce había llegado a la paz con lo que había hecho y lo que quería hacer. Era hora de volver al coche, de volver a lo que mejor hacía. En la siguiente carrera, en Spa, Bélgica, estaba como un hombre nuevo. Abrazó a los medios, pasó más tiempo del necesario con ellos y con los aficionados y sus patrocinadores. Se llevó al equipo, a todo equipo de la pista, a cenar para agradecerles por su arduo trabajo y por aguantar su tristeza mientras lloraba su pérdida. Fueron *pérdidas*, pero sólo Madigan consiguió eso.

La F1 en Italia fue la siguiente. Tras conseguir la pole y la victoria en Spa, llegaba a Monza con muchas esperanzas y expectativas. Le encantaba la zona, amaba a la gente de allí e incluso había conocido a una mujer que conocía, una modelo de la cercana Milán, a quien llevó a cenar el domingo por la noche después de la carrera. Era tan hermosa como los exóticos Ferrari construidos en la cercana Maranello. Si bien ella pudo haber esperado algo más que los besos coincidentes que él le dio en la mejilla izquierda y derecha, ésta había sido una buena noche para Bryce. Kyoto estaba ahora detrás de él y Werner también. Ya había terminado con el duelo por el pasado. Era hora de seguir adelante.

CAPÍTULO TREINTA Y NUEVE

LA IDEA DE conducir a través del país puede parecer romántica o aventurera para algunos, pero para un hombre que se gana la vida conduciendo era mucho más. Para Bryce, conducir cuando no estaba en una carrera era relajante, pero también una oportunidad para reconectarse con gente común y corriente que no era millonaria ni estrellas de cine. Nunca había olvidado sus raíces y, a pesar de encajar bastante bien en esos círculos, prefería los jeans y la gente de cuello azul en cualquier momento. En su opinión, era simplemente un tipo normal al que le encantaba conducir y aprovechar al máximo los talentos que Dios le había dado.

Cuando se despertó en su hotel el lunes por la mañana, percibió el aroma del café que le habían entregado el servicio de habitaciones y abrió las cortinas de su suite con vistas a las montañas del norte de Italia. Con diez días por delante y sin compromisos que cumplir de aquí a la carrera de Singapur, podría regresar a Montecarlo y relajarse. Luego podría conducir hacia el norte, hasta Como y pasar el rato con amigos, o dirigirse a Zermatt y caminar en el aire de la montaña atravesado por el magnífico Matterhorn. En cambio, hizo algunas llamadas. Tres horas más tarde estaba sobre el Atlántico, rumbo a Nueva Inglaterra.

La carrera en Italia había ido bien hasta que un pinchazo de neumático a dos vueltas del final le dio la victoria al joven ruso que había estado pisándole los talones durante toda la prueba. En lugar de lamer sus heridas, había una última cosa que necesitaba hacer en Vermont y ahora era un momento tan bueno como cualquier otro.

El auto Subaru WRX negro que guardaba en el aeropuerto de Burlington no había salido a correr desde hacía algún tiempo. Habían pasado meses desde la última vez que lo condujo. Ahora que Pete se había ido, habría pocas razones para pasar mucho tiempo en Vermont. Podría haber vendido el vehículo directamente; El auto particular modificado del campeón de F1 tendría un gran precio en subasta. Podría haber donado el dinero a organizaciones benéficas, sirviendo a dos causas. En cambio, quería conservarlo. Sabía que las carreteras de Mountain West estaban pidiendo a gritos que Bryce y su pequeña bestia negra las tomaran, -un apodo que le encantaba pero que no recordaba a quién se le había ocurrido.

Aterrizó ocho horas después del despegue de Milán y, después de seguir el sol, tenía bastante luz del día por delante. Después de haber dormido la mayor parte del camino, estaba listo para rodar. Treinta minutos de yoga en el centro de la cabina del avión lo habían estirado mucho, especialmente el cuello. Las fuerzas G en Monza habían sido especialmente duras para él esta vez. Había volado con esta tripulación antes e invitó a la única azafata a unirse a él. Para su sorpresa, ella fue.

Se abasteció de agua, refrescos dietéticos y una variedad de bocadillos y luego revisó su teléfono. A solo 320 kms. al sur y luego al oeste, su objetivo sería Syracuse, Nueva York, como el lugar donde pasaría la noche.

Con sus maletas en el maletero, saltó al volante, conectó su teléfono al cargador, cerró la puerta y entonces lo golpeó. Su olor todavía estaba allí: el más mínimo toque de Obsession que Kyoto llevaba cuando viajaba con él cinco meses antes aún persistía. "M", es todo lo que dijo, luego hizo clic en el encendido y escuchó el ronroneo del escape mientras permanecía inactivo durante un minuto.

Sólo dos horas y cincuenta y tres minutos después llegó al aparcamiento del hotel. Había jurado hacerlo en menos de tres horas, era tan competitivo consigo mismo como con cualquier otra persona, y con pocos o ningúna patrulla a lo largo del camino lo había hecho.

Había corrido muchas veces en la zona, sobre tierra en Weedsport y Fulton, y lo conocía bien. Prefirió permanecer de incógnito. No era tan vanidoso como para usar gafas de sol en un restaurante para ocultar su identidad, por lo que optó por la ventanilla de autoservicio en un Wendy's.

"Déjame en paz", escuchó gritar a una chica.

Se giró para ver a un chico que estaba cerca, soltar su brazo y saltar a una camioneta Ford blanca. Había visto el camión antes, con tres grandes bidones azules de combustible de carreras sujetos a su plataforma. Con la cantidad de carreras que se desarrollaban en la zona, eso no era inusual. También había notado el nombre en la puerta del conductor: Jenson's Auto.

Mientras el camión se alejaba, escuchó al hombre gritarle algo a la mujer. Bryce comenzó a avanzar lentamente desde la ventanilla de la tienda. Lmuchacha caminó frente a su auto y alcanzó la puerta del restaurante. Pudo ver que ella había estado llorando. Peor aún, pudo ver que la habían golpeado.

"¿Estás bien?" dijo suavemente mientras apagaba el encendido y tiraba del freno.

Al principio ella lo ignoró pero él volvió a preguntar. "¿Él hizo eso?" Se quedó mirando su ojo derecho hinchado y el labio inferior hinchado.

Ella asintió.

"¿Van a besarse y hacer las paces más tarde? ¿Es eso lo tuyo, o es simplemente un imbécil abusivo al que no quieres volver a ver nunca más?

"Lo único que ama más que abofetear a las chicas es su auto de carreras de mierda. No. Está muerto para mí. Y mi papá es policía, así que me dejará en paz o si no.

"Bien. "Ponle un poco de hielo y ten cuidado", dijo Bryce mientras encendía el motor nuevamente y rodaba hacia la salida del estacionamiento.

Cuando llegó al primer semáforo consideró sus opciones. Regresar al hotel y pasar la noche o dar una vuelta y ver si puede hacer algo bueno.

Ingresó Jenson's Auto en su teléfono. La ubicación apareció en cuestión de segundos. - a sólo cinco millas de su ubicación. Podría estar allí justo cuando terminara su comida. Se miró en el espejo. *¿Estás seguro de que quieres hacer esto?*

Minutos después llegó a su destino. La camioneta estaba aparcadaen la puerta abierta de un garaje al costado del edificio. Era una pequeña tienda situada en una tranquila calle boscosa, a un kilómetro y medio de la carretera estatal. Ya estaba oscuro y Bryce se sentó al borde del camino de entrada sintiendo que el desgaste del vuelo transatlántico comenzaba a afectarlo. El reloj de su muñeca marcaba las nueve de la noche, pero su reloj biológico, todavía en hora italiana, hacía que parecieran más bien las tres de la madrugada.

Se miró nuevamente al espejo. *¿Qué estás haciendo?* preguntó. Podría tener un arma. *¿Probablemente tenga algunas, tal vez incluso un perro? Vuelve al hotel y duerme un poco. Deja que el padre de la muchacha se encargue de esto. ¿Pero qué pasa si no puede? Quizás tenga las manos atadas.* Entonces recordó el rostro de la chica y avanzó por el camino de entrada.

"¡Estamos cerrados!" gritó el hombre.

Pero cuando Bryce salió de la oscuridad hacia las luces del garaje, la siguiente expresión no lo sorprendió.

"¡Eres Bryce Winters!" dijo el hombre, atónito al ver al campeón americano de carreras de autos de pie en su tienda. Extendió su mano cubierta de aceite pero la retiró cuando se dio cuenta de que estaba sucia. Eso estuvo bien. Bryce no quería sacudirla, -quería romperla.

"¿Tienes hijos?" Bryce simplemente tenía que saberlo. Cuando Jenson negó con la cabeza, había sellado su propio destino. Mantuvieron una conversación sobre carreras. Johnny Jenson le mostró la tienda, le mostró su auto de carreras modificado y luego tomó su teléfono para llamar a algunos amigos.

"No van a creer que estás aquí. ¡Me matarían si no los llamara para que vengan!

Antes de que Jenson pudiera presionar el botón de

llamada, Bryce gritó "¡Oye!" Jenson se giró y su rostro se encontró con el puño de Bryce. El teléfono cayó al suelo.

Durante los siguientes diez minutos los dos golpearon, lucharon, patearon, lanzaron y golpearon un poco más. Eran más o menos del mismo tamaño y aparentemente estaban en buenas condiciones. Bryce había pensado que estaba en forma y que podía pelear gracias a su entrenamiento, pero este tipo también podía hacerlo. A medida que avanzaba la batalla, ninguno de los dos parecía interesado en salir corriendo por la puerta o pedir ayuda. Era un hombre contra otro, posiblemente hasta el final. Casi exhausto, Jenson alcanzó la parte superior de su caja de herramientas y se volvió hacia Bryce, que sangraba por la nariz y el labio.

"¡Eso sí que es un cuchillo!" Dijo Bryce con su mejor acento australiano, imitando a Cocodrilo Dundee.

Jenson golpeó el torso de Bryce con él. Bryce empleó un movimiento doloroso pero efectivo que había aprendido hacía mucho tiempo. Succionó su estómago hacia atrás para evitar ser apuñalado y al mismo tiempo bajó con fuerza su mano derecha, detrás del cuchillo, aplastando su muñeca contra la de Jenson. Cuando los huesos se estrellaron, ambos hicieron una mueca.

El cuchillo cayó del alcance de Jenson mientras éste gemía de dolor. Bryce lanzó un gancho de izquierda que hizo girar al hombre y luego lo cayó al suelo. Operando por instinto y en modo de supervivencia ahora, reaccionó Bryce. Ya era hora de terminar con esto. Saltó en el aire, juntó las rodillas con fuerza y aterrizó como una bala de cañón con todo su peso sobre el pecho de Jenson. Bryce sintió y escuchó cómo se rompían las costillas del hombre.

Se dio la vuelta y miró a su víctima, los ojos de Jenson estaban llenos de pánico. Lo único que se movía era la sangre que manaba de su boca. Estos dos habían estado en una pelea a muerte, y esta pelea ya había terminado.

"Nunca volverás a golpear a otra chica, pedazo de mierda", afirmó Bryce, en caso de que Jenson tuviera alguna posibilidad de entender su punto. Bryce se levantó y miró a su alrededor. No se oía ningún sonido excepto los ruidos de los bichos y bichos nocturnos.

Está bien, *se podría argumentar que esto fue en defensa propia, Bryce, se* dijo mientras miraba el cuerpo que yacía a sus pies. *Pero hablaste con su novia, lo seguiste hasta aquí y luego le arrancaste la vida.* Podrías superar esto. *Tal vez.*

Entonces se dio cuenta. Le vendría bien algo que había hecho muchas veces años antes para cubrir sus huellas. Pateó el cuchillo por el suelo del taller y lo vio deslizarse debajo de una caja de herramientas. Luego agarró a Jenson por los tobillos y lo hizo girar hasta el ángulo que quería. Se asomó a la carretera por la puerta del garaje para asegurarse de que no vinieran coches. Miró dentro de la camioneta del hombre y sonrió al ver las llaves todavía en el encendido.

De regreso a la tienda, agarró un trapo rojo grasiento, luego otro, saltó al asiento del conductor y lo puso en marcha, sorprendido por la radio a todo volumen de Guns n' Roses. Lo bajó mientras retrocedía el camión hacia el taller lo suficiente para que esto funcionara. Se detuvo una vez, salió para comprobarlo (no lo suficiente) y luego se dirigió de nuevo hacia la cabina. Notó el teléfono de Jenson tirado en el suelo y usó su pie para deslizarlo debajo de la llanta del lado del conductor. Retrocedió otro pie y dejó la puerta abierta y el motor en marcha. Estaba casi listo para el gran final.

Había un neumático viejo de camión en la plataforma, entre el portón trasero y los bidones de combustible de carrera. Bryce bajó la puerta, arrojó la llanta para que cayera al lado del cuerpo y luego se puso a trabajar. Los bidones de combustible para carreras pesan entre 450 y 500 kilos. Sin una carretilla elevadora no es fácil cargarlos ni descargarlos. Alguien le había mostrado a Bryce un truco años antes diciendo: "Deja que la gravedad haga el trabajo". Entonces Bryce lo hizo.

Agarró la parte superior del tambor con el trapo rojo e inclinó el tambor hacia atrás para poder hacerlo rodar hasta la puerta. Allí, lo colocó de lado, saltó al suelo y, colocando una mano en los extremos opuestos del tambor ahora horizontal, tiró de él para que cayera. Normalmente, los corredores utilizarían un neumático viejo para coger el tambor y guiarlo con las manos para que volviera a quedar vertical en el rebote. Sin el neumático, el tambor aterrizó con fuerza sobre Jenson. *Los accidentes en las tiendas ocurren todo el tiempo.* Bryce volvió a mirar a su alrededor. Algo le dijo que revisara la oficina.

Había estado allí como parte de la gira de Jenson, mostrando fotografías de los coches de carreras en los que había trabajado. Todo silencioso. No hay cámaras en las tiendas. Sin dispositivos de grabación. Dejaba el motor encendido en el camión para que pareciera que Jenson tenía la intención de descargar los tambores y sacar el camión, pero tuvo este desafortunado y extraño accidente.

No mucho después, Bryce estaba de regreso en su habitación de hotel, lavándose las manos y tratando de descubrir cómo explicaría las marcas en su rostro si alguien le preguntara. Con una gorra de béisbol y gafas de sol puestas, a la mañana siguiente seguiría adelante sin dejar nada atrás excepto una mujer que podría estar un poco más segura.

Mientras regresaba a la I-90 y se dirigía hacia el oeste, volvió a percibir el ligero olor y se miró fijamente en el espejo una vez más. Será mejor que no conviertas a Bryce en un hábito, susurró. Anoche tuviste suerte. Se quedó sentado mirando su reflejo por más tiempo. Con 2.000 millas de carretera interestatal por delante, esperaba que fuera un viaje suficiente para finalmente sacar a Kioto de su sistema. Eso y aceptar lo que acababa de hacer.

Mientras regresaba a la I-90 y se dirigía hacia el oeste, volvió a percibir el ligero olor y se miró fijamente en el espejo una vez más. Será mejor que no conviertas ésto en un hábito, susurró. Anoche tuviste suerte. Se quedó sentado mirando su reflejo por más tiempo. Con 3.000 klm de carretera interestatal por delante, esperaba que fuera un viaje suficiente para finalmente sacar a Kioto de su sistema. Eso y aceptar lo que acababa de hacer.

Al principio, estaba decidido a llegar a su casa en Park City y pensó que si lograba un promedio de 140 Km por hora durante todo el camino y mantenía el café fluyendo, podría hacerlo en veinticuatro horas. Pero horas después volvió a mirar por el espejo retrovisor y preguntó *¿por qué?* Jugó con la aplicación MapQuest en su teléfono y sonrió cuando vio dos paradas que podía hacer para dividir el maratón.

Dayton, Ohio, -sede del Museo de la Fuerza Aérea Nacional-, le dio un respiro en el que nadie pareció reconocerlo. Siempre le habían encantado los aviones, y ¿dónde más podría subir a bordo de tres antiguos Air Force Ones, comprobar la evolución del desarrollo de los aviones de guerra de Estados Unidos y pararse junto al famoso Memphis Belle?

Después de pasar la noche en un Hilton donde el recepcionista no conocía el significado del nombre de Bryce Winters, se dirigía a su siguiente parada y lo esperaba con más ansias que cualquier otra cosa. Una hora después de conducir, se detuvo frente al Museo del Indianapolis Motor Speedway y compró un boleto para realizar la visita autoguiada a otro edificio especial al que nunca había entrado antes. Se dirigió a lo que realmente iba a ver: la exposición de Mario Andretti. Sabía mucho sobre este héroe estadounidense y había igualado su récord de victorias en las 500 en Daytona e Indy. Pero había mucho más en ese hombre.

Leyó sobre cómo su héroe había corrido en un evento de pista de tierra cerca de allí años antes y luego voló durante la noche a Italia para competir en la F1 en Monza, solo para ser rechazado por los oficiales de carrera por una razón arbitraria. Todavía se maravillaba de lo diferentes que eran los coches de la época de Andretti de los coches de carreras tecnológicos de hoy. Los conductores eran mucho más vulnerables a sufrir lesiones en aquel entonces por incendios, cabinas abiertas y demás.

Bryce estaba a mitad de la exhibición cuando alguien lo vio. Después de una hora de posar para fotografías y firmar autógrafos, estaba de regreso en el Subaru, pisado hacia el oeste. La hinchazón de su muñeca derecha había disminuido doce horas después del brutal asalto que había sufrido en Nueva York, pero todavía le dolía. Sacudió la cabeza, pensando en el evento que podría haber descarrilado su carrera y su vida. *¿Que estabas pensando?* preguntó mientras se miraba de nuevo en el espejo.

Fue en ese momento que Bryce decidió esforzarse más y seguir conduciendo. Todo lo que quería era llegar a casa y dormir un poco en una cama familiar.

Observó cómo el sol se ponía delante de él. Cuando no quedaba mucho viaje por delante, Bryce estaba empezando otro libro en audio, *The President is Missing*, de James Patterson, cuando un texto iluminó el auto. Era de Jennings, de la CIA.

¿ LLAMASTE A LA CASA BLANCA A QUEJARTE ?
PENSÉ QUE TE GUSTABA EL NUEVO ARREGLO

CAPÍTULO CUARENTA

En Washington, el día de Kioto había sido breve. Después de haber trabajado doce horas al día durante la semana pasada para preparar un informe para una presentación, estaba agotada. Su jefe la había enviado a casa con órdenes directas de relajarse, dormir y dormir un poco más.

Estaba tumbada en el sofá, cubierta con una manta ligera para protegerse del aire acondicionado que había olvidado ajustar. Se quedó mirando el techo, la pantalla de ls TV que había encendido y luego una pila de libros y revistas que había dejado en la mesa de café y que no había tocado en meses. Se había concentrado completamente en su trabajo para no pensar en la ruptura con Bryce.

Mientras miraba una pila en particular, vio algo que había olvidado que había traído a casa. Era el diario de Pete Winters. Lo cogió y lo sacó del centro de la pila. Mientras los artículos caían de la pila, se sentó con la intención de poner en su lugar el último vestigio de Bryce Winters —la basura—, pero la curiosidad se apoderó de ella. Se recostó y comenzó a hojear los pensamientos y recuerdos más personales del hombre sobre su vida. Tres horas más tarde quedó atónita por lo que había descubierto y le envió un mensaje de texto a Jon.

VEN A VISITARME. NECESITO A MI HERMANO. AHORA.

Durante las siguientes horas, Kyoto y Jon leyeron todo el diario. Como abogada, comenzó a tratar el libro como evidencia a presentar en un caso que no estaba segura de cómo tratar. El martes por la mañana, mientras Bryce estaba a kilómetros de distancia conduciendo por algún lugar del Medio Oeste, Kyoto entró en la oficina de su jefe en el Departamento de Estado de Estados Unidos y cerró la puerta detrás de ella. Una hora después, la subsecretaria de Estado Jessica Sorenson, su jefa, se dirigía a la Casa Blanca.

Sorenson había podido cumplir con la agenda del Jefe de Gabinete, David James –sólo quince minutos– y estaba ansioso por presentar las conclusiones de Kyoto. Como la información que le presentó a James tenía bastante peso, los quince minutos se dividieron en veinticinco antes de que el COS se excusara para hablar con el presidente antes de que abandonara la Oficina Oval para una reunión de gabinete. Cuando James regresó a su oficina y cerró la puerta detrás de él, Sorenson se inclinó para escuchar lo que había sucedido. Le entregó copias de las páginas relevantes del diario de Pete Winters a James y se fue, satisfecha de que la reunión a la que iban a convocar el Director de la CIA más tarde ese día solucionaría esto. Por lo que a ella respectaba, ahora estaba en manos de la Casa Blanca.

I-80, línea estatal entre Wyoming y Utah

"No tengo idea de lo que estás hablando", le aseguró Bryce a Jennings después de que él la llamó desde su auto.

Ella no se lo creía. "Tú y yo hicimos un trato: servirías a tu país como operador contratado para la CIA. ¿Lo demostraste cuando terminaste a Max Werner, pero luego le enviaste a alguien el diario de tu tío? Acabas de apuñalar a la agencia por la espalda, Bryce. Aquí ruedan cabezas. Tendrás que cuidar tu propia espalda en el futuro. Los tres mosqueteros también fueron despedidos y hace horas que salieron furiosos de mi oficina. Sin duda buscando tu cabeza en bandeja".

Bryce continuó conduciendo, reduciendo la velocidad a 70 mph, más lento que la velocidad de un auto de seguridad durante las vueltas de precaución en la F1.

"Aún no tengo idea de qué estás hablando ni de cómo alguien pudo haber conseguido el diario de Pete. No puedo creer que hubiera escrito esas cosas de todos modos. Esto es una tontería. Algo más está pasando aquí."

Ambos permanecieron en silencio por un momento.

"Pronto te irás a Singapur. Creo que debemos reunirnos allí, si no antes", afirmó Jennings. "¿Cuánto dura el vuelo desde Montecarlo?"

Bryce hizo una pausa. Si realmente lo estaban rastreando a través de su teléfono, ella sabía exactamente dónde estaba.

"Demasiado tiempo", respondió. "Escucha, he estado despierto por algún tiempo. Déjame entender de qué me acabas de acusar. Te llamaré por la mañana. Es tarde aqui."

Jennings finalizó la llamada sin decir una palabra más.

Bryce apretó con fuerza el acelerador. Park City, una ducha y algo de espacio para procesar lo que le acababan de decir estaban ahora a menos de una hora de distancia. Se fijó una meta y juró que estaría bajo un agua caliente, y con suerte no dentro, en un tiempo récord.

Los kilómetros pasaban mientras pensaba en los recorridos agotadores y nocturnos que había tenido en competencia en Le Mans y Daytona, donde él y otros dos conductores se habían turnado en sus carreras de resistencia de 24 horas. Estaba realmente solo ahora, solo en más de un sentido al parecer.

Después de conducir otros diez minutos, metió la mano en la bolsa de mercancías que había comprado en una tienda de descanso unas horas antes. Abrió la pestaña de un Red Bull grande sin azúcar y se lo bebió. Necesitaba idear un plan proactivo. Luego se dio cuenta de que necesitaba alertar a Jack Madigan de que él también podría estar en riesgo.

Bryce tomó su teléfono y le envió un mensaje de texto a Jack: 911. No estaba seguro de en qué lugar del mundo estaba Madigan a esta hora de la noche, pero si recibía el mensaje sabría que debía llamar. También sabría cómo aumentar su precaución de inmediato. Entonces Bryce recordó la última vez que vio el diario de su tío. Recordó cómo colgaba de su mano sobre la chimenea, cómo casi lo había dejado ir cuando decidió que no podía... no entonces, no todavía. *¿Qué había sido de ello? ¿Alguien había irrumpido en la cabaña de Pete y lo había robado?*

Mierda, ¿qué más podría haber ahí dentro?

Mientras conducía por el tramo final de la sinuosa

carretera que conducía a su propiedad en la ladera de la montaña, destellos rojos y azules de las barras de luz encima de los vehículos de la policía de Park City iluminaban los árboles. Su corazón se hundió. Ya era demasiado tarde para darse la vuelta. Sin duda lo habían visto.

Me han descubierto, pensó. No sé cómo, pero alguien debió haber visto algo en Nueva York. Redujo la velocidad cuando se detuvo frente a la puerta principal de su propiedad. Una policía que hacía guardia lo reconoció cuando bajó la ventanilla.

Está bien, *está sonriendo,* pensó. No puede ser *del todo malo.* Luego, otros dos oficiales y un hombre que creyó reconocer se acercaron a él. Estaba esposado. Era Russo, ex funcionario de la CIA. Bryce no dejó entrever que conocía al hombre. Pensó que sería más inteligente dejar que la policía le dijera qué los había llevado allí.

"El bastardo trepó tu cerca", dijo el jefe de policía mientras estrechaba la mano de Bryce y lo escoltaba al interior de la casa. "Quienquiera que sea, es inteligente. Anuló el sistema silencioso pero no debe haber sabido de los sensores de movimiento que conducen a la casa. Tan pronto como llegaron los patrulleros, cruzaron la cerca, vieron a este tipo caminando dentro de la casa y lo apuntaron. El idiota dejó la puerta de entrada entreabierta.

"¿Sabes si se rompió o intentó tomar algo?" Bryce preguntó esperando escuchar buenas noticias. Los trofeos y recuerdos de su carrera como piloto significaron muchísimo para él. Las réplicas podrían sustituirlos, pero ninguna cantidad de dinero podría sustituir su valor sentimental.

"Parece que tenía la intención de incendiar el lugar.

Le encontramos dos bengalas y una automática compacta metida en el bolsillo delantero.

"¿Alguna idea de quién es?" Preguntó Bryce mientras miraba fijamente el coche patrulla donde habían colocado al intruso.

"No, pero lo haremos. Una vez que lo registremos y tomemos sus huellas, lo sabremos con bastante rapidez, es decir, si está en el sistema".

Bryce entró en su sala de trofeos y miró a su alrededor. Nada parecía haber sido perturbado.

"¿Y has revisado el lugar? Estás seguro de que no hay nadie escondido aquí", dijo. El jefe asintió "sí". Bryce dejó escapar un suspiro de alivio. Estaba desgastado hasta los huesos.

"¿Estás bien?" preguntó el jefe. "Tienes un aspecto terrible, si no te importa que te lo diga".

Bryce se frotó la cara. "Estoy simplemente agotado. Me estoy esforzando en largos recorridos nocturnos para prepararme para una carrera. Podría participar en un evento de resistencia en Asia mientras estoy allí rumbo a Singapur".

El jefe sugirió que Bryce durmiera un poco y se diera una ducha. Si se les ocurría algo, no lo molestaría hasta al menos después de las diez de la mañana siguiente. "También dejaremos un auto de patrulla aquí en la puerta principal por si acaso, si te parece bien".

Bryce le agradeció por ser tan bueno en lo que hacen y acompañó al jefe hasta la puerta principal y luego saludó con la mano mientras observaba a dos de los tres patrulleros alejarse en la oscuridad. Minutos más tarde, con la alarma reiniciada y una de sus pistolas Sig escondida debajo de un cojín en su sofá, Bryce comenzó a quedarse dormido… pero luego tomó su teléfono para enviar un mensaje de texto a la CIA.

RUSSO ARRESTADO EN MI CASA EN PARK CITY

Sin todavía respuesta de Madigan, la mente de Bryce comenzó a dar vueltas. El Red Bull aún no lo había soltado. Con todo lo que había ocurrido en las últimas horas, ahora tenía un segundo aire y necesitaba actuar antes de quedarse sin fuerza. Se sentó en el sofá y empezó a pensarlo todo.

Primero, necesitaba estar a salvo. Russo era uno de los tres que conocía. En muchos casos, los agentes de la CIA tenían amigos y asociados, muy bien entrenados, salidos directamente de las Fuerzas Especiales, como los SEALS y los Rangers. Muchos de ellos se retiraron a Park City o Jackson Hole. Algunos podrían estar dispuestos a perseguir a Bryce a petición de la CIA. El comportamiento clandestino es solo eso y las operaciones encubiertas, como eliminar a alguien que traicionó a la agencia, ocurrían todo el tiempo.

Bryce recordó ese día en la oficina de Werner cuando le advirtió a Max que un disparo podría provenir de un bote en el lago. Dirigió su atención a los amplios paneles de vidrio que revelarían la belleza de la montaña una vez que saliera el sol en unas pocas horas. Por lo que sabía, un francotirador podría estar apuntando a Bryce en ese mismo momento.

"Bueno, puede que estés ahí fuera, pero eso no significa que tenga que sentarme aquí y esperar", dijo como si hablara con alguien que lo mirara a través de una mira telescópica. "Es hora del plan B".

Fue a la cocina, preparó una taza de café, volvió a revisar su teléfono, pasó diez minutos frente a su computadora portátil y luego se metió en la ducha de mármol con espacio para dos. Reservó un vuelo chárter desde Park City a San Francisco y desde allí abordaría un avión de dos pisos A380 de Singapore Airlines durante 17 horas sin escalas hasta su destino. *Mejor largarse de aquí*, decidió. Pon algo de terreno entre nosotros y reagruparnos.

Bryce sabía que si quería perderse entre la multitud en algún lugar, Singapur era una ciudad que podía satisfacer sus necesidades. No sabía quién había estado involucrado en sacarlo del camino. Pero él lo descubriría. Tan pronto como llegó a Singapur, su vida fuera de la cabina de un auto de carreras realmente comenzaría a correr.

CAPÍTULO CUARENTA Y UNO

El Marina Bay Sands es uno de los mejores hoteles de todo Singapur. Su ubicación en el agua proporcionó vistas espectaculares desde la suite Harbour de Bryce. Se registró después de un vuelo sin incidentes desde San Francisco y durmió casi diez horas seguidas, para sorpresa de las azafatas que habían volado con él en otros viajes por Asia. No había café, ni comida, ni películas hasta que quitó el No Molestar de la puerta corrediza de su suite.

Después de que las primeras tres tazas de cafeína y un litro de agua lo pusieron en movimiento, volvió a ser la persona despreocupada, amigable y accesible con la que habían volado en el pasado. Si se acercaba una bala, no había mucho que pudiera hacer para detenerla. Lo único que podía hacer era descubrir qué había sucedido en la CIA y esperar que la seguridad personal que había contratado para la carrera fuera suficiente para mantener a raya los problemas.

Mientras no tengan a un Pete Winters en su nómina, dispuesto a matar a un piloto estadounidense para ganar un campeonato para su país, debería estar a salvo, -por ahora. Se rió mientras repetía ese pensamiento en su mente. *¿A quién estoy engañando?*

CAPÍTULO CUARENTA Y DOS

La sesión de clasificación del viernes fue bien: Bryce ganó la pole y puso un record de vuelta, Tony Bishop ocupó el segundo lugar junto a él en la parrilla y Dickie Jones fue tercero justo detrás. El clima en Singapur había sido seco, pero la humedad era aplastante. La pesada carga del aire y el calor hacían que una noche de julio en Nueva York o Filadelfia pareciera más un día de primavera.

Jack Madigan finalmente apareció y le explicó a Bryce que se había juntado con una encantadora dama y apagó su teléfono para concentrarse en ella, los bares de la playa y las fiestas de Ibiza. Él y Bryce se reunieron en su hotel la noche en que llegó Madigan. Ambos estaban ansiosos por enfrentarse a Jennings cuando ella llegara el sábado por la mañana para un desayuno de trabajo en la suite Harbor de Bryce.

Antes de eso, llegó un mensaje de texto de alguien de quien no había sabido nada en meses, dejando a Bryce aturdido y confundido.

Aterrizando en Singapur sábado am

Crítico nos encontremos

¿A QUÉ HORA - QUE HOTEL?

Kioto

"Mierda", dijo Bryce después de leerlo en voz alta. Miró por la ventana el agua y las palmeras justo debajo. "¿Crees que están volando en el mismo maldito avión?"

Madigan miró a su amigo y sacudió la cabeza. "¿Quién diablos es Kyoto?"

Bryce nunca había estado involucrado en una relación seria desde que él y Madigan se conectaron por primera vez en sus días en NASCAR. La idea de una mujer en la vida de Bryce desconcertó a Madigan. Después de que Bryce le expuso todo, desde su primer encuentro en el aire hasta su estancia en Montecarlo, donde le presentó a su nueva chica a un Madigan muy ebrio, y luego la ausencia en Montreal. Madigan asimiló todo y Bryce observó cómo la expresión de Madigan mostraba cada vez más preocupación.

"¿*Esa* era Kioto, la chica de Mónaco?" Bryce asintió. "¿Y ella trabaja en DC?" Él asintió de nuevo. "¿Qué pasa si están trabajando juntos?"

Los dos hombres se sentaron en silencio durante al menos diez minutos, mientras Bryce pensaba en cada elemento de la situación. Miró a Madigan, sumido en sus pensamientos mientras preparaba otra taza de café, y se dio cuenta de la situación difícil en la que se encontraba ahora.

Bryce no podía imaginarse intentar tener un emotivo reencuentro con la mujer en medio de los fanáticos de las carreras que clamaban por atención. Acordaron que Madigan iría al vestíbulo para recibir a Kyoto y acompañarla a la suite de Bryce. Era una belleza asiática, pero incluso en un hotel lleno de exquisitas criaturas sabía que su amigo la descubriría. Bryce le envió un mensaje de texto a Kyoto, indicándole que esperara en la entrada del bar del hotel cuando llegara y que Madigan la recibiría allí.

Tan pronto como envió un mensaje de texto diciendo que estaba allí, Madigan salió por la puerta pero se giró para hacer la pregunta que ambos habían olvidado.

"¿Qué pasa si ella y Jennings están juntos?"

Bryce pensó por un segundo y luego sonrió. "Tendremos una cita doble". El pauso. "Tráelas a ambas. Quién sabe lo que deparará la noche".

❧

Buscando una belleza en un mar de bellezas, pensó Madigan mientras salía del ascensor y comenzaba a navegar por el abarrotado vestíbulo y se dirigía al bar. Escaneó los rostros buscando a alguien conocido. Pero nunca había conocido a Jennings y no la habría conocido si hubiera tropezado con ella.

Ahí está ella, pensó al ver a Kyoto.

Ahí… ahí está ella, pensó al ver a Kyoto. A pesar de haber volado durante 24 horas del otro lado del mundo, se vistió muy bien. *El tipo tiene muy buen gusto*, se lo concedo. Cabello negro sedoso recogido hacia atrás, camiseta negra, medias negras, zapatillas blancas y una expresión vacilante. Sólo se habían visto una vez antes, muy brevemente, en Mónaco, y Madigan asumió que tal vez no lo recordaría.

Cuando se acercó vio que alguien más se acercaba a ella. Al principio, Kyoto sonrió. Pero entonces vio miedo en sus ojos mientras miraba algo.

"Mierda", pronunció Madigan, finalmente reconociendo al hombre parado frente a Kyoto. Era Chadwick, de la CIA, uno de los tres mosqueteros que acababan de perder su empleo. "¿Cómo carajo..." Madigan continuó acercándose. Su mente se aceleró. *¿Qué debo hacer? ¿Dónde está el otro? ¿Dónde está Jennings?*

¿Fue todo esto un montaje y Kioto fue el cebo?

Llegó a cerca de la pareja y Madigan decidió que era hora de actuar. Extendió la mano para agarrar el brazo izquierdo de Chadwick, pero el agente debió haber visto los ojos de Kyoto enfocados en alguien que se acercaba. Se giró ligeramente para mostrar la pistola compacta que sostenía debajo de una chaqueta que se había echado al brazo.

"¿Que demonios estas haciendo aquí?" Madigan demandó, ignorando el arma.

Chadwick sonrió. "Plan C – sí, creo que estamos trabajando en el Plan C en este momento, amigo. Russo está en la cárcel en Utah. Jennings – bueno, Jennings no se presentará hoy. Y Brownell está cuidando niños en Washington". Hizo una pausa. "¿Dónde está Bryce?"

Madigan miró a Kyoto y trató de parecer confiado. "Me alegro de verte de nuevo, jovencita", comenzó. "He oído mucho sobre ti". Ella forzó una sonrisa. "No te preocupes ni un poquito por este embrollo. Resolveremos esto y luego él seguirá su camino".

Chadwick se acercó a Kyoto y presionó el arma contra ella. "No seas arrogante, Jack. Esta perra ha arruinado mi carrera. Mi vida. No tengo mucho por qué vivir ahora, excepto la venganza. Matarla aquí mismo, en este vestíbulo lleno de gente, no me inmuta en lo más mínimo."

"Estaba pensando más en que *Tu* murieras aquí y ahora. Puedo arreglar eso ya que no tienes nada por qué vivir". Madigan se volvió hacia Kioto. "¿Conoces a este idiota?"

Ella sacudió la cabeza enérgicamente, con los ojos muy abiertos, aterrorizada.

"Él es parte de un escuadrón de matones de la CIA. Esos idiotas que no son lo suficientemente inteligentes como para actuar en secreto, así que simplemente los mantienen en una jaula hasta que necesitan que alguien aparezca y asuste a la gente. Este idiota vino a Charlotte hace unos meses y trató de convencerme de que matara a Bryce. Dijo que si lo hacía, obtendría un perdón total por todo lo que estos imbéciles nos han obligado a hacer".

Kyoto miró fijamente a Madigan.

"Puedo ver en tus ojos", continuó, "que este es un mundo al que no estás acostumbrada. ¿Qué eres? ¿Un abogado de la CIA o algo así?

"Yo-yo, sí, trabajo en el Departamento de Estado", tartamudeó. "Y sí, todo esto es muy nuevo para mí".

Madigan se volvió hacia Chadwick. "Subamos y hablemos de esto".

Pero antes de que Chadwick tuviera la oportunidad de responder, tres hombres salieron del bar del hotel y reconocieron a Madigan. Borrachos como parecían, lo reconocieron, lo saludaron en voz alta al hombre que conocían de las carreras. Uno se interpuso entre Kyoto y Madigan, sugiriendo que entrara para poder invitarle a una bebida.

Antes de que Madigan pudiera aprovechar la

interrupción, Chadwick tomó a Kyoto del brazo y la separó de ellos y la llevó hacia un pasillo lleno de huéspedes del hotel y fanáticos de las carreras. Para cuando Madigan pudo separarse del bullicioso trío sin hacer una escena, Kyoto y Chadwick habían desaparecido entre la multitud.

&

¿AÚN VIENES? TE ESTAMOS ESPERANDO

Bryce le envió un mensaje de texto a Jennings tan pronto como Madigan le explicó por qué había regresado a la suite sin Kyoto. Después de varios minutos y sin respuesta de ella, Bryce llamó a su número solo para recibir una respuesta en el correo de voz. Repasaron la conversación en el vestíbulo, palabra por palabra, tratando de descubrir qué estaba pasando.

Madigan finalmente dijo: —¿A quién diablos se supone que debe cuidar Brownell?

Bryce pensó por un momento. "Jon -, el hermano de Kioto. Eso debe ser lo que tienen. Doble seguro. No puedo pensar en nadie más. No queda nadie en mi vida a quien puedan tomar como rehén".

Madigan asintió. "Yo tampoco."

Bryce lo consideró y miró a su amigo. Sus expresiones eran las mismas, lo encontró triste. No había nadie más.

"Esto es una locura", murmuró Bryce. Se sentó y volvió a intentar llamar a Jennings. En medio de su llamada llegó un mensaje de texto. Fue desde el teléfono de Kyoto.

PIERDE LA CARRERA EL DOMINGO Y LOS DEJAMOS IR

Bryce colgó la llamada a Jennings y le arrojó su teléfono al otro lado de la habitación hacia Madigan. Esta era una demanda imposible. Bryce no podía hacerle esto a su equipo, ni a su país. Estaba compitiendo para los Estados Unidos en una serie internacional en la que sólo había habido otro campeón mundial desde 1978. Nunca había abandonado nada y nunca había abandonado nada, ni siquiera para dejar que alguien ganara una simple carrera a pie para sentirse mejor. No estaba en su ADN.

"Tenemos que llamar a alguien, pero no sé a quién", dijo Bryce mientras escuchaba el mensaje telefónico de Madigan. "Todos los que conozco en la CIA se han ido o…" Se detuvo de repente. No podría haber habido un peor momento para recordarle a Madigan que había hecho matar a su manejador y a la ex amante del hombre.

Madigan sonrió. "Estoy bien, Bryce. Hemos hecho las paces".

Bryce sacudió la cabeza y asintió. "Chadwick y Brownell son los únicos otros que conozco allí".

Los ojos de Madigan se iluminaron.

Bryce gritó: "¿Quién?"

"Llama al maldito presidente. Ya conoces al tipo. Llámalo por teléfono y pídele ayuda".

Bryce se rió, procesó la idea por un momento y luego la desechó.

"Jack, no sé en quién podemos confiar. Podría llamar a algunos amigos en PC o incluso a personas que tenemos en Coronado, pero aquí estamos hablando de verdadera mierda de espías. No sé qué órdenes o qué lealtades podrían comprometernos si lo hiciéramos".

"Bryce, incluso si perdieras la carrera, no hay garantía de que ese imbécil dejaría libre a Kyoto. Podría decir que cambió de opinión y decirte que lo hagas una y otra vez.

Te expulsarían de las carreras tan rápido que lo único que conducirías sería un taxi".

Bryce se rió ante la idea, pero pronto lo pensó un poco más. Madigan tenía razón. Cogió el teléfono y le envió un mensaje de texto a Chadwick.

TRATO

TIENES QUE SENTARTE EN ESTA SUITE CON MADIGAN PARA LA LARGADA

CUANDO ME BAJE DEL COCHE, DEJAS LA SUITE Y LA DEJAS ATRÁS.

ESTARÁ ARMADO, ASI QUE NO JUEGOS

Madigan observó por encima del hombro de Bryce mientras este enviaba mensajes de texto y luego esperaron una respuesta.

NO HAY TRATO. TU ABANDONAS, ELLA SALE DE DONDE ESTAMOS AHORA

Como si hubieran ensayado su respuesta, ambos hombres murmuraron *tonterías*.

Minutos más tarde, llegó otro mensaje de texto del teléfono de Kyoto. Era un vídeo de ella atada a una silla, con la boca amordazada y la camiseta rota en el cuello. Ella estaba sollozando, con la cabeza gacha. Luego, su silla cayó de costado, aplastándole el brazo izquierdo mientras aterrizaba. Su grito ahogado enfureció a Bryce.

Se volvió hacia Madigan, quien asintió con la cabeza. Aceptarían el trato. Este capullo mantenía la posición alta y las cartas que le habían repartido no valían nada.

Ninguno de los dos habló durante algún tiempo, pero entonces, Madigan lo miró al otro lado de la habitación con algo parecido a esperanza en sus ojos.

"¿Qué?" dijo Bryce.

"Sé cómo hacer esto y tú puedes salvar las apariencias. Sabotearé la electrónica del auto para que cuando uses la paleta del embrague al arrancar el auto se apague".

Bryce pensó en la idea y luego aceptó en principio.

"Y sé a quién puedo llamar. Ella me debe algo así", dijo Bryce. "Ella será nuestro Ave María".

Madigan lo miró y luego vio cómo Bryce comenzaba a enviarle un mensaje de texto a alguien.

LO PASÉ MUY BIEN EN PARÍS
     NECESITO UN GRAN FAVOR. BW

"¿Y quien es esa?" —Preguntó Madigan.

"Nadie en especial, sólo un espía chino".

CAPÍTULO CUARENTA Y TRES

Dos DÍAS DESPUÉS, Bryce se mudó de Marina Bay Sands al hotel oficial de F1 para el evento. Esto agregaría una capa adicional de seguridad al anillo que ya se había colocado a su alrededor. El viernes, mientras Bryce se subía a la camioneta con chofer para el corto viaje al circuito de Singapur, envió un mensaje de texto al teléfono de Kyoto una vez más. Una vez más, no hubo respuesta.

Había renunciado a Jennings. Él y Madigan habían desarrollado un plan de ataque que podría funcionar. En el mejor de los casos, era incompleto y podría dejar a Bryce en mal estado con el propietario de su automóvil, patrocinadores, fanáticos y compatriotas. También podría dejar Kioto en un contenedor de basura muy parecido a los que Bryce y Madigan habían usado de vez en cuando.

Las sesiones de práctica bajo las luces nocturnas transcurrieron bien, con los equipos Werner y Kazaan mejorando cada uno los tiempos de vuelta del otro una y otra vez, dando a los aficionados algo que esperar, ya que los cuatro pilotos se olvidarían del resto del pelotón y lucharían por la pole. Sábado. De manera inusual,

Bryce optó por no participar en los habituales encuentros y saludos, achacándolo a un resfriado que no quería transmitirle a nadie más.

Durante el viaje del sábado a la pista, él y Madigan se reunieron por última vez antes de poner su plan en acción.

"Si se enteran, te despedirán, te multarán y te prohibirán Volver a trabajar", le recordó Bryce a Madigan. "No es necesario que hagas esto. Puedo simplemente salirme de la pista y aguantar la presión".

"No, mi plan funciona mejor, Bryce. El motor explotará durante la Q1 y tendrás que empezar en último lugar la carrera. De esa manera, cuando se apaguen las luces y el auto se apague, no habrá diecinueve autos más volando a tu alrededor o chocando contra ti. Menos posibilidad de que alguien resulte herido. Si alguien encuentra el error diré que lo hice porque me están chantajeando y me arrojaré a la misericordia de todos".

"Está bien. Así es como vamos a rodar". A Bryce le pareció lo mejor que podían hacer.

"Por supuesto, tendrás que invitar a todos a cenar una docena de veces para compensar el cambio de motor. Sólo espero que tu amigo Lee encuentre Kyoto antes de que se acabe el tiempo". Bryce miró por la ventana el horizonte de Singapur. No se dijo nada más hasta que llegaron. Se apresuró a ir a su alojamiento móvil para ponerse su equipo de conducción y prepararse para partir.

Continuó distanciándose deliberadamente de su jefe de equipo y de sus ingenieros, manteniendo el acto de no querer transmitirles cualquier error que hubiera detectado. Hasta donde él y Madigan podían ver, nadie se dio cuenta.

Una hora más tarde, Bryce caminaba de regreso a

boxes desde donde había dejado su auto de carreras: el motor humeaba fluidos calientes de todo tipo mientras permanecía sin vida en la primera falla de motor que habían sufrido en meses. Su rival Bishop tomó la pole y al día siguiente, Bryce comenzaría la carrera en el extremo opuesto del campo. Temprano a la mañana siguiente, Bryce envió un mensaje de texto por última vez al teléfono de Kyoto.

NECESITO PRUEBA DE VIDA O NO HAY TRATO

Sin respuesta, las esperanzas de Bryce se hundieron. Se estaba preparando para despedirse de su sueño y del del equipo de ganar un segundo campeonato mundial. Se maldijo a sí mismo por haberse enamorado de Kioto. Luego se maldijo a sí mismo por siquiera pensar así. Ella era la primera mujer por la que sentía sentimientos en una década. Con la esperanza de salvarle la vida, había sacrificado voluntariamente sus sueños de competir. Y ahora parecía que el esfuerzo había sido en vano. Puede que ya esté muerta.

Tampoco había perdido de vista el dilema del hermano de Kyoto. Intentó encontrarlo a través de Internet, Facebook y todas las demás redes sociales en las que podría estar Jon Watanabe. Bryce se castigó a sí mismo por no saber más sobre el chico, cuando él y Kyoto todavía estaban juntos; *dónde trabajaba* habría sido una conversación normal durante la cena si Bryce hubiera podido apartar los ojos de su hermana esa noche.

Sin noticias de nadie, en ningún lugar, Bryce hizo todo lo posible para concentrarse en la carrera por venir. Lyn Whitehouse, su nueva asistente personal en la pista, recién llegada de su base en Sydney, le entregó su bebida energética para que tomara un último trago antes de ponerse el pasamontañas resistente al fuego sobre su cabeza y luego ponerse su característico casco amarillo con rayas rojas y negras.

"Buen día, amiga", dijo mientras le daba unas palmaditas en el brazo, algo que le había hecho a todos los ayudantes con los que había trabajado desde su debut en la Fórmula Uno. No era parte de una rutina previa a la carrera ni para defenderse de supersticiones. Bryce sabía que existía una posibilidad, aunque remota, de morir ese día durante la carrera. Era simplemente su manera, un último toque de contacto humano antes de la hora de irse. Algunos conductores tenían una esposa o una novia a quien abrazar. Para Bryce, ese simple toque tendría que ser suficiente, como siempre lo había sido.

Como el último miembro de la tripulación a cargo de verificar el equipo de seguridad del conductor y que las comunicaciones estuvieran correctamente establecidas y listas para la acción, Madigan se acercó al cockpit desde el lado opuesto y miró fijamente los ojos cubiertos por el casco de Bryce. Los sonidos del motor a su alrededor eran ensordecedores. Bryce notó que Madigan no llevaba sus auriculares y asumió que era mejor mantener lo que tenía que decir entre ellos. Bryce no era el mejor leyendo los labios, pero entendió lo suficiente del mensaje de Madigan.

LEE LA ENCONTRÓ. ELLA ESTÁ BIEN. ¡AHORA A GANAR ESTA MALDITA COSA!

CAPÍTULO CUARENTA Y CUATRO

El vuelo de regreso a Washington fue intolerable para Kioto. Recordó la primera vez que sobrevoló el Pacífico junto a Bryce, el hombre que ahora dormía a su lado. Con dieciocho horas restantes y un cambio de avión en San Francisco por venir, necesitaba mantener la mente ocupada, adormecerla o llorar durante todo el camino.

Los médicos del hospital le habían restablecido el brazo roto y le habían dado analgésicos, pero ella estaba haciendo todo lo posible por no tomarlos a menos que fuera absolutamente necesario. En lugar de eso, buscó en su bolso los somníferos en los que había confiado durante sus años de vuelos nocturnos y al extranjero. Mientras esperaba que el brebaje de vodka y dos pastillas hiciera efecto, no pudo evitar revivir todo lo que le había sucedido en Singapur.

Chadwick había sido un animal. Parecía disfrutar de cada momento doloroso.

Recordó a la bestia obligándola a caminar por el pasillo y salir por una salida de emergencia hacia una camioneta que estaba esperando cerca del muelle de entrega desierto del hotel. Era una especie de minivan de color rojo descolorido, sin ventanas. El conductor era asiático, pero evitó el contacto visual con ella cuando Chadwick la empujó por la puerta lateral y subió detrás de ella. La empujó hacia abajo, haciéndole imposible ver nada. Sintió las paradas, arranques, izquierdas y derechas del tráfico de Singapur.

La camioneta finalmente se detuvo en un garaje y la puerta se cerró detrás de ellos. Luego Chadwick la ayudó a salir de la camioneta y la llevó a una oficina donde la ataron a una silla, la amordazaron y la dejaron mirar la televisión de Singapur durante horas hasta que él regresó con comida y agua. Una vez que apagaron la televisión, perdió toda noción del tiempo.

Más tarde, Chadwick hizo el vídeo, tirándola al suelo y rompiéndole el brazo. La dejó allí sollozando de dolor durante un rato antes de enderezar la silla y meterle analgésicos en la boca y agua. No sabía si él estaba siendo comprensivo con su difícil situación o simplemente estaba cansado de escucharla gemir. Aproximadamente cada seis horas la desataba y le dejaba usar el baño sucio fuera de la oficina. Pero él insistió en que la puerta permaneciera abierta mientras ella estuviera allí.

Recordó el increíble dolor que había sentido cuando él le puso el brazo en un cabestrillo improvisado, pero una vez que se dio cuenta de que no le servía de nada, simplemente ató su brazo bueno a una tubería de agua que se elevaba del suelo. Las horas se convirtieron en días, y mientras el sol se ponía a través de las altas ventanas de la oficina, demasiado altas para que alguien pudiera mirar hacia adentro o para que ella pudiera alcanzar y salir, finalmente alguien llegó.

La violencia era algo que Kyoto sólo había visto en las noticias o en las películas. Pero tuvo una visión cercana y personal cuando de repente aparecieron dos personas vestidas de negro de la cabeza a los pies. Chadwick pareció tomado por sorpresa y pensó que debía ser una buena señal. Levantó su arma. Los dos intrusos respondieron al fuego y lo mataron en el acto.

Nunca olvidaría la sonrisa confiada de uno de sus rescatistas cuando le quitaron las capuchas negras y le dijeron que ya estaba a salvo.

"Mi nombre es Lee", había dicho la mujer asiática con acento británico. "Soy amiga de Bryce. Te sacaremos de aquí inmediatamente".

Horas más tarde, mientras muchos de los pacientes que esperaban en la sala de urgencias veían la carrera de Fórmula Uno por televisión, le hicieron una radiografía del brazo a Kyoto, le arreglaron el brazo y le dieron el alta. Lee y su compañero llevaron a Kyoto al hotel de Bryce, donde les habían dejado una tarjeta de acceso en la recepción. Más tarde esa noche, recordó que se despertó cuando escuchó la voz de Bryce. Las pastillas la habían dejado aturdida, pero había mucho que decir, mucho que explicar, incluido cómo había tomado el diario de Pete. Pero su atención se centró en Jon.

Llamó a sus contactos en el Departamento de Estado, quienes a su vez se pusieron en contacto con la CIA y les informaron de lo que habían estado haciendo Russo y Chadwick. Se emitió una alerta inmediata para Brownell y Jon Watanabe. Bryce hizo reservaciones para el siguiente y más rápido vuelo de regreso a DC para ambos y luego volvió a cubrirla con las mantas y se sentó cerca de ella hasta que se quedó dormida.

Para él, la carrera de Singapur pasaría a la historia como una de las más importantes de la historia. Millones de personas en todo el mundo vieron cómo Winters cargaba desde la parte trasera de la parrilla para luchar con Pushkin, Bishop, Patrice y Dickie Jones. En la última vuelta, en la curva final, en lo que los oficiales considerarían un accidente de carrera, los autos de Bryce y el ruso chocaron y giraron en la grava, dándole la victoria a Patrice, su primera.

Lee y Madigan estaban sentados cerca de la barra en la segunda suite que Bryce había ocupado mientras estaba en la ciudad, y él se unió a ellos para brindar por un increíble trabajo bien hecho.

"Me debe una, señor Winters", le recordó Lee, y luego le besó en la mejilla izquierda y se fue, pasando junto a los dos miembros del personal de seguridad de la F1 apostados fuera de la puerta de la suite.

"¿Dijo lo que hizo con Chadwick?" Bryce preguntó

Madigan, quien simplemente sonrió, levantó un vaso y respondió: "¡Brindemos por los contenedores de basura!"

A kilómetros de distancia, en un hotel de carretera cerca de Colorado Springs, Colorado, el ahora ex agente de la CIA Bill Brownell estaba limpiando el puñado de armas que había traído para el camino. Había pagado en efectivo los hoteles, todo lo que había a lo largo del camino y había cambiado a teléfonos desechables para que no pudieran rastrearlo.

Miró a Jon Watanabe, que estaba sentado en el suelo debajo del perchero en la parte trasera de la habitación limpia pero desgastada, y luego al hombre sentado en una de las dos sillas separadas por una mesa y una lámpara en la ventana. Las cortinas habían permanecido cerradas durante todo el día y el cartel de No molestar colgaba con la ligera brisa en el pomo de la puerta exterior.

Esperarían hasta que oscureciera antes de cargar y seguir adelante.

"¿Estás seguro de que este plan va a funcionar?" Preguntó Myers mientras alcanzaba el control remoto y cambiaba de canal al noticiero de la noche.

Brownell mantuvo su atención en su hardware pero se rió. "Seguro que va a funcionar. Vamos a cazar caza mayor. Puedes colgar su maldita cabeza en su sala de trofeos cuando hayamos terminado."

Los ojos de Watanabe se abrieron mientras escuchaba.

"¿Qué pasa con Madigan?" preguntó el viudo engañado. Brownell mantuvo su concentración y esperó antes de responder.

"Bryce Winters primero. Ahora que estoy sin trabajo, él financiará mi jubilación. Y me gustan las cosas bonitas, las cosas realmente bonitas. Entonces te ayudaré a encontrar al tipo que se estaba tirando a tu esposa. El resto depende de ti".

Jon se sentó en silencio y continuó escuchando desde su lugar en el suelo.

"¿Qué hay de él?" Myers preguntó mirando a su cautivo. Brownell se giró y se quedó mirando por un momento antes de volver a concentrarse en el mantenimiento que tenía entre manos.

"Él es nuestro seguro. Russo fue terminado, Chadwick no se registró, así que debo asumir que él también fue terminado. Mientras Johnny mantenga la boca cerrada y yo no tenga que volver a darle una paliza para mantenerlo callado, seguiremos el plan. A Russo sólo se le permitió una llamada telefónica desde la cárcel y ahora que sabemos que hay un sistema de detección secundario en uso en casa de Winters, tengo una idea de cómo podemos vencerlo".

"¿Qué pasa si no regresa a Park City? No podemos esperar ahí afuera para siempre", presionó Myers.

"Lo hará", respondió Brownell. "Siempre lo hacen".

CAPÍTULO CUARENTA Y CINCO

En la Casa Blanca, el jefe de gabinete James leyó el expediente enviado por el FBI. Los agentes especiales habían entrevistado a Kyoto y Bryce en su condominio en Watergate después de que la llevaron al Hospital George Washington en el centro de DC para que le revisaran el brazo y le hicieran un examen físico completo.

Un agente especializado en ayudar a supervivientes de secuestros y agresiones se quedó atrás una vez concluidas las entrevistas. Había evaluado que Kyoto Watanabe era una persona dura a la que le estaba yendo muy bien. En su opinión profesional, las posibilidades de que el síndrome de estrés postraumático se apoderara de ella eran escasas.

El FBI había considerado que ambos individuos debían ser considerados objetivos, basándose en los acontecimientos de Park City y Singapur. La agencia confiaba en que Brownell había sido la persona que secuestró al hermano de Kyoto, ya sea como represalia, como moneda de cambio o como seguro, o las tres cosas. El Estado, la CIA y el FBI acordaron que todo el asunto debía tratarse como confidencial. La Casa Blanca informó que el presidente había sido informado y que su respuesta sería inmediata. Por ahora, el FBI tenía dos directivas: encontrar a Brownell, Jon Watanabe y mantener a salvo a Bryce Winters y Kyoto.

"Creemos que es mejor que no compitas en Rusia", sugirió un agente a Bryce, quien se rió de la idea. Luego vio la expresión de Kyoto, su sorpresa de que él siquiera considerara dejarla allí en el estado en que se encontraba para ir a correr".

"Si Brownell es el tipo que buscan, no estará en Sochi a menos que ya haya abandonado el país, lo cual usted dice que no ha hecho, ya que *ninguno* de sus pasaportes ha sido utilizado".

El agente asintió.

"A menos que haya volado en privado o que algunos de sus amigos deshonestos de la CIA lo hayan ayudado a salir del país de alguna otra manera, todavía debería estar en Estados Unidos. ¿Sí?"

El agente volvió a asentir.

"Tendré mi seguridad todo el tiempo y estaré de regreso aquí en poco tiempo", razonó Bryce.

La expresión del rostro de Kyoto pasó de la sorpresa a la decepción y luego a la ira en el tiempo que le llevó hablar en paz. Kyoto le dijo al agente cuánto apreciaba todo lo que estaba haciendo el FBI. Luego preguntó si podían esperar afuera para poder hablar con Bryce en privado.

"¿Cómo puedes irte?" gritó tan pronto como la puerta se cerró detrás de los agentes. "¿Cómo puedes siquiera pensar en correr, estando yo aquí tirada y destrozada y mi hermano todavía desaparecido, posiblemente en peor forma?"

Bryce consideró sus palabras y luego caminó hacia la ventana que daba al Potomac. "Kioto, esto es lo que hago. Esto es lo que hacen los corredores. No puedo ser de ninguna ayuda en este momento tratando de encontrar a Jon. Los profesionales están en ello y estás a salvo". Él se volvió para mirarla. La ira que había visto en su rostro se había suavizado nuevamente hasta convertirse en decepción. Ella no lo entendió.

"Escucha, tenemos mucho de qué hablar y tendremos tiempo para hacerlo una vez que Jon esté de regreso en casa y a salvo. Tú y yo podemos procesar todo lo que pasó. Desde el momento en que te dijo que era un asesino a sueldo de la CIA y cortaste todo contacto sin darme la oportunidad de explicarte, volví a levantar mis muros. El día que se suponía que estarías en Montreal, me paré junto a una tumba y dije un último adiós para poder abrir completamente mi corazón para ti. Pero luego Jon violó la ley, me dejaste fuera y levanté mis muros con la intención de no bajarlos nunca más".

"Si estabas *tan* interesado en mí, ¿por qué no volaste en uno de tus jets privados y llamaste a mi puerta?"

Bryce se tensó y la ira volvió a aparecer. "Porque no estaba en un buen lugar emocionalmente. Me dejaste fuera, me dijiste que no querías volver a verme nunca más. Pensé que lo último que tenía que hacer era arriesgarme a que me descubrieras si venía aquí para darte explicaciones y te pedía que me dejaras entrar. Es posible que te hubieras asustado, por el amor de Dios. ¿Cómo iba a saber cómo reaccionarías? Suspiró y sacudió la cabeza con frustración. "Había decidido terminar la temporada y luego, cuando tuvieras un tiempo para calmarte un poco, me comunicaría contigo. Pero después de leer el diario de Pete, y no tengo idea de por qué lo trajiste aquí desde la cabaña, me hiciste saber que no querías tener nada que ver conmigo."

Ella abrió la boca para hablar, pero él levantó una mano para indicarle que aún no había terminado. "Aclaremos una cosa, Kioto. Ninguno de nosotros estaría donde estamos hoy si Jon no hubiera abierto la boca. Ya sabes que me obligaron a venir a esta vida. Mucha gente mata por su país, sólo que la mayoría usa uniformes cuando se enfrenta a nuestros enemigos. Lo que estaba pasando en la CIA estaba muy por encima del nivel salarial de Jon, pero tampoco lo tomaste en cuenta. Hay más en esto que la mierda que te contó sobre mí.

Ninguno de los dos dijo una palabra más durante un rato. Bryce volvió a la ventana mientras Kyoto simplemente miraba al vacío.

"La realidad es que teníamos algo realmente bueno. Creo que todavía podríamos hacerlo, ahora que sabes lo más importante. Pero sólo si puedes vivir con el hecho de que hago lo que hago por los Estados Unidos, cuando me llaman a hacerlo,cumplir con mi deber. En junio mencionaste que la portada de ese libro te asustaba. Que te recordó lo peligroso que es mi mundo. Bueno, tu hermano trabaja para la CIA y ha sido secuestrado. Podrían haberte matado en Singapur. *¡Nada de esto es culpa mía!*

Las emociones de Bryce se estaban apoderando de él y no le gustaba cómo se sentía. Caminó hacia ella y se arrodilló frente a ella.

"Correr es la vida que he elegido. Sí, puede ser una situación solitaria y peligrosa. Si quieres hablar sobre esto después de que Jon haya sido encontrado y yo haya terminado la temporada, házmelo saber". Se puso de pie, se inclinó y la besó en la mejilla, evitando las lágrimas que corrían por su rostro, y luego se fue sin mirar atrás.

CAPÍTULO CUARENTA Y SEIS

Sochi, Rusia, parecía y sentía para Bryce lo mismo que doce meses antes. Algunas series de carreras se conocen como circos ambulantes, y la F1 efectivamente lo era. Pero era una versión de lujo con los presupuestos más caros, la última tecnología y lugares extraordinarios. Bryce voló directamente de Washington a Moscú y luego a Sochi en el Mar Negro, donde se volvió a conectar con Jack Madigan. Jack había viajado con el equipo desde un Singapur muy húmedo hacia el norte y el oeste hasta las brisas más frescas de principios de otoño en Rusia.

Después de todo lo que había sucedido en las últimas semanas, Bryce rechazó una invitación al evento VIP al que él y Madigan habían asistido el año anterior. Culpó al resfriado persistente que lo había afectado durante una semana. Pero, en realidad, sólo quería subirse al coche de carreras y no salir nunca más. Allí, en la pista, estaba en su elemento, haciendo lo que mejor sabía hacer, sin distracciones. Estaba completamente absorto mientras estaba en la cabina, como un amante de los libros atrapado en una novela o un cinéfilo cautivado por la historia que se desarrolla en la pantalla grande. Antes de la clasificación del sábado, mientras descansaba en su pequeño escondite sobre el área de hospitalidad del equipo, su asistente Lynn Whitehouse lo interrumpió con un suave golpe en la puerta.

"Odio molestar, pero hay un representante de la embajada de Estados Unidos aquí. Un tal Jason Ryan, pidiendo verte.

Bryce lo recordaba. Se conocieron por primera vez durante las pruebas de pretemporada en Barcelona y luego con Sandra Jennings en la escuela de conducción donde jugaba con los SUV blindados. Este fue el primer contacto de alguien en la CIA desde que Jennings le envió un mensaje de texto diciendo que estaba de camino a Singapur: lo último que supo de ella. "Claro, lo recuerdo. Envíalo adentro". Bryce se sentó y tomó la botella de agua que había estado bebiendo. "¿Podrías traer algunos cafés y algo dulce como chocolate y caramelos, por favor? ¡Necesito que fluya la energía para la clasificación!"

Whitehouse mantuvo la puerta abierta para que Ryan entrara y la cerró detrás de él. Los dos se dieron la mano, Ryan tomó asiento y luego comenzó a hablar. Bryce rápidamente se llevó el dedo índice derecho a los labios pidiendo silencio, pero Ryan negó con la cabeza.

"No hay necesidad de la pequeña caja negra, Bryce, esta vez no", le dijo. Luego, durante los siguientes cinco minutos, puso a Bryce al tanto de lo que le había sucedido a Jennings y de lo que estaba sucediendo en la agencia.

El cuerpo de Jennings había sido encontrado dos días después de la carrera, flotando bajo un muelle donde atracaban los barcos de pesca por la noche. Le habían disparado en la nuca. Se necesitaron registros dentales para identificarla, ya que las criaturas del mar habían mordisqueado cualquier cosa comestible, incluidas sus huellas dactilares.

Su cuerpo fue trasladado en avión de regreso a DC, donde luego fue enterrada en una ceremonia privada en Arlington. Tenía derecho, dijo Ryan, debido a sus años de servicio en la Fuerza Aérea de Estados Unidos antes de continuar sirviendo a su país en la CIA.

Bryce no sabía mucho sobre la mujer, pero le agradaba y sentía pena por su muerte. Después de que Whitehouse entregó una bandeja de bebidas y dulces, dejó a los hombres con eso. Ella había aprendido bien sus señales, pensó Bryce. Ella le dirigió la mirada que necesitaba y, como él no le devolvió el guiño, no sugirió que tuviera que prepararse para correr. No esta vez.

"Entonces, ¿qué pasará después? Para Madigan y para mí, claro está", preguntó.

"Por ahora, absolutamente nada. Las cosas están en el aire en Washington. Tu chica y nuestro chico consiguieron que las cosas se agitaran mucho. Incluso el Presidente está involucrado ahora. Nadie está seguro de cuántas cabezas, si es que hay alguna, rodarán por este desastre".

Ambos hombres prepararon sus cafés y dijeron poco, aparte de comentar sobre el clima. Un momento después, Bryce notó que la expresión de Ryan había cambiado a una muy grave.

"Sin embargo, tengo que decirte esto", comenzó, pero esperó hasta que hubo configurado la pequeña caja negra para bloquear errores o comunicaciones. "Después de la muerte de Max Werner, recibimos mucha comunicación de los malos actores con los que había estado trabajando. Todo el mundo parece estar seguro de que fue un éxito".

"¿Todos?" Bryce pidió una explicación.

"Werner tenía cuentas y vínculos formales e informales aquí en Rusia, Ucrania, Irán, Arabia Saudita y China. Su muerte sumió su negocio en un estado de caos. Algunos miembros de la junta ya estaban al tanto de sus actividades, pero otros parecían sinceramente sorprendidos al enterarse de ellas. Varios dimitieron y trataron de llegar a acuerdos para evitar cualquier posibilidad de procesamiento. Espero que al menos algunos teman por sus vidas. Es bueno trabajar hoy en día como guardaespaldas en Múnich; por lo que me han dicho, hay mucho trabajo".

"¿Y quién es el dueño del negocio ahora: los accionistas?" -Preguntó Bryce.

"Werner dejó sus acciones, el 51% de la empresa, a su hija Mila. La madre de la niña estará a cargo hasta que Mila cumpla veintiún años.

"Déjame adivinar. Eso la pone en una situación complicada. Las personas con las que su marido había tratado, ilegalmente, querrán seguir lucrando con la relación comercial con su empresa. Y eso la pone a ella (y a Mila) en riesgo de diversas maneras".

"Sí."

"Mierda."

Un golpe en la puerta de Whitehouse le hizo saber a Bryce que efectivamente era hora de ponerse el traje y dirigirse a boxes para la clasificación. Él le dio el visto bueno y luego terminó su conversación con Ryan.

"¿Ella tiene amplia seguridad en ambas?" ,Por lo que

sabemos. Pero quién sabe adónde irá todo esto a partir de ahora".

Bryce negó con la cabeza, agradeció a Ryan por la actualización y luego lo despidió.

Poco después, Bryce estableció un récord al ganar la pole de la carrera. Un día después, luchó con sus adversarios durante 53 vueltas hasta que logró la victoria y recuperó el liderato en puntos para el campeonato. Con sólo cinco carreras para el final, volvió a estar al frente. Y cuando faltaban diez días para la siguiente carrera en Japón, se encontró nuevamente al frente, en primera clase, sobrevolando el Atlántico y dirigiéndose a Park City en lugar de Montecarlo.

Su vida todavía estaba en un estado de cambio. Kyoto y él no habían hablado desde que la dejó. No se había encontrado ni a Jon ni a Brownell. Sobre todo, estaba exhausto. Necesitaba la calidez curativa de su casa en la montaña y sus alrededores mucho más que la fresca decoración de Santorini de su condominio en la ladera de Monaco. Lo que más anhelaba era pasar tiempo caminando por las colinas, capturando alces con su cámara, bebiendo cerveza de verdad, no del tipo sin alcohol, y pasar desapercibido.

Para cuando cruzó la verja y se detuvo frente a la puerta principal, saludando al oso grizzly que le devolvía la mirada desde la puerta, ya estaba agotado. El aire frío de la montaña que lo recibió cuando salió del auto era justo lo que se estaba necesitando. Encendió las luces, subió la calefacción y bebió un vaso de agua como si lo estuvieran haciendo cronometrado en una parada en boxes. Sus cuidadores remunerados, una pareja de jubilados que vivían en el pueblo, mantenían todo limpio y en orden. Habían hecho un gran trabajo como siempre, pero cuando miró al otro lado de la habitación, hacia la pared de trofeos en la pared del fondo, algo parecía fuera de lugar.

"Demasiado cansado para preocuparse por eso ahora", pensó. Encendió la chimenea y la TV de la sala de estar, luego regresó al dormitorio principal. Sonrió ante la comodidad familiar de su propia cama y encendió la manta eléctrica, lo suficientemente alta como para aliviar el frío. Siguiendo su rutina, se dirigió a la caja fuerte detrás de una pared falsa en su vestidor. Cuando ingresó la combinación, bajó la palanca y abrió la puerta, escuchó algo detrás de él.

"Buscas esto?"

CAPÍTULO CUARENTA Y SIETE

BROWNELL, PENSÓ. *DEBE serlo.* El hombre no tenía nada que perder. Y por primera vez en mucho tiempo, Bryce pensó que podría morir.

"Ya conoces el procedimiento, Winters. Levanta esas manos para que pueda verlas y gira lentamente,- muy lentamente-, hacia mí".

Mientras Bryce lo hacía, vio que Brownell sostenía una de las muchas armas Sig Sauer que Bryce guardaba en la caja fuerte cuando estaba de viaje.

"Veo que tomaste las armas y mi dinero", dijo Bryce con voz tranquila. Además del armamento, siempre había guardado 250.000 dólares estadounidenses bajo llave para emergencias.

"Una miseria en comparación con lo que voy a tomar". Brownell ordenó a Bryce que caminara lentamente hacia él y saliera del dormitorio principal. Le hizo un gesto a Bryce para que se detuviera y luego sacó otra pistola del interior de la chaqueta negra North Face que llevaba. Éste tenía silenciador.

"No hay necesidad de un fogonazo para iluminar el

lugar y llamar la atención", dijo mientras arrojaba el Sig de Bryce sobre la cama, fuera de su alcance.

Brownell le indicó a Bryce que se dirigiera a la gran sala y él lo hizo, con la mente acelerada, imaginando media docena de maniobras que podría intentar. Podía esperar el momento oportuno para agarrar el arma. O intentar salir de esta con sobornos. Atraer al hombre en una variedad de niveles emocionales parecía bastante inútil. Brownell claramente no tenía conciencia.

Las conjeturas de Bryce llegaron a un final abrupto cuando el hombre lo empujó hacia el enorme sofá y luego se apoyó contra la pared frente a él. Bryce podía ver sus preciosos trofeos y premios en la habitación detrás del intruso, la luna iluminándolos y la habitación a través de los tragaluces que se extendían entre las vigas de madera del techo en forma catedral.

"Y todo lo que siempre quise hacer fue correr", murmuró.

Brownell se rió. "Esos días se acabaron".

"Entonces, ¿cómo entraste?" -Preguntó Bryce. "Más allá de la seguridad y las alarmas".

Esto pareció alimentar el ego de Brownell. Lo explicó con orgullo y en detalle.

Una vez que se enteró del sistema de alarma secundario que Russo desconocía, Brownell aplicó la vieja tecnología informática estadounidense para anular el detector de movimiento exterior y la alarma silenciosa. Descubrir el código clave fue simple, dijo, luego todo lo que tenía que hacer era descubrir la rutina de la pareja que cuidaba el lugar. Descubrió dónde vivían, tomó sus llaves y se aseguró de que no aparecieran en un momento inoportuno y arruinaran su sorpresa.

"Asegurarte, ¿cómo?" Bryce preguntó, temiendo lo peor. "Te sientes cómodo matando, ¿debería asumir que los Coleman están muertos?"

Brownell asintió.

Bryce trabajó duro para mantener la apariencia de calma mientras, por dentro, estaba en llamas. Anhelaba lanzarse a través de la habitación y golpear al bastardo hasta matarlo. Por ahora, el arma que le apuntaba lo mantenía bajo control.

"¿Pero cómo supiste que vendría aquí? ¿O cuando? Ese tipo de información no es algo que transmito".

Brownell volvió a sonreír. "Simple. Nos alojamos en un hotel cerca de aquí. Cuando interceptamos su llamada a los ancianos, diciéndoles que llegaría tarde esta noche y que no se presentaran por la mañana porque tenía intención de dormir hasta tarde, estábamos listos. Pasé la noche esperando en la oscuridad del piso de abajo. No notaste que el sensor de movimiento estaba desactivado cuando presionaste el teclado; no lo habrías notado; solo restablecí la alerta de puertas y ventanas una vez que entramos".

"¿Nosotros?" Preguntó Bryce, y giró rápidamente hacia su derecha cuando escuchó algo estrellarse contra el suelo. Era Jon Watanabe, aturdido, atado, amordazado y ahora tirado en el suelo de madera sangrando por un corte en la frente. Los ojos de Bryce se movieron rápidamente hacia otra figura que ahora entró en la habitación. El hombre llevaba una pistola con silenciador como la de Brownell y apuntaba directamente a Bryce.

"Billy Myers, ¿estás atrapado en esta mierda?" Bryce preguntó con asombro.

"¿Por qué no está atado?" Myers gritó nerviosamente.

Aparentemente, este no era el tipo de escena con la que Myers se sentía cómodo. El viudo, desconsolado y abandonado, había arremetido antes, pero ahora se encontraba en medio de la escena de un crimen violento.

"Porque puedo ponerle plomo en la cabeza en un abrir y cerrar de ojos. Intenta cualquier cosa y muere, por eso". Myers miró a Jon en el suelo. El golpe que había recibido en la cabeza con la culata del arma de Myers estaba desapareciendo y la mirada que Bryce vio en los ojos del joven era puro miedo.

Bryce volvió a centrarse en el hombre a cargo. "¿Cuál es tu gran plan? Hagámoslo."

Brownell sonrió. "Esto va a ser fácil. Ni siquiera tengo que matarte, aunque ese podría ser el resultado final de todos modos". Parecía inmensamente satisfecho consigo mismo. "Esta noche vas a encender tu computadora portátil y transferir veinte millones de dólares a un número de cuenta que te doy. Luego te ataremos y te dejaremos a ti y a Johnny aquí sentados hasta que alguien venga a buscarte o te sueltes… o nadie los libere y sus cuerpos eventualmente se cansaran y morirás."

"Estás mintiendo. No hay forma de que dejes testigos. Ambos estaremos muertos en el momento en que ya no nos necesites. Además, si eres tan inteligente sabrás que no tengo esa cantidad de dinero en un banco. Está todo invertido".

Brownell se encogió de hombros. "Está bien, al menos lo intenté. Dame crédito por eso". Brownell caminó hacia la bolsa portátil que Bryce había dejado cuando entró en la residencia. Lo abrió y sacó lo que necesitaba. Con una mano sosteniendo el arma y la otra la computadora, apartó un taburete de una patada y colocó la computadora en la isla de la cocina.

"¡Ey!" Myers gritó y Bryce se dio cuenta de por qué. Ese era el taburete en el que se había sentado Joan Myers la última vez que estuvo allí, el que Bryce le había señalado a su marido meses antes, cuando apareció destrozado y solo.

Mmmm, pensó Bryce.

"Billy, esta no es la forma en que deberías terminarr. Puedo decirte ahora mismo que este capullo se ha asociado contigo por una sola razón. No le importa Joan. Necesitaba ayuda para lograrlo. Una vez que se transfiera dinero a su cuenta, te matará tal como lo hizo con esa pobre pareja. Simplemente te está utilizando como la CIA me utilizó a mí. Eres un hombre muerto caminando. El lo sabe. Lo sé. Por lo que tú deberías saberlo también."

"No le hagas caso, Billy", gruñó Brownell. "Hizo que mataran a tu Joanie y mereces que te compensen por tu pérdida. Quizás nunca la olvides ni la perdones por su engaño, pero el dinero te llevará a una playa de Tahití donde algunas bellezas en bikini te ayudarán a sobrellevar el dolor".

Mmmm, pensó Bryce de nuevo.

"Billy", dijo Bryce y luego miró directamente a Myers, "¿te dijo que también se estaba follando a tu esposa?" Era mentira, pero no tenía nada mejor con qué trabajar.

Bryce observó cómo los ojos de Myers se abrieron con rabia. Ahora la ira que había guardado en su interior hacia su esposa y Jack Madigan tenía un objetivo más cercano. Sin pestañear, Myers levantó su arma y disparó contra Brownell. Se escuchó un segundo disparo ahogado y Myers cayó al suelo, con sangre brotando de la herida de bala en su frente.

"Te lo dije", dijo Bryce en voz baja y luego volvió su atención al asesino entrenado por la CIA.

"Eres inteligente, te lo reconozco", dijo Brownell. "Sabías que sus días estaban contados. ¡Ahora levántate e inicia sesión en esa computadora portátil!

Bryce no se movió. Brownell disparó una bala al sofá y abrió un agujero en el cojín a quince centímetros a la izquierda del codo de Bryce. Bryce esperó un momento más hasta que vio que la expresión de Brownell se intensificaba y el cañón del arma silenciado se movía ligeramente, ahora apuntando a su pecho.

"No puedes criticar a un chico por intentarlo", bromeó Bryce, manteniendo la calma mientras se levantaba del sofá y caminaba hacia la isla.

Brownell lo siguió hasta allí. Cuando Bryce inició sesión, sintió el cañón presionar contra la parte posterior de su cabeza. Tomó algo de tiempo durante todo el proceso. El inicio de sesión requería verificación de retina, verificación de huellas dactilares y luego un código de acceso enviado por mensaje de texto al teléfono de Bryce. Cuando finalmente pudo iniciar sesión en su cuenta bancaria de RBC, Brownell miró por encima de su hombro y se echó a reír.

"Sólo tres millones. ¿Eso es todo a lo que tienes acceso?"

Bryce giró lentamente la cabeza para mirarlo. "Te lo dije."

Brownell miró fijamente a Bryce a los ojos, buscando la mentira. Pero todo lo que recibió a cambio fue una mirada de desprecio y furia. "Entonces, ¿cuál es tu estrategia de salida, grandullón? Estaré muerto antes de que te vayas, de eso estoy seguro. También podrías contarme el plan".

Brownell le dirigió una mirada de suficiencia y retrocedió unos metros. "Bueno. ¿Por qué no? Primero, usaré parte del efectivo de tu caja fuerte para que un tercero saque a Russo de la cárcel. Nunca lo vincularon con la CIA, gracias a los amigos que todavía tengo en Langley. Luego él y yo conduciremos hacia el norte, a Canadá. La mayoría de la gente asumirá que nos dirigimos a una isla en algún lugar, pero podemos desaparecer hacia el oeste de Canadá con bastante facilidad. Los pasaportes que utilizamos en la CIA, con nuestros alias, servirán. Con el tiempo accederé al efectivo que vas a transferir y luego me mantendré oculto. Si alguna vez se acaba el dinero, podemos realizar algunos trabajos por contrato en el extranjero".

"Lo tienes todo resuelto, pero..." comenzó Bryce. Pero un movimiento repentino en el suelo sobresaltó a ambos hombres.

Las balas comenzaron a volar hacia Brownell. Bryce saltó mientras Jon continuaba disparando desde su lugar en el suelo. Se las arregló para agarrar el arma que Myers había dejado caer y estaba descargando el cargador de quince tiros. Brownell recibió un balazo en el hombro y se arrojó detrás de la isla. Los disparos de Jon volaron salvajemente, rompiendo ollas y sartenes que colgaban de la pared sobre la estufa de la cocina. Cuando Bryce vio a Brownell extender su brazo por la esquina de la isla, con el arma apuntando hacia Jon, Bryce fue por el arma. Entraron en la lucha, el arma se disparó y una bala atravesó la mano derecha de Bryce antes de golpear algo en la habitación de al lado. Luchó contra el dolor, manteniendo el arma en su mano izquierda. Brownell lo empujó mientras Jon reanudaba el fuego. El hombre cayó de rodillas y luego se sentó sobre los tobillos, pero permaneció erguido. Una bala en el cuello y dos en el pecho lo dejaron aturdido y sin aliento. Dejó caer el arma. Bryce la apartó de una patada y le gritó a Jon que dejara de disparar.

"¿Estás bien?" Bryce gritó mientras buscaba un paño de cocina para envolver su mano herida. Jon parecía estar en shock. "Jon, ¿te hirieron?" gritó pero no obtuvo respuesta. El hombre que acababa de salvarle la vida estaba agotado. Dejó el arma y luego la cabeza en el suelo. "Jon, ¿puedes oírme?"

Bryce caminó unos pocos metros hacia él y le quitó la mordaza al héroe que todavía yacía de costado en el suelo.

"No lo creo", respondió finalmente Jon. Bryce respiró aliviado y luego volvió su atención al intruso. Por la mirada en sus ojos, el hombre era consciente de su circunstancia. Se estaba muriendo.

En la emoción y con toda la adrenalina fluyendo, Bryce no había sentido mucho dolor en su mano derecha, solo la pérdida de control en ella. Pero ahora, el dolor estaba llegando, su mano sentía como si estuviera en llamas y se concentró en las tres cosas que tenía que hacer *ahora*.

Cogió su teléfono con la mano izquierda y marcó el 911; eso pondría a la policía y a un paramédico en camino rápidamente. Luego tomó un cuchillo de un cajón de la cocina y cortó las bridas de plástico que mantenían juntas las manos de Jon. Bryce miró dentro de su sala de trofeos y vio de dónde vino el ruido. Si Bryce no se hubiera enojado antes ciertamente lo estaba ahora. Se giró y se arrodilló, recogió el arma que Jon había dejado caer y apuntó.

"Oye, cabeza de mierda", le gritó a Brownell, "¡le disparaste a mi trofeo favorito!"

Observó la confusión en los ojos del hombre cuando levantó el arma y le disparó en la cabeza, un desastre rojo estalló en la pared detrás de él como espaguetis. El cuerpo cayó. Bryce se volvió para mirar a Jon, cuya expresión reflejaba el terror persistente de un joven analista que había sido secuestrado, golpeado, amenazado, casi asesinado y que acababa de presenciar una segunda ejecución llevada a cabo a sólo unos metros de él.

"Está bien, Jon", dijo Bryce. "Eso tenía que suceder. El mundo será un lugar mejor sin un pedazo de mierda como ese caminando por el planeta". Miró a Jon mientras la habitación comenzaba a destellar con barras de luz roja y azul en los vehículos que traían ayuda.

"Oye, Jon", dijo en voz baja, ayudando al joven a sentarse, "¿qué te parece si llamamos a tu hermana y le decimos que estás bien?"

CAPÍTULO CUARENTA Y OCHO

La última prueba de la temporada de Fórmula Uno estaba a punto de finalizar durante la carrera nocturna en el circuito de Abu Dhabi. El campeonato ya estaba decidido hacía tiempo y, a una vuelta del final, se podía escuchar a Bryce por la radio felicitando al equipo por haber hecho un trabajo tan fenomenal al preparar un auto que había salido desde la pole y que, en cuestión de momentos, tomaría la bandera a cuadros para conseguir otra victoria.

"Bien hecho, damas y caballeros", dijo. Cuando el joven ruso Nikita Pushkin salió del auto para comenzar a celebrar la victoria, Bryce fue el primer hombre al que corrió y abrazó. Minutos más tarde, con su mano derecha todavía protegida por una serie de velcro negro y material que su fisioterapeuta insistió en que usara, Bryce escuchó mientras Pushkin compartía su amor desde lo alto del podio de ganadores.

"Bryce Winters es alguien a quien he admirado en las carreras desde el principio de mi carrera. No puedo agradecerle lo suficiente por elegirme para conducir su auto y por el entrenamiento y el aliento que me ha brindado desde su accidente".

Mientras el equipo ganador observaba las festividades del podio y compartía la celebración con champán, otros comenzaron la tarea de derribar las configuraciones del garaje y guardar los autos y su equipo, preparándose para regresar a casa después de la agotadora temporada que todos habían soportado. Se acercaban las vacaciones. Pero al poco tiempo se reunirían todos en España para empezar a correr de nuevo por el mundo. Mientras Bryce se sentaba a responder preguntas durante la conferencia de prensa posterior a la carrera, sonrió mientras todos seguían preguntando si su carrera como piloto había terminado.

"Creo que está acabado", le susurró un periodista a otro, "nadie se recupera de una lesión en la mano como la suya, nadie".

"Entonces no conoces a Bryce Winters", ofreció Jack Madigan con una sonrisa desde su lugar entre ellos.

"Entonces, ¿qué pasa, Bryce? ¿Es ésta tu bajada de telón? Otro gritó.

Millones de personas en todo el mundo quedaron conmocionadas y decepcionadas cuando unos meses antes se conoció la noticia del allanamiento de morada y se enteraron de que le habían disparado en el intento de robo. Ahora todo el mundo quería saber: ¿esa pesadilla había destruido su sueño de ganar un segundo campeonato de F1?

Bryce escaneó a la audiencia y sonrió cuando sus ojos se encontraron con los de Kyoto.

"Esta ha sido una carrera muy emocionante y gratificante", comenzó, pero mientras formaba las palabras, miró hacia atrás hasta donde había visto a Kioto. Había un rostro familiar detrás de ella y a la derecha. Entonces se dio cuenta de quién era: Claudia Werner y ella no estaba sonriendo. Distraído, continuó, "y les puedo decir que mi rehabilitación va bien y va muy por delante de lo previsto. *Volveré* al coche la próxima temporada en busca de otro campeonato". Dijo con una sonrisa.

"¡Nos vemos todos en Australia!"

FIN